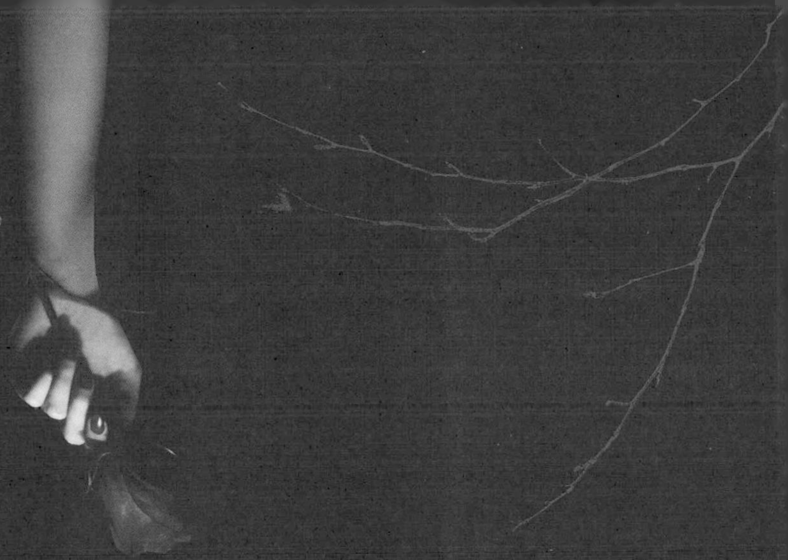

困住她的從來不是這座監獄，
而是那人充滿眷戀的擁抱。

她的囚徒

Her Prisoner

黑白沙漠狐——著

Chapter 1

齊故淵第一眼便注意到陳柔臉頰上有淺淺的雀斑。

夕陽照在陳柔臉上，像秋口的稻田，灑滿了被揉碎的光。她想到麻雀——野氣而自由，陳柔大抵也像那些抓不住的小圓球，只要被豢養就會抑鬱而死。

齊故淵生長在都市裡，水泥與廢氣是她的原生地，限制與掌控則是滋養她的肥料。她的氣質則完全相反，長得精緻、有稜有角，如同名貴的機械錶，齒輪間嚴絲合縫。

也許是她少見多怪了，也許人偏是渴望缺少的東西，陳柔那張自然溫煦的臉龐，就在瞬間牢牢抓住她的注意。

這不是眞的，不過是虛幻的夢而已……齊故淵這次不再迴避，坦然迎上對方目光。陳柔竟也沒有像當時那樣別過頭，而是對她笑，嘴角揚起大方的弧度，又有點模糊，可能，是因爲曾經的熟悉感正漸漸從她的回憶中淡去。

齊故淵稍稍抬高下巴，這分明是她的夢境，想說話卻無法發聲，只能一直看著那張臉。陳柔開口發出的竟是刺耳的嗡嗡警報，震耳欲聾——

齊故淵被驚醒，下意識想確認周圍的情況，剛要動時便發現手腳都被銬在鐵桿上，束縛衣固定身軀，動彈不得。押送囚犯的囚車車窗上釘著鋼條，警示紅光穿過縫隙在她身上閃爍。

她坐在長椅上，眼睛被黑色布條蒙住，雙手各銬在兩側，凍人的鐵扣住纖細手腕，穿著紅色囚服的孤瘦身形讓這小小囚車顯得有些寬敞。她不慌不忙，也不掙扎，只是靜靜地坐著好像她眞的有把握警察不會祕密送她上電椅似的。

宏亮警報聲中夾雜著警察指揮車輛的呼喝聲，齊故淵算了算時間，應該還未到她想去的目的地，這裡大約只是中途休息站。

車輛緩緩行駛，最後熄火，車廂外傳來一陣交談聲後，齊故淵身邊又陷入了寂靜……看來休息這種好事輪不到她了。

她沒被遮住的下半張臉上，淺色的唇抿了抿又恢復淡漠角度。若是早幾年，她絕對無法忍受這麼不公平且毫無人性的待遇，如今她只是安靜地接受現實，努力在有限的空間中挪動身體，試圖讓被壓得痠脹的腰緩一緩。

「不准動，否則我開槍了。」貼身押送的警察喝斥。

齊故淵隨即靜止，聽話得像塊木頭。

警察暗自鬆了口氣，這些罪犯實在太會鬧事，總是能找到刁鑽的方法攻擊他們。每個月他的同事中都有人被襲擊甚至死亡，他可不想當下個躺在榮光陵的人。

約莫五分鐘過去，一高一矮兩個男人身穿警服出現在囚車外，其中高大肩寬的男警拍拍車門，「大哥，要不要去撒泡尿？我們隊長讓我來替你。」

他壓低聲音抱怨，「我等好久。」

高大男警咧嘴笑，連連說著慰勞的話。獄警離開後他上了車，車外較矮的男警環顧四周，待他鑽進車裡便從外關上車門。

高大男警在獄警的位置坐下，正好與囚犯面對面，他鬆開持槍的手指，扯下齊故淵臉上的蒙眼布條。

「妳瘋了嗎？」楊嘉勇壓低聲音嘶叫，眼眶幾乎瞪得要裂開。

齊故淵瞇著眼，她的眼型本就稍微狹長，此時幾乎成了條縫，她的聲音很冷靜，帶著濃厚的不悅，「我看起來像瘋了？」

「不用看就知道妳瘋了！」

「我有計畫、有準備，只差順利執行。」齊故淵說：「還是你是來跟我吵架的？」

楊嘉勇緊握拳頭，在空中揮了一下，「妳不知道他們要怎麼對付妳，誰都沒辦法保證明天判決會不會變成死刑。齊故淵，妳會死的。」

「所以你要劫囚？」

楊嘉勇用力咬著牙——他也想，可他沒有人力及資源，靠他一個人根本是天方夜譚。

「就算是，我也不會跟你走。」齊故淵伸展腰背，「我的站還沒到呢。」

「妳能不能別總是這麼自以爲是？」楊嘉勇頓了頓，「不要以爲我不知道，妳就是故意的，妳想去找她——」

「別提她。」齊故淵身子前傾，注視他。

「我說對了吧？因爲那裡沒有我們的人，她如果真的沒死，就只可能被關在那裡。老實告訴我，妳是不是——」

「我說別提那個叛徒。」齊故淵第一次在這層層枷鎖之下奮力掙扎，卻只造成一點搖晃，細緻的皮膚腫脹後摩擦手銬更容易疼痛。一個深呼吸後她說：「你到底要不要幫我？」

楊嘉勇重重跺了兩下腳跟，怒氣晃動車身，「我可不會眼睜睜看著妳去送死，也不會像她一樣拋棄妳。」

「我才不會死。」齊故淵咕噥。

楊嘉勇從胸前口袋裡掏出一枚蠟丸遞到齊故淵嘴邊，她想也沒想便張嘴吞下去，巨大圓球像鐵片似的刮過喉嚨，令她反射性乾嘔。她極力忍耐著，直到那股窒息感從胸口緩緩沉下去……

他們都說陳柔死了，死在政府的祕密處刑下——其實那也不算祕密，就連七歲小孩都知道，只要是權貴看不順眼的人，因爲各種荒唐的原因死在警察手裡都是有可能的。更別說陳柔以前是衛道者，如今是反抗軍，在軍政府眼中可是個血統純正的反政府恐怖分子。

但齊故淵很清楚，爲了殺雞儆猴，政府要處死她不可能不昭告天下，而至今沒有她的消息只有一種解釋能說得通——她背叛了，就跟她當初背叛教團加入革新會一樣。

「不准再詆毀她了，陳隊不是那種人。」陳柔的隊員對她咆哮，「她爲了我們犧牲，爲了我們！」

「消息呢？屍體呢？這只能說明你不了解她。」齊故淵反擊，「看來我也不夠了解。」

「妳他媽的！」隊員往她臉上揮拳。

她根本沒有力量還擊，只能咬牙忍下去，拳頭砸在顴骨上，眼睛和腦袋都劇痛不已。

見狀，當時在場十幾個人，除了楊嘉勇外竟沒有人想移動腳步阻止。

眞厲害啊，陳柔，用溫煦的僞裝騙過所有人，就連她也差點信了。

陳柔一定供出了革新會的成員名單作爲交換，然後在政府的安排下被祕密送出國，待在某個舒服的公寓，躺在沙發上悠閒地看新聞嘲笑他們吧？

混蛋、叛徒、比衛道者還不如的狗東西……齊故淵將掌心捏得滾燙，動手動腳是粗魯的表現，然而她不介意將指節送到陳柔端正筆直的鼻樑上，在那張好看的臉上製造缺陷。

她心窩處有點悶熱，宛如有塊燒紅的炭火堵在那，而那灼燒感又隨著無法輕易吐出的祕密緩緩沉下去，墜入內心虛無。

獄警坐回位子上，押送的囚犯依舊蒙著黑布靜靜待在原位，好像動也沒動過。休息整裝過後換了個人當司機，囚車大燈亮起，駛上公路，只有引擎聲的沉默將緊戒拉滿。

痠痛的肌肉和槍枝因搖晃而發出的細微聲響不停刺激齊故淵的焦慮，黑暗裡很難掌握時間感，更別提逐漸滿脹的膀胱幾乎無限地拉長了每分每秒。

她曾與陳柔聊起，若是被逮捕後受到嚴刑逼供該怎麼辦。

警察刑求的手段究竟有多殘忍？其實她們也拿不準，睡眠剝奪、拔指甲、穿掌等都聽說過，她和伙伴們會在酒吧或是野外的營火旁談論這類傳聞。不過那幾乎都是針對教團戰俘的酷刑，在那時的她的耳中，這些事離自己還太遙遠，就像用來嚇唬人的鬼故事。

在上大學前，父母的保護網將她控制在舒適圈，她總覺得政府沒有那麼壞，事情沒有別人說得那麼糟。直到她遇到楊嘉勇，隨著他的腳步，她見到眞實的世界，又因此認識陳柔。

「我絕對不可能出賣你們。」齊故淵一口咬定，「管他用什麼方法對付我都一樣。」

「當然，妳口風緊。」陳柔笑著附和，恐怕就算她說自己能在八角籠裡打贏楊嘉勇，對方也會想到理由肯定她。

她挑起眉尾，故意反問：「妳呢？」

「老實說，我不知道。」

「妳認眞？」

「我怕痛嘛。」陳柔手掌摸上後頸稍微偏過頭，「我看過教團的大人刑求戰俘，我沒信心挨過同樣的折磨，而且我以前也是教團的人，他們不會放過我。」

齊故淵嘖了一聲，「我就不該讓妳知道我的名字。」

「放心，只有妳，我絕對不會供出來，就算他們要剝我的皮，也不會。」陳柔澄澈的眼睛含笑，稍稍湊近她耳邊，「以主之眼，我發誓。」

陳柔總是把獨一份的偏袒坦率掛在嘴邊，怕別人看不到似的。

齊故淵移開視線，刻意不去看陳柔，「出一張嘴倒是挺行。」

陳柔輕輕往她身上靠著，有點親密又沒有跨越界線，沒有多說什麼證明自己的決心。畢竟，只有能被看見的行動才是眞實。

良久後，齊故淵輕聲開口：「我也絕不會背叛妳。」

然而此刻的齊故淵昏沉間強忍著幾乎要脹裂的膀胱，在崩潰與理智間反覆掙扎，這時若是獄警用上廁所的機會來勸誘，她可能眞的會說出點什麼，這甚至不算刑求，不過是一點微不足道的小折磨而已。

在她瀕臨放棄自尊的底線邊緣，囚車終於緩緩停下。

車門拉開的瞬間一股寒意撲面而來，齊故淵的思考能力已經有點混亂，無法細緻地用耳朵辨別自己在哪、周圍有多少人。

幾隻不同的手安靜地推著她前進，從屋外到室內，混亂裡她被交給一個獄警，那人俐落地解開一層層枷鎖，只留手銬禁錮她的雙手。

齊故淵被帶進新的空間，有個女人的聲音好像隔著一道牆傳了進來，「妳可以解下蒙眼布了。」

幾秒的猶豫後齊故淵照做，重見天日的瞬間並不刺眼，環境非常昏暗，剛好能讓她長時間未受光照的眼睛看清楚。她正在一間寬敞的廁所中，除了門外的女聲外沒有其他人。

「妳自便，我在外面等妳。」那女人說話節奏慢而穩，自信與壓迫感從字句間滿溢而出。這個人不在乎讓她獨自待在一個空間裡，是因爲她確信自己能掌控齊故淵的行動——這不是善意，而是種被包裝過的輕視。

若換作平時，齊故淵一定得反唇相譏，可現在她只想解決生理需求，甚至對門外的人有那麼一點感激。

儘管順利解決完生理需求，齊故淵的下腹依舊脹痛，她整理衣服後緩緩開門，聲音的主人倚在牆邊等著，把玩手上腕錶。

「好了？」那人穿著潔白硬挺的襯衫，眼尾微微上挑，以至於說話時好像無時無刻都在笑。她抬眼，無光的眼瞳在瞬間精準地望進齊故淵眼底。

是余左思。

齊故淵努力睜開酸乏的眼皮，看清那家喻戶曉的臉孔後，反而覺得眼前一切有點不眞實。她從未想過被政府稱爲戰爭英雄的人會對囚犯這麼貼心，甚至稱得上親切。

余左思本人就跟電視上看到的一樣，身材高䠷、五官端正，戰場風沙在余左思臉上磨出些許瑕疵，但那更像是一種征戰的勳章，再水嫩的皮膚都比不上。

余左思的面容確實能以「好看」形容，然而相較於外貌，她強大的氣場更能奪走齊故淵所有注意力，讓她身體僵直。

齊故淵以前一直覺得奇怪，爲什麼電視畫面裡只要一出現余左思，在場其他人便會露出黯然神色……原來那是一種很自然的反應，如同在豔陽下抬頭，人總會不自覺瞇起眼睛。

「需要自我介紹？」余左思站直身子，比她高上一個頭，向她伸出手。

齊故淵張了張嘴，從喉嚨中發出枯葉般的聲音，「多餘的事就不必了，余上將。」

她已經將手以紙巾仔細擦乾，握手回應對方釋出的善意，余左思的手掌上有許多粗糙厚繭，指節突出，將她細緻的掌心刮得有點疼。

齊故淵突然意識到，這是隻奪走數萬生命的手。

「很好、很好，歡迎來到最高戒備女子監獄，齊小姐。」余左思用剛剛好的力道握了一下手後鬆開，「以後叫我典獄長。我看過妳的資料，反抗軍的小明星。」

余左思領著她走，毫無芥蒂將後背露出來，再次開口：「搞反政府活動還這麼高調，會在這見到妳，也不那麼令人意外，是吧？」

齊故淵跟隨的同時默默觀察周圍，她們還未進到監獄內部，走廊牆壁漆得潔白，有點像醫院。她自覺地將雙手收進褲頭之下，以示自己沒有威脅性，如同在上座監獄裡學到的那般。

余左思沒等到回答，便也沒再說話。

她們來到一間小房間，換囚服、填表格、拍獄照建檔……齊故淵一直在等，等一個位階較低的獄警出現後接手這些瑣碎的雜事，然而卻只等到余左思親自彎下腰按下快門。

這座監獄專門關押全國最凶惡的罪犯們，囚服是低調的米色，棉質的衣料洗得微微泛舊，但還算乾淨厚實。

余左思將掌心向上示意，「手。」

齊故淵猶豫了幾秒，緩緩伸出右手，余左思在她手腕綁上一條粉色的矽膠手環。她轉動手腕，看見上頭寫著編號「A103」。

手環非常剛好地服貼在手腕上，緊密感令她打心底冒出一股不適。

「不習慣戴項圈？」余左思笑了笑，和藹外表下說出的話卻帶著不容忽視的惡劣，「別急著討厭，妳沒有選擇。」

齊故淵抿了下唇，仍沒有說話。

繁瑣程序結束後余左思帶著她深入監獄，她們目前所在的地方是行政區及獄警舍。余左思用手上腕錶作為感應卡解鎖一道道鐵門，這裡的硬體防備嚴格，人力分布卻很鬆散。

齊故淵走在余左思身後，觀察的目光也愈發大膽起來。

「妳的綽號是？」余左思問。

「什麼意思？」

「這裡的人沒有本名，稱呼彼此要用綽號，不然我就用編號叫妳。」

「這樣就好。」

綽號、編號有差嗎？在政府眼裡她們都只是罪犯而已。

余左思回頭瞥她一眼，眼中含著戲謔，「我以為妳會乖乖告訴我，妳的綽號是柳柳。」

「妳怎麼——」

「圍牆內的一切，我都知道。」余左思侃侃道來：「齊故淵，首府當地人，八月六號晚間十一點零九分生於首府大學附設醫院，O型血。」

齊故淵又感受到一陣不適，如同被蟒蛇盯上的獵物。她嘴角抽動，忍不住開口：「對付一個小囚犯而已，需要做這麼多功課？」

余左思突然轉過身望著齊故淵，她的眼神銳利異常，彷彿能貫穿皮囊直視靈魂，眼底又什麼都沒有，空洞如宇宙深處般虛無，「這麼說可不對，無論犯下什麼罪刑，妳們在我眼中都是人，需要同等對待。」

齊故淵雙拳不自覺握緊，掌中滲出薄汗，不過仍冷著一張臉，甚至挺起胸膛，「沒想到戰爭英雄也有窺探別人隱私的惡劣愛好。」

「首先，隱私是留在監獄外的特權。」余左思朝她踏近一步，「其次，對於你們革新會，我從來不小覷。你們到處都是，雖然還不成氣候，卻很難拔除，革新會比教團聰明太多，遲早有天會引發第二次內戰。」

「我們是爲了自由，爲了和平。」

「喔？眞的嗎？」余左思稍稍揚起唇角，「如果是我，早幾年前就該開始對付革新會，可惜那些事已經與我無關了。」

四年前，身爲政府軍不敗傳說的余左思辭去所有實質職務，卸下軍袍，淡出鬥爭的圈子，轉而任職這所深山監獄的典獄長。

大家都說余左思不行了，掌管政局的還得是舊軍閥總統段有平。對此齊故淵曾半信半疑，畢竟余左思退出政壇前沒有絲毫頹勢，反而如日中天，首府上下誰敢不聽她的話？連段有平做事都得看她臉色。

現在看來，那根本就是道聽途說，這樣的氣場、這樣的一個人，怎麼可能會因為被鬥垮而落荒而逃？

齊故淵嚥了下口水，「余上將真的是被總統鬥垮才來這的？」

「敢問我這個問題的人不少，但答案早就在你們心裡了。」余左思瞇起雙眼，以指節摩娑下唇，「試圖激怒我？還算及格，不過妳必須明白，所有偽裝在我面前不值一提。」

她不帶表情迎上余左思視線，「什麼偽裝——」

「妳加入革新會五年，我一直沒聽過妳的名字，妳卻在這一年內突然變高調，甚至加入前線行動，直到犯了錯，誤傷平民，又突然消聲匿跡。」

一陣寒意沿著脊椎爬上後腦，緊緊攫住齊故淵後頸。

余左思說得完全正確，然而她不該知道這些細節，頂多只能看到自己在行動中冒出頭，又突然消失蹤影……還是說她只靠這點線索就能猜透自己，怎麼可能？

「沉寂了一個月後，妳帶領一小票反抗軍試圖占領教團棄守的小基地，這場糟糕的行動直接導致妳出現在這。

「那個小地方可沒有讓人冒險的價值，妳之所以會去搶占那裡，是因為妳知道軍方的人已經準備好接手。在這種情況下出手的唯一下場，只有成為階下囚。被抓之後妳又承認了更多罪名，一項一項，讓妳的刑期愈來愈重，最後被分配到最高等級監獄。

「所以，不是軍方抓到妳，而是妳讓自己被抓，不是嗎？妳不只想進來，更以為自己還出得去。

「妳，想從我這裡拿走什麼？」余左思微笑著，唇齒輕輕開闔。

她被這個初次見面的人看透了，從裡到外，每條經脈與思路都在余左思雙眼下一覽無遺。雖然沒有槍，她卻像被槍口抵著額頭。她不能沉默，無法回答等同於默認，而只要承認了自己有所圖，余左思便有充分的理由扣下板機。

「妳是這麼想的？」齊故淵抬頭，沒有一絲退縮。她以問題回答問題，將露出破綻的風險撇得一乾二淨，「聽說余上將加入戰局前，曾經不眠不休研究教團卷宗整整半年，在更早以前妳肯定也持續觀察著教團的一舉一動。妳了解教團，了解他們之中每一個具有影響力的人，這就是妳不曾輸過的原因，但我沒有卷宗、沒有紀錄，妳不了解我。」

說出口的瞬間，齊故淵又想到那張陽光般和煦的臉龐，如果讓陳柔對付她的話，一定也會像余左思殲滅教團一樣容易。只要那個叛徒出賣自己，她將死無葬身之地。

她想著陳柔，心底又燃起憤恨不平的怒火，而這樣的情緒取代了不安，讓余左思只在她眼中看見堅定。

余左思深沉的臉孔笑意更濃，「現在的小朋友，眞是愈來愈厲害了。」

眼前這人從頭到尾都是那麼輕鬆，齊故淵覺得自己根本入不了她眼裡。

好似什麼都沒發生過般，余左思轉身再次往裡走，她甚至察覺到對方的步伐輕快了點。

齊故淵無聲吐息，不管怎麼說，她都算挺過了這關。

她們穿過獄警舍，走到戶外時齊故淵才發覺現在是下午，儘管天空被陰雲蓋住，光線卻很亮。

囚犯區的入口是一道破舊軌道鐵柵門，開啓時發出鏽鐵摩擦的吱呀聲。

一踏進門齊故淵便感受到無數視線集中在她們身上，接著迎來空曠的放風場，數十名和她一樣穿著米色囚服的犯人三兩成群聊著天或散步。除去第一瞬間被注視的異樣感，整體氛圍竟然十分輕鬆。

「我們這邊採取懷柔策略。」佘左思說：「在我眼裡，囚犯和一般人沒有區別，我會盡全力保證妳們受到人道的對待，不會折磨、苛待妳們。」

顯而易見的困惑浮現在齊故淵臉上，她張了張嘴：「衛道者也是？」

「是的，教團的人也是。」

十四年前，衛道者占領絕大多數領土，教團已成了這個國家實際掌權的組織。政府軍死守首府與零星的衛星城市，內戰只差分寸便可以宣告結束。

就在這時佘左思橫空出世，以野火之姿點燃戰局。六年後，佘左思從教團手中奪回最後一座城市，政府宣布內戰結束。

雖然總統大位這幾年都不曾換人，可誰都明白，輝煌戰功加身的佘左思才是首府眞正的掌權人。

齊故淵無法想像，一個手握軍權且立於權力之巔的人會退居深山，更不相信一個縱橫沙場的人會對曾經的仇敵仁慈。

她看著寬闊明亮的放風場，就算囚犯們談笑自如，也只讓她心中生厭。

佘左思帶她穿過放風場，經過的囚犯甚至會友好地和佘左思打招呼。有些人將她們攔下，對典獄長抱怨電力不穩、鄰居半夜唱歌等雞毛蒜皮的小事，短短的路程被拖延得十分漫長。

她望向遠方，山群層層疊疊，從漆黑高聳的石牆上探出些許銀白。

對齊故淵來說，無論是被困在監獄裡，還是以前在據點的宿舍裡，透過灰暗玻璃所見的冷色調遠山長得都一樣。

那時候的她靠在宿舍二樓窗邊，透過拉上的紗簾探出半張臉向外看，政府軍的裝甲車從底下魚貫駛過。她還能看到不少小鎮居民和她一樣躲在一段距離外窺看，更有甚者站在馬路旁堂而皇之地注視——若當政的是教團，他們恐怕連露臉的膽子都沒有。

齊故淵不喜歡軍政府，可她不得不承認，軍政府至少比教團好一點。

直到最後一輛車沿著馬路開出鎮子，向首府的方向離去，齊故淵才收回目光。

陳柔用棉被將身體裹起，在衣櫃旁縮成一團，看起來平靜，眼睛卻警覺睜大，注視著她。

於是齊故淵將窗簾拉起，四周陷入晦暗不明的陰鬱。

「幹麼不出國？」齊故淵的聲音很低，「教團的衛道者所剩無幾，以後再也沒人能制衡軍隊，妳不會以為繼續待下去還有生路吧？」

陳柔攢緊了棉被，「妳不也留下來了嗎？」

「我又沒待過教團，而且我不是沒想過跑路，我爸媽也早就跑了。」

「那妳怎麼沒跑？」

「我跟他們不一樣。」

齊故淵又掀開窗簾一條縫，迅速瞥了一眼，外頭依舊冷清，據點沒引起任何注意。

儘管陳柔又縮了縮肩膀，展現的姿態、眼神卻無一不從容淡然。

其實策略目光、戰鬥經驗……那些都是其次，陳柔身上最適合當隊長的特質，正是她無時無刻都帶著如此可靠的氣場，教人忍不住信她，就算以性命相托也無妨。

「有沒有待過教團對他們來說都一樣。」陳柔難得沒有笑容，只是語氣依舊溫和，「衛道者手段恐怖，軍政府也好不到哪去，無論哪邊當老大，我們都沒辦法安心生活……但我覺得這樣不對。」

陳柔和革新會裡多數成員不一樣。他們大多是學生、記者和各個領域的專業人士，陳柔卻是從小在戰場上打滾的士兵，字都認不全，無法在辯論中唇槍舌劍，寫不出優美的文章。

當她想表達什麼時，只會用「我覺得」和簡單的敘述，以及澄澈堅定的眼神來訴說無法成形的宏大理想。

只需要這樣，齊故淵就能理解她，彷彿能見到那個安全、公平、不需要擔心說錯話就會被警察敲門的社會……也許，還是一個沒有「非正當性關係」罪名的社會。

陳柔終於鬆開手，將身子傾向前，「因為是不對的，所以得有人來糾正。糾正要付出很多代價，而我的代價會比別人少很多。我沒有家人、沒有財產，也沒有別的事好做，至少在遇到妳之前，這就是我唯一要做的事。」

陳柔說完這麼一大串，進到齊故淵耳中卻只剩「遇到妳之前」幾個字。她皺了皺眉頭，咕噥道：「跟我有什麼關係？」

「妳很擅長改變人的想法喔。」

「我不記得我有勸妳放棄什麼。」

「是還沒有吧？」陳柔彎起嘴角，「妳現在還想跑路嗎？」

「不可能，我不會丟下……你們。」

「那就好。」陳柔注視她的雙眼，「那就好。」

後來的日子裡，她經歷了許多危險與難關，都是想著這句「那就好」而留在國內撐下來。

然而，信任的代價卻是一身囚服與高聳的圍牆。

陽光消失了，齊故淵的世界只剩下黑夜與惡意。其實一直都是如此，世界不曾變過，是陳柔用溫柔的角度對她笑、專注凝視她，騙她這世上還有光明與純粹的善意。

可笑的是她信了，曾經，就像她曾相信政府建立的規矩。

同樣的錯她不會再犯，相信余左思滿口鬼話的傢伙大概沒長腦子。齊故淵看著前頭悠然負手而行的余左思，不算壯碩的白襯衫背影帶著與遠山相同的冷調。

穿過放風場後她們來到生活區域的囚舍，共有兩棟建築並列，靠放風場較近的是B舍，再往裡走才到A舍。齊故淵耐著性子等余左思和囚犯們打交道，同時也不忘打量囚舍的建築細節，鐵製桌椅都是圓形且鑲在水泥地裡，乳白色油漆光滑新穎。

說不清的異樣感縈繞在心頭，齊故淵時常能感受到視線，轉頭探究時卻又一無所獲。

一會兒後她才意識到，這些視線也許是針對余左思而來。她無法辨別那些眼神所蘊含的意思，而古怪感也依舊纏繞著她。

齊故淵環顧四週，赫然察覺觸目所及只有米色身影，「獄警呢？」

余左思聞聲回頭，「妳眼前不就是？」

「只有妳？」

余左思淺淺勾起笑，微彎的眼角挑出一抹戲謔，「是的，只有我。」

「這裡至少有五百個囚犯。」

「就算有五千個，又怎樣？不勞妳替我擔心。就像我說的，妳們是人，只要妥善對待、人道教化，妳們也會服從規矩。」余左思舉起手，對不遠處的一名囚犯朗聲道：「大白，麻煩幫我拿一份五條約來。」

「是的，長官！」大白跳起來對余左思行了個不三不四的軍禮，她比余左思還高，肩膀更寬闊，大步走時長長的馬尾在背後搖晃。

大白很快回到她們面前，將一張紙卡遞給齊故淵，上頭以印刷字體列出五行字——

一、請勿以任何形式傷害囚犯及自己的人身安全及健康。

二、請勿接近、窺探D區及行政區域。

三、請勿以任何管道取得或使用燃燒式菸、毒或熏香製品。

四、每個月接受健康檢查。

五、警告的機會只有一次。

先不論前四項是否合理，第五項短短一行字間蘊含的可能性與威脅讓她心裡彷彿被猛然刺了一下，太不對勁了，這一切都是。

余左思此時抓起她的手銬，用碗錶感應後發出嗶聲，手銬隨即解鎖。

「我相信妳不需要。」余左思拎著手銬晃了晃，又比了下被稱為五條約的紙卡，「只要遵守規則，沒有人能傷害妳。」

齊故淵緩緩舉起雙手，解開束縛的輕盈感有些空虛，下一秒她的警戒心瞬間從余左思身上擴散到周圍的人群中。

不是只有警察會對她滿懷惡意，就人身安全而言，齊故淵當下最需要提防的反而是其他囚犯。她們之中可不只有滿懷理想的政治犯，更多的是殺人、運毒、販賣人口或是滿口謊話的卑劣小人。

要和警察鬥智她有信心，可她沒辦法與地痞打架，這也是為什麼陳柔一直衝在前面，而她只能窩在後勤小隊的原因。

如今這座監獄竟然沒有警察，反而充滿囚犯——荒唐得讓齊故淵有點想吐。

余左思笑了笑，「大白是A1區的區長，負責維持秩序，她會帶妳熟悉環境。我還有C區需要巡查，就不陪妳了。」

「遵命，長官！」與余左思截然不同，大白朝氣蓬勃，伸出手臂想勾住齊故淵的肩膀。

然而她碰到的瞬間，齊故淵就以手背將人甩開。

「啊，啊哈哈，抱歉啊。」大白舉起雙手，「是我太興奮了，我是大白，該怎麼稱呼妳？」

齊故淵將心中不安強壓下來，抿了抿嘴唇回答：「柳柳，柳樹的柳。」

「柳柳，很可愛欸。」大白拍了拍她上臂，肢體動作浮誇。

不過至少齊故淵感受不到惡意，大白屬於澄澈的人，讓她想到某個傢伙，那傢伙雖然背叛了，她依舊不受控地被相似的特質吸引。

「妳是A1區的人，以後就由我罩著啦。」大白拍了下手，領她去寢室。

A1區爲兩層樓正方形的建築，中間是空曠的天井，牆邊架著鐵製扶梯，抬頭就能看到二樓的人。

「手來這裡。」大白比了比寢室門上的鎖，用手環感應後門鎖喀的一聲解開了。

房內是單人間，地板以灰色大片石磚鋪成，裡頭有一張床、一個馬桶、一個洗手台、一扇鐵柵欄窗。這樣大小的空間在齊故淵上個待的監獄，少說也要擠六個人。

她看著乾淨的地板搖頭，「囚室居然有門鎖。」

「很讚吧，就跟外頭沒什麼兩樣。」大白張開雙臂，「能移監到這的妳可是超級幸運兒啊。」

幸運嗎？齊故淵開始有點困惑。她對這裡的看法似乎不全對，至少在硬體設備上，余左思確實是善待她們的。

「來，這是給新人的，牙刷、牙膏、肥皂、棉被、床單……咦，妳還好吧？」

齊故淵轉頭看見鑲在牆內的鏡子，這才發現自己臉色過於慘白。

「對了，妳才剛來。啊……是我沒想到，外面那些臭狗根本不知道什麼叫尊重，來的路上很辛苦吧？我去找醫療組給妳看看。」

「不用了。」齊故淵撇過頭，實在沒有心思再應付更多人。

「不行不行，一定要的，這裡看病不花錢。」

「我很好。」她趕緊打斷大白，「還有什麼我該知道的，趕緊說。」

「妳確定嗎？醫療組的人才剛往A2走過去，一下就好。」大白不管她，揮舞著雙臂大喊，「喂，小隼，小隼呢？」

齊故淵臉色從白變成鐵青，用手摀住嘴，彎下腰一副隨時都會吐出來的樣子。

「我操我操，沒事吧姐妹？」大白急了，一把將她公主抱起來，拔腿奔向A2區。

齊故淵不得不用一隻手鉤住她，免得自己被顛下去，反抗的悶聲完全被無視。

「閃開閃開，這裡是救護車！」大白喊著，將她們變成全監獄最引人注目的存在，囚犯們還真的紛紛讓道，任大白從她們之中跑過去。

齊故淵臉色愈來愈差，隨時暈過去都不教人意外，直到大白找到一名短髮囚犯，將她一把扔在對方面前。

「小隼，快救救孩子吧！她看起來快不行了。」

齊故淵沒有反駁大白，甚至連這麼做的心思都沒有。她撐在水泥地上，儘管腦子一片空白，仍同飛蛾撲火般抬起頭看那人的臉，同樣的輪廓、同樣的眼睛，就連臉頰上的斑點都與初見時一般，細碎而溫柔。

陳柔低頭看著她，只有那冷漠的表情，與她所認識、永遠將熱度留給她的陳柔完全搭不上邊。

陳柔稍微張嘴，然後皺了下眉，「這是誰，新人？」

此時齊故淵的腦袋已經徹底變成一團混亂的八寶粥。她才不是什麼新人，她是柳柳，是曾和陳柔依偎在營火旁邊度過無數夜晚、託付生死的伙伴。

齊故淵睜大眼看著對方卻說不出半個字——這傢伙是陳柔吧？這傢伙明明是陳柔，她還活著，她眞的還活著！可她爲什麼不認識自己了？

陳柔的頭髮稍長了，在頸子旁柔軟糾纏，這身土氣囚服掩蓋了她作爲士兵的英氣與從容，整個人氣場都不一樣了。但齊故淵看得清清楚楚，陳柔的骨架、肩膀微微曲起的弧度，甚至是胸前配戴的菱形神眼，每一處細節都印證了她的身分。

「剛來的，還新鮮呢。」大白攙扶齊故淵肩膀將她扛起來，「好像是來的路上被野狗整成這副德性了，妳快給她看看。」

「把她扶好來。」陳柔將手掌貼上她的額頭，掌心冰涼而穩定，沒有任何一絲破綻。

怎麼回事？齊故淵的眼神幾乎要化爲言語傾洩而出，無形無聲質問著對方。

如此明顯的訊號陳柔卻沒有接收到，自顧自地說：「好像有點發燒，但看起來滿有精神的。嘿，新人，妳叫什麼？」

「放開妳的髒手。」妳明明知道我的名字、我的生日、我所有喜好。齊故淵分明想這麼說……她分明是想這麼說的。

陳柔身邊一個嬌小的囚犯上下打量她，「唷，菜鳥脾氣挺大。」

「算了萌萌，人家才剛到，緊張很正常。」陳柔果眞移開手掌，「看來她沒什麼問題。我是小隼，負責替囚犯治些小病小痛；她是萌萌，這裡的醫生，以後有什麼不舒服的地方，都能來找我們。」

「對，妳最好給我放尊重點，要是敢用剛才那種態度對我，我有一百種方法能弄死妳。」

齊故淵沒有裡會萌萌，眼神自始至終都放在陳柔身上。

到底怎麼回事？她失憶了，還是有什麼理由不能認她？不過這些疑惑很快就被狂喜覆蓋，陳柔還活著，這比任何事都來得重要。

大白因她激烈的反應而錯愕，扣住齊故淵臂膀，乾咳幾聲，「嘿嘿，柳柳啊，妳別太緊張，沒事就好，咱們回去吧，回去。」

說完她便拉著齊故淵往回走，想將她帶離是非的源頭。

齊故淵自然不甘願，扯回臂膀還想上前質問陳柔，卻見對方連多餘的幾眼都不願留在自己身上，轉身和萌萌並肩前進。

萌萌小聲咕噥：「無事生非。」

齊故淵停下腳步，看著陳柔的後腦勺慢慢遠離。

以往陳柔總是望著自己，以至於她很少有機會見到陳柔的背影，就像從未被發掘的月球背面、隱藏人性、陳柔的另一副面孔——也許她眞的不懂陳柔。

「別惹事！妳想啥呢？」大白再度扣住她的手腕，「妳們認識？說起來小隼是不是也是反抗軍？」

齊故淵掙開大白的手，又回到一開始的冷靜，「不知道，不認識，看她不順眼。」

大白嘆了口氣，「小祖宗唷，分這樣的一個新人給我。」

「我要一個人待著。」齊故淵匆匆走回A103牢房，關上鐵門自動上鎖。

她捧了好大一把冷水洗臉，腦袋依舊無法降溫。

陳柔還活著。齊故淵抬頭看見鏡子，才發覺自己在笑，那是發自內心的笑，嘴角不顧乾裂的痛扯開，眼裡閃爍著光，陌生得幾乎認不得自己。

「我是對的。」小小的囚室裡，她喃喃自語的聲音若有似無，「她才沒有死。」

那天，回來的人之中唯獨少了一個。

「小隼呢？」齊故淵問向滿身塵土的同伴。他們一個一個跳下越野車，卻沒有人敢看她。

「說話，爲什麼沒載她回來？」

「柳柳。」其中一個人走到她面前，「她……她說要替我們斷後——」

「你們丟下她？」

「不是！那時候警察已經將她上銬——」

「你們怎麼能拋下她不管？」緊繃的理智瞬間斷開，齊故淵揚手將巴掌往對方臉上送，怒氣沒發洩出去就被楊嘉勇抓住手腕。

「柳柳！」

她瞪向楊嘉勇，「他們把陳柔丟在那！」

「我知道。」他低頭看著她，「他們也不願意，沒有人願意，就算妳在現場也只能空手回來。」

「胡說！我絕不會丟下隊友不管。」

「小隼被抓走這件事已經沒辦法改變了，妳現在該做的不是責怪別人。」

齊故淵無法理解，爲什麼楊嘉勇能這麼冷靜？那可是陳柔，她了解教團、了解戰場，幫革新會占領許多教團留下的資源，帶領同伴穿越紛亂的地區，確保所有人的安全……

她……她可是陳柔啊。

楊嘉勇力量巨大，齊故淵花了好大的勁才掙脫他的限制。她一個個瞪視在場的臉孔，將無能為力的憤怒發洩在他們身上。

有些人低下頭，有些人不甘示弱地回敬。

齊故淵只能將希望寄託於革新會安插在政府的探子裡。一旦他們之中有人被抓，就算被隔離在禁閉室裡，也能透過各式各樣的渠道向外傳遞訊息，再經由各個線人輾轉傳回來。

一開始，陳柔確實依照約定的暗號傳回報平安的訊息，齊故淵鬆了好大一口氣，接著開始緊鑼密鼓地籌畫如何將人換回來。

再隔一天，線人傳回來的消息卻是政府祕密開庭，以傷害及顛覆國家政權等罪名判處陳柔死刑。

然後，便不再有陳柔傳出來的訊息。

那代表著什麼？陳柔死了？不，其他人都太膚淺，怎麼可能讀得懂沉默之下的眞相。

眞相是，陳柔背叛了。

齊故淵很清楚，因爲這是陳柔最有可能活下來的方法。

她的滿腔怒火終於找到宣洩之處，燃燒著理智以支持生命延續。她變得急進、偏激，不怕死地申請調度到行動小隊裡，甚至在行動中誤傷平民——那可是他們的大忌。

「妳明白妳犯了多大的錯嗎？」幹部將手撐在桌上，咄咄逼人。

齊故淵看向一旁，從那張冷靜的臉上實在看不出悔意，「誤傷平民害革新會風評降低，我已經反省過了。」

「革新會爲了人民而存在，妳卻反過來傷了他們，這才是重點！」幹部猛力捶了下桌子，「妳想立功，我知道，但現在妳沒有機會了，妳的隊長職取消，讓楊嘉勇來管。」

她似乎該憤恨不平，抗議自己應該有第二次機會，然而她只是深呼吸，試圖排出淤積的無力感。好幾個月的煩躁與憤怒使她精疲力盡，她什麼都不想幹了，只想快些離開。

「妳的表現，我們一直看在眼裡。」他話鋒一轉，「現在有個將功補過的機會，就看妳能不能好好把握。」

幹部遞來一份文件，齊故淵想都沒想就接過，那是一名陸軍中尉的檔案。

「她當過很多軍官的白手套，功績派一半以上的貪腐證據都握在她手裡。」他壓低聲音，生怕隔牆有耳，會將肥肉叼走，「但政府對狗從來都是用完就丟。她已經有交易的意願，只要能順利將證據拿到手，就能重重打擊那些政府軍的走狗。」

在幹部興奮的眼神中，齊故淵垂著眼眸看那份文件。那人的名字叫陳倩雯，照片裡的她長得很普通，像高中老師、普通上班族，就是不像爲人洗錢的白手套。

也許再過個幾十年後，她看起來也會和這個人差不多，畢竟沒有人生來便是壞人。

「她現在在哪？」

國家最高級別的監獄關押了最凶惡的幫派分子、最狂熱的衛道者、最有影響力的政治犯，它的所在地甚至是一團謎。

齊故淵將囚室的每個角落都檢查了一遍，確認沒有任何監視器後才回到盥洗台旁，低下頭，將手指伸進喉嚨深處，激起反胃的本能。

爲了這一刻，過去好幾個月來她持續服用催吐藥，消化系統變得極爲虛弱，無論吃什麼都難以吸收。

胃囊激烈收縮，酸水湧入食道，直衝鼻腔，她趴在盥洗台上，滯悶感彷彿要撐裂食道從體內爬出來。

咚的一聲，完好無缺的蠟丸掉進盥洗台裡，她捏碎蠟殼，比指節更小的定位器重見天日。訊號發送，從此刻開始，這座監獄的位置對革新會而言便不再是祕密。

由區長負責監督，晚上九點後，所有囚犯都得回到自己的房間，夜晚的監獄安靜得像在海溝深處。

齊故淵躺在乾淨寬敞的床上，儘管這裡的環境與她待過監獄比起來簡直就像旅館，她卻盯著天花板無法入睡，最多只能進入半夢半醒的淺眠。

她在做準備時收集到許多傳聞，唯一確定的是自從余左思突然退出政壇，窩居在毫無前途的監獄後，這個地方便幾乎沒有囚犯再轉移出來。獄警等工作人員也只起用余左思的親信，導致他們的探子難以插足，關於監獄的正確資訊少之又少，也因此陳柔的訊息才會傳不出來。

齊故淵的腦袋分裂成兩個，一邊想著如何不被注意地找到陳倩雯，一邊想著陳柔爲什麼對她這麼冷淡……擔憂、狂喜與難以置信將思緒絞得混亂。

恍惚間好像聽見鎖芯碰撞的聲音，強烈的警覺心讓她立刻睜大眼。

反應過來時門已經重新被關上，黑暗中有個人影如猛獸般迅速撲到她身上。她嗅到夜襲者身上的氣味仍奮力掙扎，揮舞拳頭打擊對方的身軀。

那人發出吃痛的悶哼，連挨了好幾下卻沒有任何反擊的意思，同時試圖抓住齊故淵的手。

「柳柳！」陳柔壓低聲音。

齊故淵聽到了，卻一個巴掌搧過去，被對方抓個正著，利用技巧將她壓制在床上。她不服軟，硬是掙扎，好像在跟誰賭氣似的。

「妳會弄傷自己。」陳柔急促地說：「別動了，柳柳。」

齊故淵掙扎的力量分毫不減，用全力以沉默抗議。

因黑暗而模糊的熟悉輪廓，喃喃吐露出聲：「對不起，柳柳。對不起。」

齊故淵終於慢慢停下來，兩個人都因搏鬥而喘著氣，喘息聲在喪失視覺的情況下格外明顯。

「滾開。」她小聲怒斥。

「妳會跑走。」

「妳有資格說這種話？看來妳不把自己的行爲當成背叛。」

「我是不得已的，柳柳——」

「我不想聽妳的藉口！」齊故淵再次掙扎，瘦小的身子在陳柔的籠罩之下怎麼也逃不開。

「柳柳。」陳柔的聲音帶了絲沙啞，輕柔濕潤，「柳柳……」

她只是以過飽和的感情呼喚，齊故淵的躁動便被輕易撫平了，像隻疲憊的惡犬，緩緩收起利齒。

怎麼能不算背叛呢？爲隊友斷後，造就了陳隊的偉大情操，犧牲的卻不只是她的自由。

陳柔低垂著頭，靠在齊故淵的肩膀與床墊上，像是脫了力，卻又緊緊抓著她的手，將兩人束縛在一起。

齊故淵有好多事想知道，也確信陳柔有很多話想告訴她，然而此刻誰也沒開口，只是聽著對方的呼吸，被頭髮搔癢臉頰。

在整整一年的徬徨、憤怒與自我欺騙後，再微小的感官對齊故淵而言都是陳柔還活著的強力證明，相較之下，其他事情都顯得無足輕重。

齊故淵不掙扎，陳柔也慢慢放鬆，撐起身子拉開一點距離。

她聽見陳柔數度開口，卻沒能湊出完整的句子來……好吧。她想著，要是這傢伙好好解釋，就原諒她，畢竟她們還在監獄裡受人拿捏，只有彼此才是對方唯一的伙伴。

「妳怎麼在這？」堅毅柔韌曾是陳柔最大的優點，然而現在她輕飄飄的聲音裡只聽得出茫然，又格外眞實，「柳柳，妳不該來的——」

「我不需要妳告訴我怎麼做。」

「對不起，白天我不能認妳。」陳柔低下嗓音，「在這裡，珍惜的東西只會被別人攻擊，我不想害妳再多承受任何一點風險。」

她們已經很久不曾這般針鋒相對——或著說，齊故淵單方面地表現刻薄。

齊故淵生疏了，可陳柔的包容依舊熟練，始終如一。

她還想埋怨陳柔，對方便似知道她的打算、猜透她的想法搶先開口：「我很在乎妳，不想害妳受傷，所以別生我的氣了，好不好？」

她總是這樣，以爲先低頭就會被原諒嗎？蠢死了，天底下哪有這麼便宜的事。齊故淵陷入沉默，就算陳柔慢慢鬆手也不再掙扎。

陳柔不穩的呼吸聲有些忐忑，良久後齊故淵伸手，在黑暗中準確地輕碰陳柔的髮尾，語調中有種故作冷靜的生硬，「妳……妳的頭髮，該剪了。」

在她們開始交好以前，陳柔一直是自己剪頭髮，而齊故淵的理髮技術爛得跟狗啃差不了多少，以至於後來陳柔的髮梢總是參差不齊。

儘管陳柔頭髮長了，依舊能看出長短不一的痕跡。

「我知道。」陳柔握住她的手，「妳有好好吃飯嗎？」

齊故淵碰上她的臉，柔軟又粗糙、溫涼又滾燙，謊言與眞實矛盾交錯、絲網成結，像她、像她們、像所有無法宣之於口的感情。

「跟妳一樣吧。」她的聲音透出一點迷惘。

「吃不好，睡不著。」陳柔說話的吐息撲在齊故淵掌心，「每天都在後悔。」

「騙子。」

「我不騙妳。」

「從我身上滾下去。」

陳柔照做了，小心地窩在床角，「妳是因爲我，才——」

「妳想得倒美。」齊故淵坐起身，「外面的人根本不知道妳在這。眞幸運啊，要走的時候我還能捎上妳。」

「走？」陳柔有些恍惚，「所以妳眞的是故意被抓的，對不對？」

「我又不像妳，笨到給人斷後。」

「柳柳……妳不該來，我不值得妳這樣冒險。」

「是啊，妳又不是我的誰。」齊故淵撇過頭，「少自以爲是，我有自己的計畫，別來煩我。」

陳柔安靜了半晌，正當齊故淵要不耐煩時，她的聲音從背後傳來，似乎靠近了些。

「我不煩妳，我可以幫上忙。」她說：「別丟下我，好不好？」

又來，眞當她心腸這麼好，幾句話就能打發了？齊故淵剛張開口便啞住聲，心底酸出一片柔軟。

幾秒鐘後，齊故淵深呼吸冷靜下來，陳柔擅長與人爲善，又在這裡待了一陣子，說不定她認識目標人物，如果有她的幫助確實能事半功倍。

「我要找人。她六個月前被調來這裡，是被政府拋棄的軍人，叫作陳倩雯。」

「政府的人？」陳柔思考片刻，「沒有，這裡沒有這個人。」

齊故淵稍微想了想，這裡的人都以代號稱呼彼此，不知道也是正常的——

「柳柳，我知道妳在想什麼。」陳柔語氣冷靜，「我在醫療組工作，每個月都要幫D小組替犯人做健康檢查，知道所有人的本名和來歷，我很確定這個人沒有進來過。」

齊故淵從不畏懼質疑別人，然而陳柔卻能讓她一股腦地選擇相信。她了解陳柔，陳柔會特意熟記每張面孔，也絕不會說謊。

不祥的噁心感抓住她的胃，所謂的「沒有進來過」，跟「進來後再被送走」有著天大的差異。

爲了能順利被移到最高戒備的監獄，齊故淵背了許多不屬於她的罪名——竊取國家機密、組織非法集會……那些都是革新會的手筆，政府也苦於抓不到人定罪。她主動背鍋，自然不會有人再費勁去查，她就這樣替人擔下了被抓的風險。

她所有的情報都來自革新會，那是她的組織，與她站在同陣線的一群人，她當然不會懷疑他們。

齊故淵二十一歲那年加入革新會，過了一年多後她才明白，就算他們對抗政府的立場相同，伙伴也不一定都是值得全心信任的朋友。

「妳們兩個到底是怎樣？」和她同屬於後勤的同伴，以開玩笑的語氣包裝著質問。

齊故淵能感受到，很多人對她們倆投來的眼神已經帶著疑惑不安好一陣了了，好像她們感情好會礙到別人生活似的。

「你在說什麼？」

「那個……妳們感情好，成天待在一起，看著挺讓人羨慕的。」他說：「妳們該不會是那個吧？」

「什麼？」她反問，本是爲了爭取更多反應時間，隨後茫然又在心底孳生。

是什麼？難道問她她就會知道嗎？

一隻手伸過來，勾住她的肩膀，將她圈往身上，依在可靠溫暖的臂膀間。

「還能是什麼？我難道不是妳最好的朋友？」陳柔湊近笑著說。齊故淵撇開頭，她還不依不撓，「妳不認嗎？不認我可要哭啦。」

齊故淵翻了翻白眼，「傻子。」

同伴見她們的態度就和平常一樣，表情放鬆許多，大抵是消除了心裡的疑慮。所謂的「非正當性關係」，也就是俗稱的同性戀犯罪，刑期落在五到十年之間。法律是道德的底線，而道德往往比刑罰更加嚴格——石刑、排擠、社會性死亡，只要背上同性戀的標籤，就算在教團或是革新會裡也討不了好。腐敗、狂熱與和平，無論哪裡都沒有同性戀的容身之處。

但她在怕什麼？她跟陳柔本來就不是那樣的關係，她們走得很近……也只是很近而已。有時他們在移動的路程中需要在野外紮營，沒有網路、沒有電視訊號，可能連廣播都沒有。面對黑夜與劈啪燃燒的營火，陳柔會開啓話題，讓同行的其他人投入到交談中，再默默地退出來，窩到她身邊。

齊故淵一下就能猜出她的算盤，這招對付楊嘉勇尤其有效。她也有自己的小伎倆。她會忘記帶外套或毛毯，到了晚上氣溫驟降，就能順理成章地披上陳柔的軍綠外套。

那是政府軍的制式外套，教團沒錢給童兵多好的裝備，過往的陳柔只能從戰場上撿資源。這件陪著陳柔踏過焦土的外套陳舊但結實，沾滿溫厚的氣味，在焰光跳動的照耀下，安穩地包覆齊故淵。

「好冷啊。」陳柔坐下來，以取暖爲由緊緊貼在她身邊。

她雖然嫌棄，卻稍嫌蠻橫地不願歸還外套，一環接一環，彼此的伎倆串成自然又合理的親密。

她們不常試探彼此的想法，準確來說，是不需要也不敢，就只是在現實與渴望的夾縫中任性地試圖生存。

就算她用不在意、不討喜偽裝，眼神依舊騙不了人。

齊故淵猜想，她要為自己的肆意妄為付出代價了。

交易目標根本不在監獄裡，她現在甚至不確定這個人到底存不存在，所謂的交易是不是一場騙局。革新會設下這個局讓她跳進來，替人背了許多鍋，又能除掉組織裡令人厭惡的異類。她被設計了，革新會大獲全勝。

不，不能這麼想，說不定陳柔錯了呢？或著這之間有什麼誤會？齊故淵按著額角，腦袋深處彷彿要裂開似的疼。

在精神衝擊下面對陳柔的追問，她將背後的計畫托出來，彷彿天生就信任對方。

陳柔聽後沒有太大的反應，只是小心觀察她的情緒，手掌按上她後背，輕輕安撫，「別想了柳柳，說不定是我記錯了呢？等天亮我就去幫妳查，妳已經很辛苦，別再折磨自己了。」

說起來，她已經好久好久沒有休息了，她讓自己的腦袋塞滿各式各樣的瑣事，稍微有一點空檔，就用仇恨去填補。畢竟，只要不去思考就不會意識到自己有多痛苦，如同依然留在這個國家的所有人，將自己放空，活成軀殼。

只是放鬆一下也沒關係吧？她靠在陳柔的肩窩上，溫暖的手掌輕輕拍著背，這裡的床墊乾淨又柔軟，還有個就算天塌下來也會幫她撐住的人在身邊……她的大腦自動停機，陷入安逸的休眠。

「睡吧柳柳。」陳柔低聲說著：「辛苦妳了。」

再睜開眼時陳柔正好抽身要走，齊故淵立刻抓住她，反應從未如此快過，「去哪？」

晨光從門縫下溜進來，陳柔回過身比了噤聲的手勢，「區域封鎖的時間要結束了，我得回B區。」

「敢闖別人房間還怕被發現？」

「柳柳。」陳柔握住她的手，「不能讓人發現我們的關係，知道嗎？」

「什麼關係？」她反問：「妳說啊。」

陳柔雙唇微啓，眼神往下移後再轉回來看著她雙眼。

「越在乎的東西越容易變成把柄。」陳柔將她的手握緊了，「這都是爲了保護妳。」

「不准迴避問題。」齊故淵反手扣住陳柔手腕，「怎麼，在這裡還怕被抓？」

陳柔安分地待在齊故淵的掌控中，人卻欺身而來，膝蓋壓回床緣，縮著身子，讓自己顯得處於下位，就像被齊故淵硬拉回來似的，「妳想聽我說。」

齊故淵沉下臉，「我要妳說。」

陳柔抬起頭，眼裡火花閃爍，身上的氣息參進了齊故淵的味道和兩份體溫，不容忽視，「九訓之三——眞誠的話語不可信，唯有能看見的才是眞實。」

「少拿教團那套對付我。」

齊故淵很煩躁，爲了加入革新會她失去家庭，爲了進入監獄她失去組織。她到底還剩什麼？她已經什麼都不剩了，此時此刻她只想再靠近一點、再一點……

她抓住陳柔脖子上的項鍊繩，將全知教的標誌藏進掌心，往自己身上拉。

陳柔順勢貼近她面前，歛著雙眼像在禱告。

「看我。」

陳柔抬起眼，對上視線的瞬間齊故淵手上使勁，兩人的唇瓣貼在一起。

她們被安上各種罪名，與同伴失聯孤立於險惡的監獄中，卻只有在此時，在她們見到彼此第一眼的三年之後，才首次敢觸碰非正當性關係的界線。

輕點般的親吻只停留片刻，陳柔突然展開身子將她欺在下位，像掙脫鐵籠的犬，手掌壓在她背上，用安全感將她包覆。陳柔主動吻上來，唇瓣抿啄的力道有點大，有時牙齒會嗑到她。

齊故淵輕輕咬回去，身子完全被陳柔托著，隔著棉質囚衣清楚地感受到對方的身軀。

這個吻算不上溫柔，根本就是在互相啃咬而已，她們都太無知，是毫無經驗的白紙，卻不知厭倦要讓對方染上自己的顏色。

明明是非正當、明明是受人厭惡避而不談的，那無須教導，背離社會的本能。

齊故淵摟緊陳柔，投身於這場罪行中。

Chapter 3

牢房鐵門響起急促的敲門聲，大白壓低聲音在外頭說：「小隼？快出來，被發現就慘了。」

陳柔被嚇得幾乎要跳起來，兩人拉開距離後喘著氣，看到對方衣衫凌亂的樣子同時撇過頭。

她剛才幹了什麼？她們現在可是被困在監獄裡的囚犯，她怎麼會覺得現在適合……適合做這種事！齊故淵暗自懊悔，只能慶幸現在的陳柔沒有餘裕察覺她的慌張。

深呼吸後陳柔吩咐：「別忘了我跟妳說的話，好嗎？」

陳柔整理完衣服，拉開門迅速與大白交換腕帶，趁著公共區域還沒有人，快步低頭溜出去。

大白停在她門外，嘻皮笑臉。

齊故淵回過神，很快冷靜，看來這個門鎖也不是誰都能防，如果區長能開鎖，典獄長就更不用說了。

「妳就這樣讓人進我牢房？」

「交給小隼，出不了事。」大白看了看她，「還是說出了什麼事？嗯？」

齊故淵不理會她別有深意的問句，臭著臉要關上門時被大白擋住。

「別急，昨天妳不舒服，今天我帶妳熟悉熟悉，走。」

大白帶她去了餐廳，這裡位於隔壁棟B區，和A區一樣是雙層中空的結構。

「其實B區才是長住區，等妳待超過一個月都沒惹事的話就能移來這。」大白指著一間敞開的牢房，「這裡重建過，空間大設備新，我以前就住這間。後來犯了五條約，被貶回A區啦。」

齊故淵覷她一眼，「妳犯了哪條？」

「我癮頭大，來一年後忍不住搞支菸解解饞。」大白表情輕鬆，好像犯了條約也不是多大的事，「結果被發現，記了一支警告。放心啊，我現在是安分守法的好公民，絕不再犯！」

「再犯會怎樣？」

「移監吧？大家總是來來去去，但我可不想走，出了這裡，就再也沒好日子能過囉。」

這裡的餐食和齊故淵還自由時差不了多少，蔬菜、穀類、肉應有盡有，跟其他監獄提供的發霉饅頭比起來確實讓人心滿意足。

在余左思建立的制度下，這裡每個人都需要以勞動換取獄中點數，再用點數購買餐食或日用品，徹底隔絕獄中與獄外的金錢流動，而記錄點數的載具便是她們手上的手環。

儘管剛進來的新人發配了基本開銷的點數，大白依舊搶先將手伸過去，替她結了帳。

吃到一半，她便見到陳柔進來，還一副剛睡醒的樣子，瞧見她也只是瞥過而已。

大白見她盯著陳柔，壓低聲音問：「喂，妳們是什麼地下情人嗎？別裝啦，同性戀在監獄裡不犯法。」

「不是。」齊故淵想起早上的吻，不禁有點心虛，悶悶地將湯匙戳進稀飯裡。

大白領著她穿過放風場一角進了C區的公共空間，C區建在D區旁，與其他兩棟並不相連。

「這是兩年前新建的，地最大，人最少。」大白拉著她觀察C區囚犯們，「看，那是45幫去年上位的將軍，她本來叫黑熊，但上個將軍被她做掉後，她就是眞正的將軍了。現在45幫聲勢比較大，妳要是被欺負了就去給她端茶倒水，還能混得下去。

「頭髮跟男人一樣的是34幫管事，叫豹姐。她推的輪椅上的那個人是34幫的元老，五糧。」

大白耐心地介紹了一輪，聽下來住在C區的人都是有些話語權的人物。齊故淵還看到她們牢房裡架著電視和播放器，看來囚犯之間也存在著權力階級，待遇有所差異。

「這個矮矮的不得了囉，叫修女，以前是教團幹部，不過她不住C區。」大白一邊說著，一邊朝修女走去，齊故淵攔都攔不住。

「唷，修女。」

修女約莫四五十歲，留著捲捲的短髮，胸口菱形標誌露在乾淨的囚服外，有張很慈祥的長輩臉。

修女向她們和藹微笑，「大白，許久沒見妳來集會。」

「最近有點忙，都在房間裡禱告了。」

修女笑了笑，轉而看向齊故淵，「這位朋友是？」

「我區內的新人，叫柳柳。妳看看，是不是挺可愛？」

「新人？」修女輕抿嘴唇，「朋友，妳是哪邊的呢？」

反正不是妳那邊的。齊故淵沒來得及說便被大白打斷。

「她是革新會來的，還在熟悉環境呢，勞動時間快到了，我先帶她走囉。」

「革新會，挺好，至少不是政府的狗。」修女握著菱形，注視著兩人稍微彎腰，「願主關注妳們。」

「也願主關注妳，姐妹。」

一離開修女視線，齊故淵冷哼，「原來妳信教。」

「哈，那可沒有。」大白回頭看了一眼，「全國的衛道者都在監獄裡了，稍微禱告幾次又不會少塊肉，只要說『願主關注』教團就會給妳好臉色，這不是很好對付嗎？」

「牆頭草。」

「嘿，我還會順風搖來搖去哩。」大白舉起手臂搖出波浪狀，齊故淵無言以對。

她藉口有仇要報，拜託大白帶她認識曾屬於政府勢力的囚犯，然而在那之中完全沒有目標人物的身影，這再度應證了陳柔的話。

也許不用太急著逃也沒關係，她到現在都不知道交易是眞是假，如果這一切眞的是革新會的陷阱，她就算逃出去又該去哪？她早就跟家裡決裂，沒有別的依靠，而這裡至少有陳柔。

「這座監獄，眞的好嗎？」她問大白。

「我懂，這麼舒服的地方，很像在做夢吧？我還沒犯事前過得比這還慘呢，」大白張開雙手，「但有些人就是有運氣能抽中頭獎唄。典獄長有時會表現得很討人厭，可是她總是對我們很好，軍隊的人會服她不是沒有原因啊。如果人生重來，我當初就不會去搶人，而是簽下去了。」

「她眞的覺得人道教化囚犯是可行的?」

「有好日子過，誰想當壞人呀?」大白微笑，「還有，不是囚犯，是『我們』，小祖宗。」

周圍的人有幫派分子、教團幹部、單純惡劣的人渣，而她在加入革新會前，只是個普通中產階級家庭出生的大學生。眞的會成爲「我們」嗎?她納悶，穿米色衣服的人此時看起來也沒什麼大不了，反而是穿白襯衫的人，全身沾染著危險。

齊故淵很快便又見到了白襯衫。

余左思總是帶著笑，將手背在身後，步伐緩慢，她身後跟著陳柔，兩人身高差不多，氣場卻大不相同。

陳柔低頭看向地板，雙手交扣著擺在身前，如受驚的動物般拱著背，齊故淵看著那樣的陳柔，沒有移開目光。

陳柔曾在槍林彈雨中行走，在瘋狂的衛道者中保持理智，挺過兵荒馬亂的時代，兜兜轉轉來到齊故淵的身邊。這世上不會有比陳柔更可靠的人了，就算是在她生死不明的期間，齊故淵也認定她會是最頑強的敵人。

可是現在的她卻弱小又疲倦，曾爲伙伴獻出自由的烈士正等著人拯救。

直到余左思走到面前，齊故淵才緩緩將視線收回，揚起下巴看向對方。

「瞧瞧妳的眼神。」余左思歪著頭，稍微咧開的嘴角洩漏惡劣的興味，「要在我的地盤裡知法犯法？」

「哪條法？」

「非正當性關係。」余左思瞇著眼笑的樣子就像隻狐狸，「妳們，難道是嗎？」

「妳看我們，像是嗎？」

「總是迴避問題，會讓人厭煩的。曾有個囚犯因非正當性關係的罪名入獄，最後被關了一輩子。」

威脅？反正她要透過正當途徑出獄的可能性本來就趨近於零。

余左思側過身看向陳柔，形成三角站位。大抵是覺得陳柔可以輕易突破，余左思放輕聲音，「小隼，妳說。」

陳柔緩緩抬頭，和齊故淵對上視線時眸子似一攤死水。

她變了，若是以前她絕對沒辦法藏住眼神。齊故淵有些悵然，這是一種成長，但原本陳柔那有點笨拙的破綻總是能讓她嚐自嘗到甜頭。

「典獄長，我不清楚妳為什麼要這麼問。」陳柔用制式化的語調回答，「新人脾氣大，不過我不介意她昨天凶我，沒關係。」

她脾氣明明就好得很。齊故淵差點要回嘴，分明是陳柔不肯好好講話，非得裝不認識。

「喔？」余左思摸著下巴，「這樣啊。是也沒關係，在我的地盤同性戀並不違法，妳們要互相依靠，我倒也樂見。」余左思很快對這個話題失去興趣，話題一轉，「我正要決定妳的工作，柳柳。既然妳的母親是醫生，妳認為自己能勝任醫療組的工作嗎？」

「不行。」齊故淵馬上回答。

「妳若是願意跟她們學，這份工作交給妳也沒問題。」余左思輪番看向她們倆，「醫療組一直缺人，眞應該讓人去抓幾個醫生進來。」

「我沒有那麼多聖母心。」

「是因爲小隼？進來的第一天就與人結仇可不是明智的舉動，她哪裡得罪妳了？」

「臉、長相、氣質，反正就是全部。」

陳柔在余左思的目光之外輕輕抿了下唇，看向齊故淵的眼神帶著委屈。

「妳們，結仇很深？」

「不多不少吧。」

「稀奇，原來小隼也會樹敵呢。」余左思依舊在微笑，「獄外的恩怨就不要帶進來了，妳要在這住八十三年，小隼則是一百二十一年，基本上妳們這輩子都得一起待在圍牆內，不如發展非正當性關係，讓生活好過一些。」

「謝謝您的建議，我會另覓人選。」

陳柔臉色從鐵青變得漲紅，眼神直直盯著她。

齊故淵故意不去看她，反而認眞聽余左思講話，感覺眞的在考慮對方的建議。

「既然如此，妳就去圖書組。」余左思表示，「雖然和妳的本科沒關係，但我知道妳能勝任這份工作。」

齊故淵曾就讀首府大學土木工程系。這個志願是父母塡的，只因爲該門專業相對容易申請到鄰國的居留證，齊故淵的成績也好到能上國內第一的學校，所以她就順理成章地入學了。

後來她沒有完成學業，忙著輾轉於革新會各處據點，將所見記錄下來，再用網路、地下電台等管道發送出去，串聯散落各地的反抗軍。

她不像陳柔有著獨特的專長，也不像楊嘉男有領導魅力，她只是待在伙伴之間，利用傳播訊息使大家保持目標一致。這種人在反抗軍裡不算少，他們口誅筆伐，在精神的戰場上廝殺，這讓她感覺自己像個將軍，像余左思那樣，和小隼各執一方。

那段日子雖然低調，但她也算得上身居要職，如今進了監獄，卻只能替人管書。

圖書組加上她總共兩人，工作只有整理藏書和處理借閱手續。組長留著豔麗型的短髮，個頭不大卻被人叫作猛男。猛男平常不是埋頭整理還書，不然就是趴在書架上出言調戲她，明明白白地把同性戀三個字寫在臉上。

齊故淵不理猛男，對方自討沒趣也就不再煩她。在其他組的工作時間，圖書室幾乎不會有人來，這倒是方便了陳柔掩蓋她們關係。

陳柔悄悄溜進圖書室，走到層層書架後隱蔽身影，齊故淵一開始裝作沒看到，幾分鐘後忍不住嘆口氣，抱起一疊待歸還的書晃過去。

「我又查了一次，確實找不到陳倩雯這個人。」陳柔伸手勾住她胳膊，「接下來妳要怎麼做？」

「我會想辦法。」

「妳的後手是楊隊嗎？他能幫上什麼忙？典獄長和其他政府軍不一樣，沒有那麼好糊弄。」

齊故淵嘖聲，「所以就要跟妳一樣，整天在這裡混吃等死，隨便外面的人擔心到快要發瘋？」

話一出口，陳柔便露出受傷神色，嚥了下喉頭，彷彿把委屈都吞回肚子裡。

齊故淵旋即有點後悔，平常的她才不在乎自己的話語會傷到誰，甚至愈鋒利愈好，畢竟這是她的武器。

但陳柔和其他人不一樣……齊故淵抿著嘴唇，沒有道歉，也不會道歉。

陳柔緩緩道：「外面還有誰會在乎我們的安全而擔心到抓狂？」

「妳的話我可不敢說，可至少楊嘉勇會擔心我。」

「我也會啊，齊故淵，妳看看我。」

「妳……」陳柔黑眼圈很深，也消瘦了幾分，齊故淵不是沒有注意到。誰被關進監獄裡不會精神頹靡？可當陳柔承認這些都是因爲自己，憐惜之情流入心間，塡滿了乾澀的裂痕。

這一刻，她不得不承認自己的性子可能眞的有那麼點惡劣。

「都被抓了還有空擔心別人，眞的是傻子。」

「是啊。」陳柔看著她時向來專注，「我只想知道妳好不好。」

「又不是小孩，我會照顧自己。」

「幫派的人有找妳麻煩嗎？她們總是沒安全感。」

「沒有，沒人找我麻煩。我在外面時也過得很好，頓頓吃肉、天天喝酒，至少比妳快活，要不是信了幹部的鬼話，我甚至不用再看到妳。」

「那就好。」陳柔嘴角微微翹起來，「好好過日子就好，好嗎？」

也許陳柔眞的累了。他們被稱爲反抗軍，理應衝擊牢籠，齊故淵到現在卻不曾再聽到陳柔提起任何一點要逃跑的念頭。

想到這她心底一軟，她能想像陳柔在這一年吃了多少苦、心裡有多煎熬，也許她說些好聽話，對方真的會好受一點——可那樣的話她就不是齊故淵了。

「傻子。」她張了張嘴：「妳、妳呢？」

「我也很好，這裡伙食不錯，比隊裡煮得好吃，典獄長也不會虧待我們。」

騙子，分明前幾天才親口說自己吃不下、睡不著，可憐兮兮的。她試探著，緩緩伸手從陳柔手臂下穿過，抱住對方的腰，額頭靠上鎖骨。

「過好妳的生活就好，幹麼整天擔心別人？」她滴咕著，確定陳柔有聽到。

片刻後陳柔才做出反應，手掌放上她後頸，起初只是溫柔地按著，手指摩娑在髮絲間，漸漸地放重力道，低頭將臉埋進她的肩窩，在書架掩飾下愈抱愈緊。

她好像能聽到心跳的咚咚聲，鼓動又燥熱。

齊故淵正要側耳仔細去聽，突兀的吱呀聲碾碎了角落的溫存。

陳柔鬆手的速度跟翻臉一樣快，齊故淵回過神時陳柔已經退到一公尺外，消散的餘溫比擁抱前更冷。

陳柔動了動嘴唇，換上冷漠的語氣，「我只是要找想看的書而已，請不要刁難我。」

這傢伙爲了跟自己撇清關係，什麼話都說得出口？齊故淵稍微睜大眼眶。

陳柔連看都不看她，一味地低著頭。

她轉頭去看聲音的來源，一名囚犯坐在輪椅上，緩緩推著自己轉入她們所在的走道。

「五糧姐。」陳柔逃跑似的快速走過去，繞到後面替對方推輪椅，陳舊的輪子旋轉時發出細小的聲音，「要看什麼書？我來幫妳。」

「那就麻煩妳了。」五糧戴著黑框眼鏡，輕聲細語。

在陳柔抽書的空隙間，五糧與她對上眼並微笑著點點頭。

她很確定五糧根本就看到了，只是看破不說破罷了。

「白癡。」齊故淵翻了翻白眼，低罵一聲後掉頭離去。

監獄裡沒有時鐘，唯一能即時知道現在幾點幾分的裝置是佘左思的手錶。齊故淵只能從作息表中大概推測現在時間，晚上十點時各個區域之間的鐵柵門會關閉，囚犯們回到各自囚室等待區長查房。

「晚安了，小祖宗。」大白關上她的房門。

熄燈後她默默等了近一小時，為了不讓外面的人看出自己還沒睡，摸黑爬下床來到馬桶旁。

齊故淵蹲在馬桶前，戴上她用漱口杯換到的清潔用橡膠手套，深呼吸幾口氣後直接將手伸入馬桶，沿著管道摸索。

這一招是她在上個監獄時跟室友學來的，只要把寶特瓶切口後拗出固定的形狀，就能卡在馬桶後的管道裡，再把藥丸、現金、刀片等違禁品裝袋後綁在寶特瓶上，就算沖水也不會有破綻。缺點就是容易滑掉，以及很髒。

她將寶特瓶抽出來，連接在後的則是定位器。

為了讓她能吞下去，定位器極為精簡小巧，要讓這小小一枚鈕扣似的東西能發送訊號，她可是折騰了大半個月。

齊故淵抱住雙腿坐在地上，摩娑著定位器上小小的撥片，有一下沒一下地按著。

革新會據點散落於國內各處，其中一個位於小鎮酒館二樓。狹小的雜物間內物品凌亂擺放，牆上貼著巨大的地圖，原本上頭只有各大勢力分布的標誌，不久前有人用鮮紅的馬克筆圈起山區中一處座標，又在一旁畫上五角星並寫上柳柳兩字。

簡陋的收信器上燈泡有一搭沒一搭地閃爍，削瘦的男人盯著它，將燈號的長短記錄下來。楊嘉勇在一旁看著，手指不停敲擊桌面，兩人都沉默著一聲不吭。

燈泡終於不再有動靜，楊嘉勇馬上問：「說了什麼？」

方仲閔將密碼破譯出來，直皺眉頭，「首府大學附設醫院。」

如今齊故淵只能將希望寄託在楊嘉勇和方仲閔身上，等待他們接收消息，在外頭幫忙調查。這兩人和她關係最好，就算幹部阻止，也會想辦法接應她。

除此之外她什麼也做不了，這座監獄什麼都好，就是誰也不許向外聯絡。

余左思宣稱這是為了保護她們不被社會影響，才不會在監獄裡犯更多錯。大白也贊同這項限制，幫派分子因為沒辦法和外頭的勢力勾結，比其他監獄的人更少鬧事。

既然無能為力，她便將目光轉向陳柔，倒不如說，就算監獄的圍牆上被開了個洞恭候她走出去，她也會先回頭去找陳柔。

白天她在圖書組做事，在沒人的空檔及夜色濃郁時和陳柔拉扯、擁吻。

余左思用實績證明了自己的話，她對囚犯們關懷備至，從不虧待。有時齊故淵會在一瞬間忘記「外頭」的存在，看著陳柔努力裝作不認識她的樣子還覺得有點好笑。

暫時放鬆一點吧，畢竟她們都熬過了辛苦的一年。

一般監獄會限制囚犯運動，雖然揮灑汗水能順便消耗過剩的精力，可競賽也容易引發衝突，因此互相競爭的球類運動在監獄裡幾乎都被禁止。

但這裡不一樣，在C區和D區的交界處旁有座寬敞的籃球場，籃球不受管制，誰都能拿。大白便是熱衷於此的囚犯之一，甚至和A區的人組了球隊，還拖著齊故淵下場。

齊故淵懶得理她也不行，大白會直接把她扛起來丟進場內，再將球塞進她手中。四周囚犯鼓吹著要她別掃興，她只能硬著頭皮揮動僵硬的手臂，十次投球有九次碰不到籃框。

就算她表現得笨手笨腳，大白也只是哈哈大笑，「算了算了，不折磨妳了。」

她拍拍齊故淵的背將她推下場，接著轉身去追飛出場外的球。

余左思正背著雙手站在場邊，微笑著看她，「看來妳適應得不錯。」

齊故淵喘著氣，「典獄長。」

「如何？現在多相信我一點了嗎？」

她幾乎要習慣了余左思的存在，也習慣她總是帶著威脅性的說話方式。她沒有回答，不反駁便是她的默認。

「我很好奇，你們反抗軍在看著這些囚犯時是什麼感覺？」余左思問：「她們值得妳付出生命嗎？」

聞言齊故淵抬起頭，也稍微拉直了背，「我們做的事不討論值不值得。」

「高尚的利他主義者。」余左思輕笑一聲，「其實我也是，不如你們反抗軍來幫我做事如何？」

利他主義？齊故淵努力控制自己，不露出厭惡的表情。

「我守護了首府，也守護監獄中的妳們，我該擁有妳們的尊敬。」

「眞爲我們好的話，就請替大白，以及這裡所有的冤屈平反。」

大白爲了溫飽挺而走險搶劫，開槍打殘了受害者的腿，不幸的是那是名政府官員的丈夫。原本十年以下的有期徒刑，因爲對方沾親帶故而層層疊加，成爲重刑犯並來到這裡。

齊故淵不能說她清白無辜，但也罪不至此。

余左思笑出聲來，輕快如鈴的笑從掩著嘴的手掌下洩漏。齊故淵愣了愣，還沒反應過來前，余左思面帶微笑，朝遠處大白招手。

籃球飛到D區外的鐵絲網上卡住，大白正攀在上頭用鞋子將球砸下來。D區據說也是這兩年才新建的行政區，外牆上貼著跟石砌的監獄圍牆近似的暗灰色磁磚。

大白抱著球回頭，看到她們時咧嘴笑，腳步輕快地跑到她們眼前，陽光將她頭上的汗珠照得閃亮。

大白單手行禮，「長官，請問有什麼吩咐？」

「請妳背出第二條約，好嗎？」

爲什麼突然提起五條約？齊故淵有點困惑。

「欸？」大白嘿嘿笑了下，「禁止靠近、窺探D區及行政區——」

「碰到鐵絲網了？」

「有是有啦……長官，D區就在旁邊嘛。眞要說起來，誰沒碰過那面網子啊？」

余左思不緊不慢勾起嘴角，露出溫和無害的笑容，「大白，請妳背出第五條約。」

「警告的機會只有一次……」

怎麼回事？一股強烈的寒意瞬間從腰竄上後腦，讓齊故淵打了個哆嗦，還沒搞清楚這股本能從何而來，便聽余左思緩緩重複。

「機會，只有一次。」

齊故淵不知道余左思從哪拿出一把手槍，拉開保險發出清脆而致命的撞擊聲，持槍的手下一秒出現在她的視野中，對準大白。

她的眼神還落在大白身上，那個樸實、單純，總自以爲是關照她的大白。

而大白望著槍口，眼神尚未脫離困惑。

余左思扣下板機，巨大槍響炸開，子彈貫穿大白額頭。

齊故淵的腦袋彷彿瞬間被重擊然後碎裂，腥臭黏膩的血液塡滿腦子，心臟被死亡刺穿。

她不能呼吸了，余左思扼住她氣管，依舊帶著笑意——那不是余左思的僞裝，也不是她在嘲笑囚犯的無能爲力，她的笑就只是笑，不爲任何事物而有抑揚，單純是理智而客觀、不帶任何人性地笑著。

齊故淵的橫膈膜在抽蓄，強硬地令肺部動起來，這才發現余左思並沒有對自己出手，她還站在原地，動也沒動過。

余左思緩緩轉頭看她，臉上沒有笑、沒有發怒，面無表情的模樣比起人類更像某種沒有靈魂的、超出齊故淵認知的東西。

放風場上人很多，余左思的槍響巨大，大白的屍體與鮮血極爲搶眼。不過沒有人尖叫、怒吼，囚犯們只是因恐懼而僵在原地，目不轉睛地盯著事發地，如同屠宰場裡的牲畜般，麻木不仁。

齊故淵忍不住吐出來，胃酸灼燒鼻咽，吐出來的液體汙染了大白的血，又令她反胃作嘔。她見過屍體、見過同伴中槍，然而再血腥殘忍的畫面，都遠遠比不上剛才發生的一切帶給她的衝擊感。她毫無防備地看著剛熟悉的人，在她伸手能及的地方被殺害。

她跪到地上，本能地試圖將自己縮起來。

余左思的聲音帶著關心，情眞意切，「柳柳，還好嗎？被嚇到了？」

一雙手扶上她肩頭，強硬地將她撈起來。余左思與她面對面，手裡還扣著那把槍，嘴角揚著微笑。

「唉，我也不想這麼做，但她侵犯了五條約，我不能姑息呀。」余左思聲音輕柔，「別擔心，妳還有一次機會。不是嗎？還是說，妳已經在謀劃要怎麼反抗我了？反抗軍的小明星。」

會死，眞的會死，在絕對的支配下她沒有任何逃生的機會。毒蛇的尖牙懸在她頸子上，稍敢輕舉妄動就會刺入她皮肉中。

一隻溫柔而穩定的手將她從余左思的爪子中撈出來。陳柔摟著她，鬆散的肢體接觸不算親密，卻實實在在地將她護在懷裡，側臉冷靜而無懼，昂首迎上余左思的視線。

余左思驚訝的表情顯得刻意做作，「小隼？我還以爲妳們關係不好。」

陳柔站到齊故淵身前，身軀充滿張力，隨時能動起來，「她只是新人。」

「早點明白規矩才是好事。」余左思瞇著眼笑，「是吧？柳柳。」

齊故淵無法發出聲音。

余左思見她無法給出更多反應，失去興致般抿了下嘴角，理了理領子，潔白的袖口濺上點點腥紅。她發現後輕輕嘖聲，沒說什麼便繼續視察監獄，只不過這次沒有囚犯上前攀談。

清潔組的組長出現了，指揮著組員清理現場，她們面無表情協力扛起屍體，裝上推車，雙氧水產生大量的化學反應，不斷冒泡滋滋作響。

「走。」陳柔撈起齊故淵臂膀，返回獄舍區。

齊故淵踉蹌地跟著走，分明都無法控制身體了，卻還是回頭看了一眼——小小的推車裝不下高挑身軀，大白的小腿露出來，隨著推車一晃一晃。

她張開嘴，聲帶痙攣著抽痛。

陳柔護著她一路回到牢房，將危險關在門外。

齊故淵發現自己的囚衣上也濺到血，於是馬上脫下上衣甩到一旁，大口喘著氣，彷彿只要一停下來就再也無法呼吸。

「這不是第一次發生了，對不對？」她的聲音像是被撕裂般顫抖難聽，她揮舞著發軟的四肢，無法控制自己，「那傢伙在這裡殺了多少人？」

「柳柳！」陳柔試圖抓住她。

「她憑什麼……憑什麼？大白根本沒做錯事，她就是想殺她。這不叫監獄，這裡就是她的屠宰場！」

陳柔緊緊抱住她，不讓她再瘋狂地亂動發洩，「好好哭，小心點。」

齊故淵才發覺自己臉上早已沾滿淚水。她用盡全力回抱陳柔，彷彿要把自己掐進去，不受控地哭出聲。

大白就這樣死了。

直到雙眼腫痛她才安靜下來。

「妳在怕的就是她。」她早該猜出來，爲何稻穀會枯萎，垂下肩背奄奄一息。想到陳柔過去一年來都待在這種地方，齊故淵不寒而慄。

她要帶陳柔出去，不管革新會是不是拋棄了她們，就算在外面無依無靠也得逃出去。

「這裡一點都不好。」她喃喃道：「太糟了，這一切都不對。」

「其實，只要不犯五原則，典獄長不會輕易動人。」

齊故淵不敢相信自己聽到了什麼，她掙扎著推開陳柔，「妳在說什麼？」

「典獄長很瘋，但她做事有規則，只要跟著規則走就能保命——」

「談什麼規則？她的規則一開始就是錯的，哪有碰一下鐵絲網就得死的道理？她在玩弄我們！」

「我當然知道，只是……」陳柔嚥了嚥口水，「柳柳，除此之外，這裡一切都很好，不是嗎？」

齊故淵張著嘴，「妳怎麼了？」

「柳柳，那個人……沒有人能贏過她，她能打敗教團有她的本事。她太、她太……」陳柔說不下去了，蒼白的臉有些扭曲。

妳可是反抗軍！齊故淵差點就吼出來了。然而她看著陳柔，想到她一直被隨時會死的恐懼籠罩著，便瞬間發不出聲。

燈泡顏色慘白，陳柔盯著地板，從未見過的怯弱痛苦占據明亮的眼睛。

小隼，果然已經死了。

曾經說要改變現狀的小隼，像麻雀一樣自由的小隼，死了。

整個監獄陷入低潮之中，大約只有半天時間。

晚餐時齊故淵來到餐廳，發現大白常坐的位子被空了出來，有人在那擺了一副餐盤，周圍的桌面和椅子上堆滿各式各樣的東西——巧克力棒、放風場摘的小花、捲成香菸狀的紙、寫滿文字的信……

齊故淵明白了，這是她們爲大白舉辦的告別式。

囚犯們吃飯、談天，乍看之下與平常沒有不同，甚至連眼神都沒分過來，少數看著大白位子的幾個人也雙眼無神，發著絕望的呆。她們分明很在意，卻又表現得冷漠，矛盾得可憐。

她將染血的上衣拿過來，放入悼念物品中。

血已成深褐色，她摸著乾硬的布料，很久後才移開手。抬頭時發現陳柔站在不遠處看她，手裡的經書大概也是曾和大白有所關連的物品。

她走到陳柔面前，盯著對方，「我們不能沉默。」

齊故淵入獄近三個禮拜時，迎來全監獄的健康檢查，余左思表示這是爲了即時監測囚犯的身體狀況。

健康檢查合作單位爲首府大學附設醫院的研究室，爲了追蹤封閉環境對人造成的長期影響，他們每個月都會來替囚犯健檢，也會開設處方籤或針劑給囚犯。

這項研究齊故淵在學時便有所耳聞，只是不知道「監獄」原來指的就是這裡。

他們由D區進出，所以被叫做D小組。檢查會從C區開始，一個區域一個區域進行，而A區空間狹小，因此囚犯們會被區長帶到餐廳進行檢查。

健檢過程安靜得令人不安，D小組共有二十三個人，全部穿著實驗袍，配兩名持電擊槍的守衛。齊故淵試著跟替自己抽血的醫師攀談，然而對方只是看了她一眼。

是啊，他們每個月都來，不可能對監獄裡的暴行毫無察覺，這些傢伙都是余左思的共犯。

齊故淵感到心寒，仍不忘仔細觀察。余左思嚴令獄警不得踏入獄區，她唯一能和外界接觸的管道就只有D小組，無論要弄東西進來，還是傳訊息出去，這都是最可行的突破口。

余左思肯定想得到這點，該怎麼瞞過她的耳目呢？

在齊故淵沉思時，D小組裡一名持槍守衛忽然絆了一跤，手上的血液檢體摔到地上砸得粉碎，吸引眾人目光。他連連道歉，受了醫師一頓念。

齊故淵看著他，那副纖細的身軀愈來愈眼熟——是方仲閔。

被砸壞的血中不包含齊故淵的，她逃過重新抽血，跟一部分人先行被押回A1……這些日子她自由活動慣了，被人盯著還有些不習慣。

此時有個人走到她身後，悄聲說：「過來。」

她放慢腳步和大部隊拉開距離，趁著周遭沒人注意快速跟著對方竄進角落裡。她嫌這裡不夠隱密，又抓著對方躲進掃具間。

楊嘉勇摘下面罩，抓著她的肩膀著急打量，「有沒有受傷？他們怎麼欺負妳？」

「沒有。」她撥開楊嘉勇的手，「我說過我能行，你們動作很快。」

楊嘉勇又不放心地看了她幾眼，才回答：「當然，畢竟有妳的提示跟首府的分隊幫忙，但混進來還是費了點功夫。」

「分隊？」齊故淵愣了下，「是幹部的意思？他在幫我？」

「這次行動不就是幹部提的嗎？」

一時間齊故淵把要交代的事全忘了，如果革新會沒有拋棄她，目標人物真實存在，那麼陳倩雯去哪了？

她想起大白，心裡有些迷惘，陳倩雯入獄時間比陳柔晚，如果她有來過，陳柔怎麼會不知道？紀錄是假的嗎，她到底去哪了？

「柳柳？」楊嘉勇試探，「妳有見到目標嗎？」

齊故淵張開嘴，掃具間的門猛地被拉開，楊嘉勇立刻舉起雙臂準備迎敵，來人卻往齊故淵身邊縮並將門帶上。

楊嘉勇認清了對方的臉，眼眶睜得老大，「小隼？」

「唷，楊隊。」空間有限，陳柔整個人貼在她身上，還不忘伸出兩指朝楊嘉勇行禮，「好久不見。」

「我操，妳還活著。」他瞠目結舌，半刻後笑裡帶著一點哭音，「妳這傢伙，好哇！」

「你肯定有在我的葬禮上哭吧？」

「不是，妳怎麼活下來的——」

「別浪費時間。」齊故淵白了陳柔一眼，奮力將人推開幾寸，卻又不願將人趕出去，怕被外頭的人看見。

「對，你們繼續說，抓緊時間。」

齊故淵嘆了一聲，「目標不在這裡，現在行動主幹改成接應我和陳柔出去。」

「不在？可我們的情報從不出錯。」

「那這就是第一次。我已經反覆確認過了，根本沒人見過她。」

楊嘉勇沉下氣，很快接受現實，「好，這部分我會再去調查。接妳們出來的事，也許能跟政府談交換條件。」

齊故淵本來打算從陳倩雯那拿到證據的資料後，順勢拿它談判，結果現在沒了籌碼，要革新會付出代價換兩個重刑犯出來也是困難重重，她恐怕只剩下最難的選擇——逃獄。

「他們願意換再說。」她撇了撇嘴，「你有什麼新情報能給我？」

「余左思把這裡封得很嚴，基本上跟妳調查到的差不多。不過我們混進來時經過D區，感覺不太對，那裡的東西藏得深，看都不讓看，那些醫生說他們會直接在那裡研究檢體。」

的東西？

齊故淵皺眉，她一直聽說D區是行政區的延伸，也是獄警的宿舍區，還能有什麼見不得人

「我們會再待幾天，順便搞清楚他們在幹麼，不過這裡管制嚴格，應該得等下個月才能再見。」楊嘉勇看向齊故淵的眼裡染上顯而易見的留戀。她別開頭，他卻握住她的手，「妳再辛苦一會，我很快就會救妳出去。」

然而他沒能握幾秒，齊故淵都還沒掙扎，陳柔便伸手將他拍開。

狹小的空間裡陳柔輪番看著兩人，齊故淵垂下眼眸，楊嘉勇則面露困惑，不懂小隼爲什麼要阻止他……此時外頭傳來廣播聲。

「健檢時間剩餘十分鐘，請所有囚犯回到囚室，等待自由時間開放。」

「該走了。」齊故淵掙扎著離兩個人都遠點，楊嘉勇卻突然抱了抱她，雖然短暫克制，她仍注意到陳柔灼烈的視線緊緊盯著自己。

楊嘉勇戴上面罩押送她們回A1，此時囚犯們都待在牢房，齊故淵也逕直走進自己的牢房。

陳柔追在後面，伸腳擋住門板。

「回去。」她朝陳柔嘖聲，「妳怎麼跑出來的？」

「我有方法。」陳柔硬是將門扳開，俐落地進入牢房，「但妳得收留我到開放時間，我才不會被發現。」

「也許我不在乎妳被罰？妳不是她的好狗嗎？」

「才怪，妳在乎。」陳柔扣住門把，身子擋在門前，不讓她有開門趕人的機會，「妳想做

什麼？」

「做妳不敢做的事。」

「我不敢做的事可多了。」陳柔現在就像隻怨憤不平的小狗，對親近的人齜牙咧嘴，「我不敢讓別人追求我來惹妳生氣，妳是不是就敢？」

「不許怪聲怪氣對我說話。」

「妳才該好好說話，那傢伙是怎麼回事？以爲我死了妳就會答應他？」陳柔頓了頓，「還是妳眞的答應他了？老實告訴我。不然他以前根本不會碰到妳。」

陳柔幹麼這樣逼她？齊故淵揉了揉太陽穴，楊嘉勇對自己有意思又不是她的錯，她也拒絕了好幾次，沒有釣著他，「追究這些有什麼用？妳以前明明不在意，現在抓著我問根本就是在找麻煩。」

「妳倒是回答我到底有沒有。」

「妳！」齊故淵咬了咬牙，「不要忘記是妳自作主張才被抓，當時我們都以爲妳死了好嗎？再說，是妳推開我，我們沒有任何關係，我要跟誰交往都不關妳的事！」

她認了。陳柔張了張嘴，最後默默闔上，委屈、生氣，又無可奈何。

齊故淵不確定那到底算不算答應。

陳柔被抓後楊嘉勇靠她愈來愈近，其實他一直都試著接近自己，只是以往她會把他推回朋友的界線。沒了陳柔，她便滿心滿眼瞪著黑暗中的虛影，根本不在乎周圍的一切。

楊嘉勇可能以爲她默認了，回過神來時他已不再隱藏戀慕的眼神，她意識到他們看起來就像一對，可她沒有精力再試著拉開距離……就這樣吧，反正沒人在乎。

「妳聽過『非正當性關係』嗎？」

又一次的野營，陳柔到後來連裝都懶得裝了，一開始便貼在齊故淵身邊，和她共享一小杯暖身酒。

「知道啊。」陳柔啜了口熱酒，「在教團會被石頭砸死，我看過。」

齊故淵靠著陳柔肩膀，全身肌肉緊繃著，搶過杯子，將剩餘的酒液一仰而盡。

「妳喝慢點。」

「妳怕嗎？」

世界彷彿縮小了，營火與同伴變得遙不可及，只剩毛毯下覆蓋的兩個身軀，在無法看見的地方指尖交錯。

「這個嘛，教團畢竟都輸了……」

「妳怕嗎？」齊故淵不放棄追問。

怕，就是認了，在她的主動下屈服；不怕，就是意志堅定，就算犯罪也無所謂。她沒打算給對方第二條路，不講理地就是想要陳柔說清楚。

只要回答了，齊故淵就會回報相應的承諾，然而接下來一整夜，陳柔都不再說話。

她先是心寒，而後憤怒，最後在釋然中睡去。

算了吧，反正人在就好，小隼不可能丟下她跟別人跑了。她發現自己愈來愈沒有底線，若是隨便換個誰來這麼對她，她絕不可能奉陪。

齊故淵想起這些事，一股怒火油然而生——在她費盡全力將眞心掏出來時、在她冒著被抓的風險，鼓起勇氣將手遞給對方時，是陳柔退縮了。如今陳柔卻因爲自己跟楊嘉勇走得近而生氣？分明就是她沒把握機會！

「妳都、都答應他了，妳怎麼還——」

「還怎樣？給我好好說話。」

陳柔聲音愈來愈小，「還、還碰我……」

碰？齊故淵愣了愣，想到這幾天兩人許多深入的肢體接觸，一瞬間陳柔的體溫、氣味又縈繞在舌尖，那甘醇的滋味不費吹灰之力就能突破防守，鑽進她心底。

她硬著頭皮回答，「妳嫌棄我是不是？」

「我……九訓之八，獨一份的眼神，同時只得留予一人！」

「我又不信教！」

陳柔放棄堅守門口，大步朝她跨來，抓住她的手腕將她按在牆上。她的背部撞上堅硬牆面，被牢牢地禁錮，就算掙扎陳柔也紋絲不動，她這才驚覺對方的力氣原來這麼大。

陳柔的臉近在咫尺，卻又維持著不讓她輕易親到的距離，細小斑點柔軟地分布在臉頰上。

「那妳就不能只看著我嗎？」陳柔甚至放輕了聲音。

齊故淵吞了下口水，「給我放開。」

「不要，妳得先說。」

「陳柔。」一聽到齊故淵喊全名，陳柔立刻僵住了身子，「放開。」

幾秒後陳柔稍微鬆開手掌，又在齊故淵嚴肅的冷面下完全鬆手，而後彷彿嫌棄自己不爭氣，懊惱地摸著後頸。

齊故淵勾著項鍊繩將陳柔拉下來，四目相對後伸手輕撫對方後腦，像在馴服小獸似的，手指在髮絲間纏繞，而後緩慢道：「九訓之三。」

遲疑片刻後陳柔才答：「眞誠的話語不可信，唯有親眼所見才是眞實。」

那麼妳看到的，是什麼？齊故淵安靜地注視陳柔，無聲詢問。外頭響起廣播聲，「檢查時間結束，各區域間重新開放……」

她馬上鬆開手指，反手就去推陳柔。對方還在發愣，猝不及防便被推到門邊。

陳柔扒著牆，「柳柳，妳是不是想查D區？別忘了大白的事，別給她理由整妳。」

「跟妳沒關係。」齊故淵拉開門，氣勢強硬，「避難的時間結束了，小隼。」

誰知陳柔頓了頓後咧開嘴角，「我就說妳在乎吧。」

齊故淵氣得一拳捶在陳柔肩上，將人揍出門外。

陳柔確實懂她，她的確打算調查D區。目前這是唯一能與外界交流的管道，大白也曾說過她弄到一根菸，也就是說走私的管道確實存在，而且很可能與D區有關。

她沒有四處打探消息，反而像接受了現實般安分地過日子，並頻繁接觸C區囚犯們，與她們聊天、加入她們的牌局。似乎是想與階級較高的囚犯打好關係，好讓獄中的生活好過些。

廚房組的食材以及販賣部的生活用品同樣由D區通道進出，若是能混進這兩個組別工作，她就有更多機會能窺探D區內部，而這兩個組別的組長編號開頭都是C。C區就像首府的蛋黃區，除了教團的修女，其他管理職的囚犯都住在這裡。

又過了一個禮拜，齊故淵移監已滿一個月，余左思照規矩將她移到B區，替她換上新手環。新的編號是B312，陳柔的編號是B201，就住在隔壁區。

B區的牢房比A區寬敞，牆體與設備都能看出來比較新，甚至在牢房裡隔出了小小的淋浴間，不用和別人爭水。

余左思將手環繫緊，抓起她手腕，端詳矽膠貼合皮膚，「我看妳最近常往C區跑？」

「交朋友。」齊故淵沒有太大的反應，鼻尖彷彿還能嗅到淡淡的鐵鏽味。

余左思笑咪咪的，放開了她的手，「遇到什麼有趣的事了嗎？」

「什麼意思？」

「我只是想聊聊天，何必戒備心這麼重？」余左思稍微歪著頭，蛇一般微微瞇著眼打量她，「眞的發生了不能讓我知道的事？」

齊故淵只能回答：「連續兩天輸了兩包泡麵，沒了。」

「小賭怡情，若是賭到傷了心神，就算觸犯了第一條原則。」

齊故淵總覺得她可能眞的以這項理由處決過某個囚犯。雖然規則白紙黑字地寫在那，可如何執行卻依循當權者的心情，從這點看來，五原則與外頭社會的「法律」並無差別。

心底一片灼燙，齊故淵只能暗自握緊拳頭，忍著。

余左思突然伸手捏住她的下顎，像是要拿捏住她的命脈。

齊故淵連忙往後縮，余左思反應更快，直接握上她的頸子，順勢將她推往牆上抵著。

她要下殺手了？齊故淵被嚇出一身冷汗，那隻冰涼而布滿繭的手掌輕輕扣住她的脈搏，像廚師將肉固定在砧板上，仔細審視哪裡比較好下刀。

齊故淵喉嚨在對方掌紋中起伏掙扎，她突然意識到自己若是死了，在這座石牆圍起的棺材裡，將不會有人爲她發聲。

陳柔呢？不，她最好不要爲自己出頭。

余左思勾了勾嘴角，俯視她的獵物，「我說過了，圍牆內的一切我都知道。」

齊故淵張嘴想說些什麼，脖子上的力道緊了緊，令她痛苦喘咳。

「噓，現在是我說話的時間。」薄唇蠕動著，余左思湊近了些，齊故淵這才注意到，她右眼角下有兩顆淺淺的痣，如同蛇的咬痕。「小朋友，弄傷自己的話，就讓妳記一支警告。原則只有五條，但要觸犯可是很容易的。」

齊故淵逐漸安分下來，就連喘息也被迫緩和。

「好乖、好乖。」余左思繼續說：「只要給我我想要的，我就會給妳報酬，這很公平，像是D區裡的東西，妳不是很想知道嗎？」

余左思知道了。冰冷的顫慄沿著頭皮往上爬，是她表現得太明顯了？雖然她沒在別人面前提過D區，可從她反抗軍的身分與大白被殺的事件來推測，其實能猜出來她的目的。

更何況是余左思這種等級的對手，只要一個眼神就能將人思考的脈絡摸得透徹。

是她想得太簡單了。C區囚犯的權力同樣來自於余左思，她們就是眼線與爪牙，有她們的訊息，余左思能猜透監獄內所有囚犯的心思。

「別怕。」余左思鬆了手，以指頭固定她的下顎，讓她依舊動彈不得，「想知道並不犯五原則，就算妳眞的窺探了D區，甚至走進去，只要我不記妳警告，妳又會有什麼危險？」

那大白的命又算什麼？嘴上說著五原則不可侵犯，事實上生殺予奪全憑余左思的意願。

寒意從頭頂再降回胸膛中，嚴苛的規則並不可怕，槍與子彈也不足爲懼，眞正令她難以忍受的是余左思毫不掩飾的肆意妄爲。

齊故淵深深吸了口氣，「您想要什麼？」

「不愧是大學生呢，好聰明。」余左思稍微收斂了笑意，「圖書組待得還習慣嗎？在那裡工作很清閒吧？但其他組的人手不太夠啊，圖書室只需要一個人管理就好，不是嗎？」

齊故淵稍稍張開雙唇，眉頭扭了一下，片刻後輕輕點頭。

「真棒。」余左思終於鬆手，她的心臟彷彿也解開箝制，劇烈地跳動起來，「我不喜歡當壞人，只好委屈妳了，嗯？」

齊故淵不明白，余左思為什麼想要剔除猛男在圖書組的位置。

她與猛男共事了一個月，只知道對方常和不同囚犯勾搭在一起廝混，明目張膽地摟摟抱抱，甚至會在圖書室的角落裡一躲就是一兩個小時，發出一些不堪入耳的噪音。

猛男盯上的囚犯一個換一個，卻幾乎不留桃花債，從未見過有人埋怨她。

在齊故淵看來，猛男就是個風流浪子，除了調情外只會趴在桌上呼呼大睡，偶爾卯起來整理書，余左思卻想將她從圖書室拔出來……為什麼？她有什麼價值？

儘管她不明白，卻不妨礙她決定接受余左思的交換條件。

余左思已經知道她在探查D區的事，那麼她想從廚房組或販賣部混進去絕對行不通。她不怕余左思敷衍自己，既然余左思想利用她，便會給她一些甜頭，此外，在封閉的石牆內，她沒有第二條路能選。

若是試圖闖出另一條路，余左思定會想辦法除掉她，再說了，只是讓猛男稍微換個工作，能出什麼事？

兩天後，齊故淵一個人將舊書搬出去曬太陽，猛男窩在圖書室裡，趴在桌上抱著頭，不停發出細碎呢喃，雙腿焦慮地抖著，「不見了，不見了不見了不見了……」

猛男胸口也和陳柔一樣，戴著屬於教團的標誌，一個菱形中間豎著一槓，代表教徒所信奉的神眼。然而她的後頸上大剌剌地刺著45兩個數字，代表她同時也是幫派的一員。

猛男將神眼叼在嘴裡，像在遏止某種衝動般不停地咬著，發出喀喀聲。她一抬眼對上齊故淵的視線，猛地站起身走到她面前。

猛男抓著後頸的皮膚，像是想把45兩個字扯下來，「妳有看到嗎？」

「什麼？」齊故淵冷靜地站在原地。

「書！那一疊我昨天才歸檔的書，少了十三本。」猛男說起話來總是帶著鼻音，「該死……不是說了500號以後歸我管，妳不准碰嗎？」

「我沒碰。」齊故淵面不改色，「這裡是監獄，我拿那些書有什麼用？生火嗎？」

「媽的！」猛男一把將桌上的書掃下地，卻也沒咬著她不放，逕自走出去。

猛男反應比她想的還大，對方到底在焦慮什麼？齊故淵有些遲疑，她只是想製造一些理由讓余左思下手……

當天晚上齊故淵照常來到A、B兩區的餐廳，端起塑膠餐盤，思考著今天該試著混進哪個團體時，一隻手從她後面伸出來，抓住餐盤反往她臉上砸。

鼻梁一陣劇痛，她滿頭飯菜汁水，還沒搞清楚狀況，後領又被人抓住，蠻橫地將她拖行在地。她掙扎著抓住領口不讓它勒緊，要喊叫時發現周圍的人都只是看著，甚至有人在笑。

齊故淵被拖出餐廳，扔在A、B兩區間狹小的空地。她狼狽爬起身，抬頭見到一群人團團圍上來，逆著慘白燈泡的光線仍能看到她們露出的四肢上紋著大大小小的45。

爲首的人身形寬厚，有些發福，脖子上有一圈紋身，4與5分別占據喉頭兩側，往上英文字母在下巴排成弧形——general。

45幫的將軍，大白曾建議她混不下去時可以投靠的對象。

將軍迅速將她上下掃過，開口時是陳年的菸嗓，「名字？」

齊故淵沒搞清楚狀況，也不敢違逆眼前的黑幫老大，「柳柳。」

將軍抬了抬下巴，兩旁的人收到訊號，二話不說抬起膝蓋往齊故淵身上踹下去。

齊故淵肚子被痛擊，力道人得將她踹倒在地，拳腳砸在她手臂上、背上、大腿上……疼痛感無差別轟炸。她沒有反擊之力，只能蜷起身體承受。

挨過無數次打的齊故淵明白腿腳的力道比拳頭重許多，也學會了如何保護柔軟的要害。然而疼痛與傷害不會因此減輕半分，她咬住牙，悶哼仍從齒縫中洩漏出來。

她最擔心的事仍舊發生了，筆鋒與口才在暴力面前是如此脆弱。

忍下去，她告訴自己。在余左思的控制下，她不相信這些人敢痛下殺手，只要忍過去就沒事了。誰教她就是比別人瘦弱，在上個監獄、警局她都是這麼熬過來的，這次也……

「搞屁啊！」陳柔的怒吼與拳腳同時抵達。

她一拳逼退一個人，其餘的幫派分子試圖圍攻、制服她。她俐落閃躲，反手推開她們，幾秒鐘的功夫齊故淵身邊便被淨空。

陳柔齜著牙，一邊叫罵一邊揮舞拳頭，「滾開，狗雜種。」

雖然沒讀過多少書，可陳柔在她面前總是很溫和、很柔軟的樣子，從來不爆粗口。

45幫的人漸漸收手，齊故淵抬起頭，見陳柔握著拳喘氣，轉頭對她伸手。她看了對方一眼，忍著痛自己爬起來。

「小隼也要參一腳啊？」將軍靠在牆上，語調懶洋洋的，「聽說妳終於彎了，還交了個小女朋友，原來是眞的。」

誰是她女朋友？齊故淵忍下反嗆的衝動。

陳柔轉頭瞪向將軍，「妳犯了五原則。」

「怎麼，妳要去告狀？」

陳柔暗嘖了聲，「她是反抗軍的人，妳不能動。」

「今天是她先碰了我的東西，我來討債啊。」將軍咧嘴一笑，「還是說妳們這些搞政治的要一起替她還？」

監獄中最龐大的勢力屬於幫派，其次是因戰敗人數遽增的教團，再往後排則是各式各樣的政治犯以及反抗軍，最後才是大白那樣純粹犯了事的人。

幫派成群結黨，教團也凝聚在一起，剩下的人爲了保護彼此，自然而然地形成團體，齊故淵和陳柔便被歸類在這股結構鬆散的勢力中。但除了陳柔，還有誰願意對她伸出援手？剛才45幫會收手，恐怕也是看在陳柔平時交友廣泛的分上。

即使被點出她們勢單力薄，陳柔仍將她護在身後，「她一個新來的，能動妳什麼？」

「喔齁，妳馬子本事可大著呢。」將軍瞪著她，彷彿要將她千刀萬剮，「妳怎麼不問問她哪來的膽子呢？」

陳柔回過頭，對上她茫然的眼神。

她什麼時候拿了將軍的東西？她想起那幾本書，隱約感覺不對勁。那些書多是分在857號的小說類，也是監獄裡最常被借閱的書類，囚犯來借時也從未有人做出這麼大的反應，將軍到底在乎的是什麼？

「不認是吧？來，猛男。」將軍點點頭，齊故淵順著她的視線見到縮在幫眾後的猛男。此時猛男少了那股恣意風流的從容，手指捏著胸前的菱形，腳底連點地板，不停吸著鼻子，直到被將軍點名才站直身子，眼神閃躲著不肯和她對上視線。

將軍攬著猛男肩膀，「妳啊妳，妳可是我最得意的姐妹，怕什麼？我知道妳一定不會弄丟我的東西，我知道。」

陳柔回頭小聲說：「妳碰了可可粉？」

「那是什麼鬼？」

「45幫的生意！」陳柔扣著她臂膀，像是隨時要跑，「妳有嗎？」

「我沒有！」齊故淵立刻回答，腦子仍在不停運轉。

45幫的生意隱藏在圖書室裡，經由書本運輸，由猛男管理，來借書的囚犯其實是在交易。猛男有時精神奕奕、有時昏昏欲睡，又總是有鼻音，好像隨時都在鼻塞……她明白了，可可粉是毒品。

余左思真正要的，是將毒品生意從圖書室裡輾出去，只不過她不想親自動手，於是讓齊故淵來承受45幫的怒火。

她暗自呻吟，自己真是被利用得徹底。

陳柔聽後沒有質疑，轉回去與將軍對峙，「妳憑什麼說我們的人動妳的貨？證據呢？沒證據瞎說個屁。」

「圖書組裡就她們倆，如果不是她動的，她也該看到是誰。她媽的，敢靠近老娘的東西！」將軍的聲音愈來愈大，幾乎是在咆哮，「妳說，我這麼大一批貨呢？是哪個殺千刀的拿了？」

齊故淵受激大聲反擊，「500號以後的書架她從來不讓我靠近，我待在圖書室的時間她也都在，妳怎麼不撬開她的嘴，看看貨是不是藏在她牙縫裡？」

她見到將軍眼裡閃過一絲猶豫，便知道自己說對了。

猛男是癮君子，而且她的形象本來就比較不可靠，甩鍋給她是齊故淵目前最有機會脫身的方法。

陳柔看了她一眼，又望向猛男，張張嘴卻沒說什麼，捏緊了拳頭隨時要大打出手。

「我沒有！」猛男立刻反駁，「將軍、姐，妳知道我的，就是給我十個膽子我也不敢做這種事啊。我還要再蹲五十年，這麼做不是自尋死路嗎？」

齊故淵說：「我的刑期有八十三年，好不容易才過幾天安分日子，又有什麼理由碰妳們的東西？」

「閉嘴。」將軍沉聲道：「東西丟了，要是找不回來，總得有人負責。」

將軍抱著胸口，輪流看向她們的眼神難以捉摸。

猛男嚥了嚥口水，不停抬眼打量將軍和齊故淵。

齊故淵也坐立不安，猛男畢竟是45幫的一員，將軍想找替罪羔羊，怎麼會拿自家人開刀？幾人各據一方，劍拔弩張時，溫厚斯文的嗓音化解了各自僵持的勁。

「大家聚在這裡，難道有什麼好事發生嗎？」

眾人向聲音的來源望去，紛紛讓出一條道，讓那名囚犯的輪椅能順利通過。

34幫的頭頭阿豹推著輪椅慢慢走向她們，輪椅上的人看起來有些年紀了，頭髮帶著一點灰色，乾燥整齊。她穿的囚服分明和其他人一樣，卻給人乾乾淨淨的感覺，端正地坐在輪椅上，更像個學者，不像犯罪被關押的囚犯。

也許她是政治犯，政府會抓的人不一定全是壞的，何況她坐在輪椅上，能幹出什麼壞事？

齊故淵記得她，是常常去圖書室借冷門工具書，還曾經撞破她和陳柔摟摟抱抱的五糧。

五糧腿上蓋著毛毯，雙手交疊其上，黑框眼鏡後雙眸緩慢巡視周圍一圈。

隨著五糧的到來，狂熱暴躁的氣氛也逐漸冷卻，好事的人不再鼓吹她們打架，而是猶豫地審視局勢，某種平衡悄悄被打破了。

將軍利用激烈的情緒與暴力控制局面；余左思則是靠著她強大的氣場鎮壓一切；而眼前這個無法行走的女人，就像輕巧槓桿，以微不足道的力量將監獄翻覆。

這個人很不得了，短短幾秒間齊故淵心中油然生出一股敬畏來。

「五糧姐、豹姐。」陳柔搶先打了招呼，拉著齊故淵就往那兩人身邊站。

阿豹一頭斑白短髮，朝後尖尖地梳過去，見她們跑來抱大腿也不嫌棄，反而笑咪咪地張開手臂，「小麻雀也在欸，這就是妳女朋友囉？」

齊故淵已經沒有餘裕反駁她是陳柔女朋友的傳聞，若是這兩人能幫她脫身，要她真的認了也行。

陳柔露出憨厚笑容，「豹姐，只是朋友、朋友。」

將軍站直了身子，露出微笑打招呼，「哎呀，五糧、阿豹，妳們拖著一雙腿跑來B區太辛苦啦，怎麼沒在C區吃晚飯？」

「用完餐，跟豹姐出來消食呢。」五糧語氣溫和，「小隼的朋友惹了麻煩？」

「麻煩啊，算不上，只是有些事得講開，圍牆內的地就這麼大，不立規矩咱們都不好做人嘛。」將軍沉默了幾秒，一雙眼睛靜靜地望著五糧，「無論哪個數字都一樣，不能讓這些小毛頭騎到咱們頭上。如果換成鐵姐管事，她也會支持我。」

阿豹臉色沉了沉，五糧依舊淡淡的，「既然算不上麻煩，鐵姐就不會揪著人不放。孩子小打小鬧、偶爾捉弄人，我們34幫不會計較，上次怪獸犯傻，那時也沒人追究，不是嗎？」

「那行，現在找她談確實太早了。」將軍瞇了瞇眼，又露出笑容，轉過身對上徬徨的猛男，「今天的事還是得有個結果，人家因爲妳挨了一頓揍，妳要是毫髮無傷也說不過去吧？」

猛男馬上跳起來想跑，卻被人一把抓住摔到地上，45幫的打手肆意揮舞拳腳，猛男在重重攻擊中發出哀號。

齊故淵張大眼看著發生的一切，暴力、冷漠……這才是監獄眞正的樣子。

將軍又和五糧及阿豹隨意閒聊了幾句，接著招呼45幫離開，猛男也才得以喘息。

齊故淵被陳柔護在身後，都沒來得及理清狀況，幾分鐘內看戲的群眾便紛紛散去。

五糧轉過頭來看她，她馬上被陳柔拉到對方面前。

「謝謝五糧姐。」她低下頭，學著陳柔的叫法稱呼五糧。

「小事而已。」五糧推了下鏡框，「聽說妳也曾經是首府大學的學生，替學妹擋點麻煩，也算是我的本分。」

原來五糧是學姐，而且以五糧的年紀來看，她讀大學時國家應該還在內戰，那時上大學比現在更難，知識分子相當稀少。齊故淵看向五糧的眼神裡慢慢染上敬意，五糧文靜卻有自己的生存之道，甚至能制衡45幫……要是她也能做到，該有多好？

阿豹推著五糧離開時，猛男才掙扎著坐起身。陳柔過去拉她，她也沒客氣，抓著陳柔的手吃力地爬起來，還小鳥依人靠在陳柔身上。

「謝謝。」猛男的鼻音更重了，她低著頭看地板，「遭罪、遭罪。」

齊故淵看著她，心理一下冒出許多不同的情緒，不知該怎麼形容，也許有點愧疚、也許有點憐憫，可能也有事不關己與暗自慶幸。

「唉，這生意做不下去囉，十三本書，又不是十三張紙，到現在都沒消沒息……」猛男擰掉流出來的鼻血，大有種破罐破摔的豁達。

猛男的老相好念著舊情來幫她，她低落的情緒轉瞬即逝，做作地撲往對方身上裝可憐揩油。

陳柔低聲安慰：「沒事的，猛男是替救團做事才進監獄，將軍最多只能做到這樣。」

齊故淵嘖了一聲，她又不在乎，「替救團做事就已經不是什麼好人了。」

陳柔花自己的點數重打了一份晚餐給她。齊故淵沒有告訴她，其實自己的身體根本吸收不了那麼多食物，而是默默地吞下過量的晚飯。

陳柔則在一旁忙裡忙外，幫她傷口上藥、揉瘀青。

她們在餐廳坐到廚房組開始趕人了，才慢吞吞攙扶著彼此走回B區。

這樣也挺好的。齊故淵腦中閃過這個念頭，就算她才剛被黑幫痛揍一頓，此時卻有點想將時間停止在這一刻。

她側頭去看陳柔，發現對方正在看自己，勾起嘴角笑了笑。

也許沒有紛爭便沒有平靜，沒有痛苦便沒有幸福，而如果沒有內戰、沒有教團抓童兵的渾事，可能也就沒有這個溫暖如陽光的陳柔。

即使如此，齊故淵還是希望，陳柔不是現在的陳柔。

她收緊手臂，不知不覺間往陳柔身上靠得更緊，肆意沾染對方身上柔和溫暖的氣味。

陳柔扶著她進房間，小心地讓她在床邊坐下。

齊故淵身上的青腫實在太多，兩人折騰一番後終於喬好位置。齊故淵抬眼一看，發現對方的唇與鼻尖近在眼前，而她的手臂勾著陳柔後頸，姿勢彷彿她在索吻。

兩人四目相對，動作一滯。

沒有情慾、沒有瘋狂，陳柔溫和理智，將自己固定在這親密的距離中。

「柳柳。」

「嗯。」

「捲進45幫的事會帶來很多、很多麻煩。」她說：「我們得快點抽身，好嗎？」

這一刻，齊故淵覺得陳柔從頭到尾都知道書在她手裡，只因爲是她，所以寧願與黑幫爲敵，「傻子。」

陳柔輕輕地吻了她的眉心。

隔天余左思便以弄丟書籍爲由將猛男調走。

將軍大概也能猜出來吧？無論是誰拿了書，背後眞正想肅清圖書室的人其實是典獄長。分明動動嘴唇就能達成的事，余左思非得拐一個大彎、拖別人下水，最後才看似毫不知情地收穫成果。

余左思費盡心思維持著虛僞的和平、各方勢力的平衡，才創造出這個表面上理想的監獄，若不是大白已死，齊故淵甚至可能會理解她的苦心。

然而她相信的和平，不該存在極權的暴政下。

宵禁時間後公共區域熄燈，齊故淵拖著滿是傷痛的身體，躺在床上輾轉難眠。

喀噠——鎖心碰撞，是齊故淵很熟悉的聲音。

是陳柔嗎？她翻起身，牢房的燈被打開了，門外的黑暗籠罩著白襯衫的身影。

余左思臉上掛著微笑，眼瞳與背後的夜融爲一體，聲音在寂靜中如同藏在棉花裡的刀片般致命，「打擾了。」

齊故淵被嚇得暫停呼吸。

余左思提著一個袋子邁開腿走進來，直接在床沿坐下，跟好朋友似的。她翹起腿，迎上齊故淵直接的視線，而後感嘆，「小朋友長得可眞快啊。」

齊故淵面無表情，忽視對方的意有所指，她的眉毛上有一大塊青腫，余左思看到了，卻不聞不問。

「我有說過妳跟我很像嗎？」

齊故淵抿起嘴唇，「妳眞的這麼認爲？」

「這可是稱讚，畢竟多數的人都不值一提。」余左思笑了笑，將袋子放到兩人中間，「妳爲我做事的報酬，猜猜看裡面是什麼？」

那是個帆布的束口提袋，看起來有點沉，大小跟籃球差不多，有著罐子的輪廓。

余左思持續微笑等待，她只好硬著頭皮隨便猜，「水果罐頭。」

「眞是的，哪有這麼大的水果罐頭。」余左思被她逗樂了，眼底帶著一絲絲興奮，語氣依舊平和，「是妳最想要的東西。」

余左思拉開束口，雙手將裡頭的物品捧出來。

那是個玻璃罐，裡頭裝滿無色液體，在慘白光線照射下顯得透澈，連罐中裝著的腦組織也是半透明的——人類的大腦懸浮其中，詭美而悚然。

齊故淵彷彿被蠱惑般盯著那罐器官標本，半晌後伸手接過罐子，將曾屬於某人的一部分安放在腿上，「我沒有戀屍癖。」

「這不是一般的屍體。」余左思摸了下罐口，直視她的雙眸，彷彿想將她的腦袋剖開，也製成透明標本一眼望盡，「她是陳倩雯。」

Chapter 5

余左思什麼都知道，從頭到尾，一切的計算全部都落在她眼裡。

齊故淵閉上雙眼，幾秒後才睜開，麻木的內心激不起任何波滔，「確實是我想要的東西，謝謝。」

「不用客氣。我知道會有人來拿，特地爲妳做成甘油標本。」余左思摸了摸罐口，「妳、你們想要的東西都在這了，如妳所願。」

大腦懸浮在罐子中，就像一塊透澈玉石，所有骯髒的祕密彷彿能透過標本加工，一同蛻變成爲美麗的物件。

革新會渴望掌握的把柄就在裡面，可惜他們永遠無法知道了。

齊故淵從未感到如此屈辱，就像原地打轉的驢子，替人推動石磨，累個半死，所做的一切都只是自以爲是的愚蠢。

「憑什麼？」齊故淵雙唇一開一闔，僵硬如同屍體，「大白和陳倩雯，她們憑什麼得死？」

余左思笑出聲來，彷彿她問了個愚蠢至極的問題，「一個人犯下搶案使人重傷，一個人當白手套掏空國庫，都是有罪的人，爲什麼不能殺？」

她抬起頭看向余左思，「那妳呢？」

余左思慢條斯理地理了下領口，「我是正義的使者啊。妳不懂我們之間的差別？還是妳不願意懂？

「我余左思就算殺人、放火，把這世上的壞事做盡，甚至公諸於眾，有誰敢制裁我？只要沒有人敢，那麼我便無罪。至於妳們，就算什麼都沒做，只要我說妳們有罪，又有誰敢為妳們開脫？」余左思一手抱胸、一手托著下頷，姿態中的輕鬆是強大自信的展現，「正與邪是相對的，但決定分界的不是法律，也不是道德，妳不會看不清吧？」

齊故淵看清了，余左思那層人皮下的本質——絕對且不講理。有如炸藥夷平房屋、海嘯摧毀城市、行星靠近事件視界，被撕裂成碎片星塵，那股無比強大的力量被稱作權力。而在監獄，甚至在整個國家，余左思都是至高無上的中心點。

她就是黑洞，是摧毀秩序與結構，無以名狀的怪物。

齊故淵深深地、一點一點將空氣吸入肺中，再顫抖著吐出，「我以前認為軍政府至少不會用恐怖攻擊濫殺，比教團還好一點。」

「反悔了？」余左思噗哧一笑，「反正妳的想法不重要，改變局勢的是我，阻止恐怖攻擊的是我，保護人們不受教團威脅的，也是我，這是我親手贏來的戰利品。」

「我們在妳眼裡只是戰利品。」

「當然了，親愛的小朋友，妳們是我付出心血得到的寶物。」余左思的指尖滑過她頸側，沿著頸動脈鎖定脈搏，「我開始清除衛道者時妳才十幾歲吧？那個年紀的小孩都在做什麼？」

幾秒的靜默後齊故淵才確定余左思真的想聽她回答。她不敢撇過頭，任那隻潔白又骯髒的手停留在肌膚上，彷彿一條弓起頸子的蛇。

該死，她怎麼會知道十歲初的小孩在做什麼？

「上學，有些人在教團當童兵，死在妳手裡。」

余左思將掌心搭在她脖頸上，「上學，真教人羨慕，是不是？有些人卻被困在方寸之間，連家門都出不了，而我，從那時開始，腦子整天裡想著的都是如何擊退教團。作爲首府人，妳應該親眼見證我如何一點一點，從那些操控狂熱的愚徒手裡解放人民。

「若不是我阻止教團，生活在首府的妳，還能活到現在？這是我付出一生所贏來的，是我的權利。」她勾了勾嘴角，「妳不覺得嗎？」

齊故淵張開嘴，聲音卡在喉嚨裡出不來，她覺得如何，重要嗎？正如余左思所說，決定對錯的事物不是道德，也不是法律。

「對了，妳的傷。」余左思拿開手，在自己的眉毛上比畫，「不用告訴我妳怎麼受傷的，我沒有興趣，不過讓自己陷入險境的妳，總需要負責吧？」

齊故淵捏緊指節，安靜地聽她說完。

「讓自己受傷，觸犯第一條原則，需要記一支警告。」余左思說：「現在就回A103吧，那裡還是空的。」

齊故淵沒有任何反抗，沉澱了一會後乖順地站起，「妳有話語權，妳說得對。」

「學得很快，小朋友。」余左思勾起嘴角，「首先，把我的書還來吧。」

齊故淵搬開書架，從圖書室的假柱中將書本挖出來，在一些特定的頁數中夾著被稱爲可可粉的白色的粉末狀毒品。接著余左思宣布將她調去醫療組，讓45幫的怪獸接管圖書室。

余左思不願意和45幫扯破臉，只利用她和猛男警告將軍，轉頭就把圖書室送回將軍手上，將她們當作達成目的的消耗品。

是的，就只是消耗品。

齊故淵渾渾噩噩地在A103中度過一晚。

隔天陳柔一大早就出現在她房門口，背靠著牆等她出來，看來一起床就收到了消息，「早安，以後我就是妳組長了。」

齊故淵用腫痛的眼睛看陳柔，「眞不爽。」

「沒事的。」陳柔牽起她握成拳的手，「我們去吃飯。」

她們蹣步走向餐廳，齊故淵始終落後陳柔一點，遷就對方被拉著往前走。如果不是陳柔出現的話，她可能更願意和陳倩雯一起腐爛。

她的力量太小，只能被人玩弄擺布，陳柔卻與她截然不同。稻穀會枯萎、太陽會落下，然而在下個季節仍會發芽，下個早晨仍會升起，陳柔就算選擇了不同的路，依然堅持著前進，永遠、永遠有力氣邁出腳步，活下去。

「小隼。」她輕聲呼喚。

陳柔停下腳步，回過頭來認眞地注視她。

「我們沒有被拋棄，陳倩雯確實在這，但她再也沒辦法開口了。」她說：「而且，典獄長一直都知道我的目的。」

半晌後，陳柔才接上話：「聽起來好像更糟了。」

「是啊。」

「妳開始害怕了嗎？」

「我一直都很怕，傻子。」齊故淵反過來握緊她的手，眼底深藏的尖銳突然冒出頭，微小如同針芒。

再精緻易損的錶芯依舊是以金屬組成，而金屬的本質，便是千錘百鍊。

余左思對醫療組的人員篩選非常嚴格，不選幫派分子、不選教團、不選性格有缺陷的，只用有相關經驗或背景的人。

在齊故淵加入之前，醫療組中只有陳柔和喚作萌萌的囚犯。

陳柔在教團軍中時常充當醫療兵，但嚴格來說教團軍中沒有醫療兵，凡事只能靠自己。而萌萌在入獄前擔任藥師，平時就靠這兩人給囚犯治些小毛病，大問題則留到健檢時讓D小組一起治療。

上次齊故淵對陳柔豎起尖刺時，萌萌還站出來說話，現在她卻發現不是那麼回事了，萌萌根本理都不理她們，陳柔甚至只是站得近了點就被怒斥。

「別靠近我！死蕾。」

齊故淵打量萌萌一眼，對方矮小又乾癟，看起來像營養不良，「『死蕾』是什麼？」

「就是在說妳們這些該死的同性戀。」萌萌啐了一聲，「都是妳帶壞小隼，媽的，滿身騷氣的髒東西。」

齊故淵沒來得及回敬幾句，陳柔就連忙把她帶走。

「說什麼我帶壞妳，她以為自己是誰啊？」齊故淵抱怨一番後仔細思考了會，突然抬頭問陳柔：「妳是不是亂說話了？」

「啊？」

「為什麼愈來愈多人覺得我……覺得妳是我女朋友？」

陳柔竟噗哧一笑，「因為我對妳特別好吧？」

「胡說八道，妳對誰都很好。」

「那可能是因為妳對我特別好。」

齊故淵撇過頭去，「瘋了吧妳。」

「妳有發現嗎？妳根本不讓別人走在妳身側，除了我。」陳柔此前便與她並肩而行，甚至故意用手臂碰了下她，「類似的例子，我還能說很多。」

「所以呢？」齊故淵問：「我是妳好伙伴中特別難搞的一個？」

「妳不喜歡當特別的嗎？」

「不喜歡。」她加快腳步，不讓陳柔跟在身邊。

陳柔沒有繼續追問，沉默代表猶豫與膽怯，如同過往每個從依偎中分開的早晨。

她們與萌萌分兩頭工作，兩人巡過好幾間牢房，替一些有頑疾的囚犯送藥。最後來到C區，阿豹主動上前打招呼，並替她們打開C000的牢門。

C區牢房比齊故淵想像中大，幾乎是個小套房，最大的不同是窗戶，A、B兩區都鑲著鐵欄杆，這裡的窗子雖不大，卻是透明壓克力製，一點也沒有囚室的感覺。

牢房裡住的是位年過七旬的老婦人，正躺在床上睡覺。

阿豹趴到她床沿，輕聲呼喚：「鐵姐，該起了，妳說過睡太久腦袋會變鈍，小麻雀也來啦。」

「鐵姐。」陳柔輕輕搖晃對方。

一陣子後鐵姐終於悠悠睜眼，雙眼有點混濁，神態蒼老而疲憊，「妳是誰？」

「我是小隼啊。」

「小隼？」她發現了一旁的阿豹，「妳又是誰？」

「哎呀，我們是護理師，來幫妳做檢查的。」

鐵姐目光突然銳利起來，果斷地將她們從床沿趕走，「典獄長不可能那麼好心，妳們是誰？阿豹在哪？阿豹！」

「姐，我就是阿豹啊！」阿豹又氣又無奈，只能退開。

鐵姐警戒心很重，其他人不敢大手大腳怕傷了她，幾人哄了快半個小時才勉強控制局面。

趁著陳柔安撫鐵姐，齊故淵上前替她量血壓。

鐵姐這才注意到她的存在，隨即安靜下來，灰黃的眼睛盯著她瞧。

「妳……」鐵姐的眼神逐漸清明，直嚴肅而憤怒的表情柔和不少，像在對小孩說話似的，「妳長大了……好多。」

齊故淵一愣，看到其他兩人不停點頭隨即配合起來，試探道：「妳還記得我？」

「廢話，妳就是化成灰我也認得。」鐵姐順了順氣，口條與氣場都流利許多，「妳不該在這，妳在想什麼？」

「我……」齊故淵接收到阿豹的眼神暗示，接過準備好的慢性病藥遞給鐵姐，「我是來送藥給妳的。」

鐵姐皺起眉頭，「我還沒到用這種東西的年紀，妳來就是爲了這點小事？」

齊故淵努力釋出善意，「妳的健康最重要。」

鐵姐猛地抬手將藥打翻，反手往她臉上賞了個巴掌。她急忙向後退才勉強躲過緊隨其後的第二下，本來渾身乏力的老人幾乎要從床上跳下來，還要陳柔和阿豹去攔。

「妳不是毛毛，妳想做什麼？我的毛毛在哪？毛毛！」

現場一片混亂，齊故淵臉頰刺痛，看到淚水從鐵姐蒼老的臉龐滑落，想氣也氣不起來。她們又折騰了好一會，最後還是陳柔成功博取信任，輕聲細語地哄鐵姐吃下藥。

齊故淵和阿豹縮在門邊角落，免得又激起鐵姐的防備心。

阿豹遞給她一片口香糖，「疼不疼？」

齊故淵搖搖頭，接下了阿豹的好意。

阿豹大聲地嚼著口香糖，「妳知道她是誰嗎？」

阿豹會這麼問，大概代表鐵姐曾是某個知名案件的犯人，可她怎麼想也擠不出一點線索。

「現在的新人都不知道她了。以前啊，在這個監獄裡沒有人敢不聽她的。45幫？教團？那些人算個屁，都是給我們34幫打雜洗衣服的，知道吧？」阿豹抬頭望著鐵姐，「別看她現在這個樣子，以前典獄長都被她吃得死死的，野狗們都怕我們。」

「典獄長？」齊故淵豎起耳朵，無法想像余左思會被人牽制。

「不是余左思，是在她來之前的那個。以前警察進不來，要不是余左思，現在監獄還得歸我管呢。」

「進不來是什麼意思？」

「就是字面上的意思，我們自己管自己唄。」阿豹勾起嘴角，「鐵姐就是咱們的頭子，她說妳能活，妳就能活；她說妳得死，妳就活不了。我們都是她的人，瘦死的駱駝比馬大，敢對她不客氣？那可有得妳受了。」

齊故淵在調查時對這件事略知一點，在余左思接管之前，監獄裡由囚犯自治。只不過政府有意隱瞞，加上資訊不透明，外面的人對這裡的了解很少。

她想起余左思那令人顫慄的恐怖手段……如果是囚犯自治的監獄，情況會比現在好嗎？如果是一群立場相同的人互相管理，至少太白就不會死了吧？

齊故淵看著鐵姐緩慢地吞下水，思緒在腦中衝撞，新的念頭逐漸成形。

搞定鐵姐的日常檢查和服藥後，她們在C區的公共區域遇見五糧。

「五糧姐。」陳柔拿出另一份用紙包起來的藥物，「這是今天的藥。」

「謝謝。」五糧伸出一隻手接過，轉頭便在眾目睽睽下將藥丟進垃圾桶，見齊故淵愣住，她笑了笑，「我還不至於連這微不足道的選擇權都沒有吧？」

「藥有問題？」齊故淵不是沒懷疑過這些藥，不過余左思想對付囚犯有更多比下藥更好的方法，而且她相信陳柔和萌萌的判斷。

「沒有，我的專業是化學，藥物也略懂些許，這些都是普通的處方簽。」五糧說：「但是那個人給的，我不需要。」

齊故淵眼底亮了亮，沒想到竟然有人敢公然表達反對余左思的立場。

阿豹不以爲然，「是啦，我看妳這副破皮囊能撐多久。妳不愛惜身體早早死了，34幫剩我一個人管，那不是在折磨我嗎？」

五糧對阿豹笑了笑，接著又轉回來看著齊故淵，眸中思緒翻湧，光暗交錯，「學妹應該能明白，有些價值比生命更重要吧？」

「是的。」齊故淵就像在異國遇上說著同樣語言的人，眼底流動著光彩，眼神牢牢抓住五糧，如同抓住救命的稻草。

「柳柳。」陳柔立刻出聲意圖制止。

「若是能兩者皆得的話，就更好了呢。」五糧又對陳柔勾勾嘴角，「或是……三者？」

齊故淵警惕起來，雖然對五糧印象很好，好到她願意與對方交流理想，可是她沒蠢到輕信剛認識的人。

「如果有困難的話再來找我。」五糧對她們說：「妳們都是很不錯的孩子，我不會讓妳們隨便折損，好嗎？」

齊故淵注視這個坐在輪椅上的女人，五糧給人的感覺就像玻璃，脆弱得經不起一點磕碰，儘管如此，她卻無法在對方身上看到任何一絲猶豫。

五糧和余左思屬於氣場相反的人，但她們的存在都帶著無法撼動的信念，對自己的價值觀深信不疑，如同身上的脊椎，支持她們挺直背活下去。

五糧沒有多做糾纏，推著輪椅緩緩離開。她與人相處的方式和她本人一樣，帶著令齊故淵安心的距離與禮貌的冷漠。

她和陳柔將早上的工作完成，中午吃飯時她替陳柔夾了許多雞肉，主動遞出手環將午餐結了，坐下之後又把自己的肉都給了對方。

若在平時，這樣的舉動肯定已經引起陳柔驚呼連連，高興得到處炫耀齊故淵對她有多好。如今陳柔卻沉默著，滿腹心事，一邊生悶氣一邊將午餐吃完。

齊故淵裝作沒察覺，任不滿醞釀，直到兩人回處方簽儲藏室，一關上門陳柔便爆發了。

「妳到現在還想跟她作對？五糧是C區的人，她愛說什麼就說什麼，我們不一樣！妳看看妳自己，都回到A區了，先安分點保住小命不行嗎？」

齊故淵翻了翻白眼，「安分點，然後呢？等她哪天心情不好決定處決我嗎？」

陳柔手臂一揮，櫃子上的藥瓶被掃下來，塑膠瓶落在地上發出巨響，「齊故淵，算我求妳了，妳再這樣搞下去眞的會死！」

齊故淵被她憤怒的肢體動作嚇了一跳，仍故作鎮定站在原地，「死？妳在加入革新會前難道連這點覺悟都沒有嗎？我們是反抗的人，我們活著，不只爲了活下去。」

陳柔抓住額前頭髮，笑了，「就算要死也不能死得這麼隨便，再說了，妳有妳嘴上說得這麼偉大嗎？妳眞的是爲了改變制度，眞的有那麼善良？」

「妳什麼意思？」

「妳要是眞的爲了囚犯、人們好，爲什麼要害猛男？被妳誤傷的平民又怎麼說？」

齊故淵沉了口氣，「妳明明知道。」

「對，我知道妳沒那麼無私善良，但我不在乎，我只希望妳不要爲了證明自己的不同而丟了小命！」

「妳根本不懂。」

「我不懂？妳敢說妳從來沒有扳倒典獄長的想法嗎？如果能將她一軍，我敢賭妳都要高興壞了。可是贏過她有什麼用？我想要妳活下來啊。」

「活下來，然後呢？就這樣一輩子在圍牆裡混過去？」

陳柔突然停了下來，因爲情緒激動而微微喘息，看著齊故淵，片刻後才回答：「這個圍牆裡有妳。」

因爲有她，所以就算是監獄，就算要苟且，陳柔也想活下去。

齊故淵被這迂迴又濃烈的話語震了震，胸中淤積的酸苦隨著氣息長長吐出，「妳在這裡，這地方也還是地獄。」

陳柔愣了半晌，慢慢反應過來她在回答時將立場架好了，不著痕跡地帶入了自己的心意，「柳柳……」

齊故淵撇過頭，無法再看陳柔，若不趕緊拉開距離，她恐怕會因心臟跳得過於激烈而亡。口中惡劣的話語尚未醞釀出來，陳柔一點一點挪動腳步，緩慢地走到她面前。

儘管她比陳柔矮，仍看不清對方低著頭的臉上是什麼樣的表情。

陳柔伸手抵在她背後的牆上，與她的距離以公分爲單位，卻沒有多少接觸，彷彿害怕了，不敢擁抱。

陳柔將額頭抵在她肩上，沒發出半點聲音，可齊故淵知道她在掉眼淚，哭得說不出話來。

她其實知道陳柔在擔心什麼、害怕什麼。

陳柔曾經跟她說過一個故事，故事的開頭總是在很久很久以前，主人翁是經典的天眞無邪的小女孩。

女孩出身農村，有七個手足，她是最小的那個，和兄弟姊妹們幫家裡幹活，每天大家只能分一個饅頭吃。她身體不好，大哥總是會多分幾口給她，儘管粗糧又硬又乾，嚼久了還是能嘗出一絲甜，對她來說這就是世上最大的快樂。

直到一群修士經過村莊，爸爸牽起她將她送到那群人手中。他說這些人是善良的修士，只要跟著他們，她就有飯吃，這是爲她好，也是爲哥哥、姊姊們好。

女孩點點頭，毫不猶豫地朝爸爸笑了——就算她其實知道，父親在放開手後會接過一疊鈔票，而善良的修士們不該扛著步槍。

修士們在她胸口戴上粗糙的菱形，告訴她要信奉神，要用她的眼爲神見證世間，要用生命捍衛眞正的道。

女孩低下頭接受了這一切，她向來是最乖巧懂事的孩子。

她並不孤單，有很多小孩跟她集中到一塊。他們有時有粗麵能吃，有時得自己想辦法摘野菜果腹，偶爾用彈殼代替彈珠玩耍，數著槍響當作煙火綻放。

這樣的日子也還可以，她有了數不清的玩伴，還沒有大哥拘束她的作息。

第一個離開她的人，是在高燒和飢餓中睡去，她和其他人一起挖了好深的坑，讓他可以在安靜的地底好好入眠。

第二批離開她的人，在夜色籠罩時成群結隊地跑。她不在現場，卻知道他們是拚命地奔跑著，只因他們被修士帶回來時，赤裸的腳上全是傷口。

大概是耗盡了全力，他們也陷入了安詳的睡眠，她得挖好幾個深坑，忙到天黑才讓每個人都有地方睡。

她漸漸長大，身旁的人也持續離開，無論是修士、被修士帶來的孩子，甚至是她用槍口瞄準的人。

他們爲修士開槍，背上炸藥擁抱永眠。修士說，這是在捍衛眞正的道。

她親眼目送無數伙伴，看著他們憂鬱、崩潰、狂躁，或著成爲修士，無論哪種，最終都只有一個歸處。

她用雙眼見證了一切，等她反應過來時，最初那一大群孩子裡只剩下她。

當修士們不再四處征戰，而是潰散敗逃，她意識到自己不用再聽任何修士的話。她漸漸學會更精準地開槍、求生、醫治自己，修士們則忙著在惡魔的爪牙下苟活，根本沒空注意她。

於是，她做出了還是小孩時一直想而不敢做的決定——她逃跑了。

她想起記憶中溫柔的大哥，動起回家的念頭，卻發現她其實記不清大哥臉龐的輪廓，也想不起家在哪裡，對家鄉的記憶只剩父親手裡那疊鈔票，和那天出門前喝的一碗罐頭肉湯。

沒有身分，無家可歸，將近二十年的人生全是不光彩的回憶——她其實沒有什麼價值，活沒活著，反正沒人惦記。

可她想用雙眼見證這一切變好，那怕只有一點點。不是爲了高風亮節的理由，只是不想看著這些事一而再再而三地發生，好像她經歷過的事都會不斷被挖出來，施加在別的小孩身上。

「所以她到處奔走，透過自己的努力讓修士放下槍，還說服惡魔不要總是吃人。」當時陳柔笑笑地跟她說：「經過很多犧牲後，世界終於和平了，大家一起過著幸福快樂的日子。」

然而這是個不僞裝成第三人稱就無法說出口的故事，怎麼可能有這麼老套的結局？

事實是，她依舊在掙扎，從教團的掌控落入另一個更大的泥沼，而這世界沒有一丁點改變，無人在乎。

她只是努力地想守住自己僅有的東西，僅此而已。

齊故淵無法再訓斥這樣的陳柔，只要想起她是怎麼走過苦難與鮮血，還能以笑容面對自己，就算是堅硬的金屬也會熔化，將原則吞噬燒毀。

其實，若是陳柔的話也沒關係。她可以把小麻雀收進掌心，撫摸每一根細軟的絨毛，不會拔除任何一根羽翼，但她會讓麻雀收攏翅膀，安分地待在身邊。

如此一來，所有「非正當」都將毫無所謂，而小麻雀再也不會離群。

齊故淵渾身發熱，摸上陳柔溫涼的後頸，稍稍側頭在陳柔耳邊呢喃：「小隼……」

她能感覺到對方止住了眼淚，僵硬的身軀顯示著困惑。她主動環住陳柔的身軀，緩慢地加重力道抱緊，彷彿一條蟒蛇逐步將獵物纏起。

陳柔呼吸變得紊亂，在衝突與親密間不知所措。

齊故淵唇角擦過陳柔的臉頰，貼在她面前要吻不吻的。

陳柔微微蹙起眉頭，唇齒微張，彷彿想說什麼，又怕一開口就會打破微妙的平衡。

她呼吸著陳柔的氣息，從未說出口的慾念被束縛於眼眶中，映著對方的眼眸，「妳會陪我一起，犯罪嗎？」

「犯罪……」

「對，犯罪。」她頓了頓，「妳敢嗎？」

陳柔眼神飄移、迷惘，手臂卻已經圈起齊故淵的腰與背，所有膽怯在衝動下不值一提。

說吧，快說出口。她都已經踏出第一步了，只有收取等價的心意這場罪行才能開始。

「妳指的，到底是什麼？」

齊故淵收攏指節，按著陳柔後頸將唇帶下來，仰頭吻上，與她的爲人截然不同，唇瓣之間只有溫柔。她脆弱得不堪一擊，那怕陳柔還有一點點理智，她都會因對方堅硬的理性而受傷。她會害怕，所以她盡力不讓自己受傷，可又無法遏止內心渴望，主動將人攬進懷中。

她捧著陳柔臉頰，在短暫的分離間將染上迷離的字句吐出：「不要那麼傻。」

她想和陳柔一起犯罪，無論是指非正當性關係，還是在典獄長的眼皮底下逃走。

齊故淵放任陳柔觸碰自己的柔軟，無論生理或心理，讓她全心信任的人肆意翻閱、深入、糾纏。只要是陳柔的話就沒關係，因爲陳柔是最特別的、唯一能包容她的、只屬於她的。

陳柔在她難得的溫柔中陷落，指尖蠶食她的肌膚，滑過肌理的起伏，那些細微的、愉悅的訊號彷彿餌食，引誘陳柔將自己繫在她身上。

齊故淵被抵在配藥檯上，腰窩壓著堅硬的桌緣，緊密得沒有半點縫隙，有點痛，但比不上手掌滑過胸口時，從身體裡被喚起的刺痛。她說不清那到底是什麼，很混亂，一切都很混亂，五感被陳柔抓在掌心裡，一點一點變得破碎。

她聽見細小的開門聲，於是睜開眼，正好和外頭的萌萌對上視線。

陳柔陷落在她的氣味中難以自拔，沒有查覺。

齊故淵將被她撩起一角的上衣拉下來，遮住陳柔後腰，又仰頭一吻才慢慢移開。直到萌萌將門甩上，陳柔才發覺對方的存在，驚嚇之餘沒有直接轉身，而是將懷裡的齊故淵擋著。

「幹麼呀萌萌！」

「幹麼？這他媽的是我該說的話。」萌萌氣到直接將手裡的血糖機摔在地上，雖然憤怒卻壓低聲音，「我的藥局是拿來救人的，誰準妳們搞這些亂七八糟的東西？我去妳媽的死蕾絲邊。我眞他娘的，操！」

萌萌洩憤似地連罵了好幾句髒話，陳柔慌慌忙忙將齊故淵衣服拉好，依舊把她擋在後面。

「妳她媽的是不是腦子有洞？跟女人搞在一起，這種病沒得治啊。妳知道在豬圈裡生病的豬會怎樣嗎？啊？會被第一個拖出去宰了。妳，還有妳，是不是很想死啊？」

齊故淵見陳柔雖然被嚇得不輕，卻沒有半點要撇清關係的意思，於是她握住陳柔掌心，輕輕地捏了捏。

陳柔回頭看她，不知所措。

「抱歉，萌萌。」齊故淵心情從未如此愉悅，一點也不介意低頭，「妳不喜歡，我也不該讓妳看到，可這是重刑犯監獄，五到十年的小罪稱不上是病吧？」

「妳根本沒搞清楚狀況，菜鳥。」萌萌斷聲道：「妳知道上一個像妳們這樣的臭婊子怎麼了嗎？」

「萌萌。」陳柔出聲警告。

萌萌絲毫不理會，「她被移監了，留下猛男那個廢物在這裡墮落。妳以爲典獄長會讓一個知道這裡內情的人去什麼好地方？妳們也想落到這個下場？」

猛男風流的模樣在她腦海中閃過，萌萌的意思是，猛男曾和某個囚犯在一起？那個人又被移去了哪裡？典獄長是怎麼對付她的？她想起余左思曾暗示她不介意囚犯是同性戀，難道她是釣魚執法？

「萌萌，別說了。」

「我就要說，還要讓典獄長也聽聽，留妳們兩個臭婊子在醫療組，我遲早被害死！」

齊故淵抱住胸口，手指輕點上臂，「妳眞的想告密？」

本來萌萌的注意力大多落在陳柔身上，責難的態度也多在針對熟悉的同事。聞言，她才正視齊故淵，「妳什麼意思？」

「監獄裡這麼多人，需要排遣寂寞的肯定大有人在，難道每個人都被典獄長移監了嗎？」齊故淵緩慢地說：「但打小報告的傢伙，囚犯是不會容忍的，對吧？」

「妳他媽的……」萌萌抓著自己後頸，氣得笑了。

「這種爛地方，妳還想待下去嗎？」

其他兩人都是一滯，陳柔先反應過來，拉了下她手肘，「妳在說什麼？」

這不是一時興起，齊故淵觀察了一段時間，很清楚只靠她和陳柔，甚至加上革新會的支持，要從余左思掌中逃脫依舊難如登天。她需要更多力量、更多專業知識，就算只是爲了讓獄中的生活好過一點，她也需要萌萌的幫助。

何況余左思從頭到尾都知道她別有所圖，既然如此她還有什麼好怕？

萌萌常出現在陳柔身邊，是她繼大白與猛男後最常注意到的人。她屬於單純犯了事被抓進來的類型，從未見她跟幫派或教團勾搭，而她雖對她們的非正當有諸多不滿，卻在開罵時壓低了音量不讓外頭聽見。

「我看到了。」齊故淵注視萌萌，「妳在服用巴比妥類的安眠藥，而且是從白天就開始。我母親也會用同一種藥，妳們這些醫護人員明明就知道巴比妥有耐受性，卻沒有辦法戒掉。」

「妳——」

「妳也失去了很多東西吧？」齊故淵撥開陳柔的手臂，向前站了一步。「有好日子過，誰想當壞人？」

「我就是壞人，失望嗎？自以爲是的臭婊子。我殺了我的頭頂上司，醫院的院長，被她救過的人比妳吃過的米還多。這樣一個大好人被我用甲醇毒倒了，就是甲醇這麼簡單的東西，那個白癡聞都聞不出來。

「妳以爲這樣就算完了？沒有，我用手術刀刺穿她的枕骨大孔，親手宰了那女人。」萌萌語氣逐漸冷靜下來，言語間的恨意卻愈發濃稠，「我親手宰了她，聽見沒？」

齊故淵依舊盯著萌萌，這些都不是她想知道的，她也不需要知道，「對妳來說，她是不是死有餘辜？」

「妳聽不懂人話嗎？」萌萌終於咆哮起來，「她是醫生，我是殺人犯！如果不是我殺了她，她還能再用那雙摳過鮑魚的手救幾千個人。」

陳柔抓住齊故淵手臂，眼睛盯著萌萌，只要對方有一點攻擊的跡象，她就會動起來。

「她就是妳討厭同性戀的原因？」齊故淵的冷靜此時看起來更像無情。

「柳柳。」陳柔低喊。

萌萌抓起藥罐往她臉上甩，被陳柔接下，接著是第二個、第三個……儲藏室一片狼藉。

陳柔擋在兩人中間，揮舞手臂試著打掉所有亂飛的物品。

「妳想知道是不是？」萌萌四處張望，尋找下一個拿得起來的東西，「對對對，女人也會侵犯女人，管他男的對女的、女的對男的，還是男的跟男的，只要人有慾望，這些破事就是會發生。因爲有些人他媽的就只是狗，而我連條該死的狗都比不上，少他媽自以爲是，妳也沒比狗好到哪去！」

齊故淵繞過陳柔，大步走到萌萌面前，伸手想抓住對方，卻扭打成一團。她們打架像兩隻小雞互啄，慣常拿筆和藥的手互相推攘、擠壓，看得陳柔都不知道從何下手。

齊故淵費盡全力往前，用手臂將萌萌壓在藥櫃旁，「生什麼氣？眞正該待在這的人是她，該受到折磨的是她，這一切不該由妳來承擔。

「妳捍衛自己的尊嚴有什麼錯？保護自己有什麼錯？妳做過的事跟我現在想做的事一點差別都沒有。」

「妳……」萌萌抓著她上臂，「有什麼毛病？」

「妳不該在這，不管她僞裝得再好，這裡依舊是監獄。」齊故淵乘勝追擊，「何況，妳的身體撐得住？巴比妥的劑量遲早得提高，典獄長會允許嗎？如果她不准，妳又該怎麼辦？」

萌萌瞪著她的眼神就像隻被逼到絕境的老鼠，她聞到萌萌身上的氣味，是某種藥與灰塵雜揉捻成，不討喜得過於可憐。

「我會幫妳，萌萌。」一字一句，她專注得教人茫然，「我會讓她沒辦法隨便拒絕。」

萌萌連續眨動眼皮，緩緩沉下臉，「妳到底想幹什麼？」

臨近晚餐時刻，廚房組忙得不可開交。將軍坐在折疊椅上，於廚房角落捧著鋼杯喝茶，看著手下跑來跑去，偶爾扯幾嗓子指揮。

將軍翹著腿，背向後靠，「妳先說說，妳要怎麼幫我？」

齊故淵站在她旁邊，不亢不卑，「可待因，鴉片的成分，也是一種止咳藥。馬上就要入秋了，到時候很容易魚目混珠。」

「那是管制藥。」

「三十毫克的確實是，但五毫克的不是，雖然是複方藥，用來打發這些人足夠了。」齊故淵說著從萌萌那挖出來的知識，「圖書室已經被典獄長知道了，就算握著也沒有意思。」

「我憑什麼信妳？」

「這是生意，將軍。」

「呵。」將軍勾起嘴角，拿出另一個鋼杯，「所以，那些書到底是誰偷的？」

「重要嗎？重要的是我們都知道是誰的意思。」齊故淵說：「危機就是轉機，若是明面上繼續走，把我們做成暗線，不是更能確保45幫的供貨嗎？」

將軍思考了一會，冷著臉問：「妳想要什麼？」

齊故淵彎彎嘴角，開出不高不低、模糊的價碼，「只是想讓生活好過一點而已，畢竟還要待好幾十年。」

滾燙的茶水倒入杯中，將軍將杯子遞給她，溫和的微笑彷彿齊故淵臉上未消的青腫與自己毫無瓜葛，「再說吧，等會留在這裡吃個飯。」

等齊故淵離開時，廚房組已經在清洗碗盤了，陳柔就在餐廳等她，背靠牆雙手插在口袋裡。看到她便主動迎上來，卻一句話也沒說。

她走向放風場，跟許多消食的囚犯一樣沿著邊緣散步，陳柔固定在落後半步的距離跟著，良久後才開口。

「妳到底想做什麼？」陳柔的聲音裡聽不出怒意，只有茫然。

「妳不懂？」齊故淵放慢腳步，勾住陳柔手臂，「余左思多少顧忌著45幫，在她們這裡站穩腳步只是買一份保險而已。」

「可這兩邊都不是好東西。」陳柔低下頭，「妳眞的要跟她作對？那個人會盯上妳。」

恐怕她從一開始就已經盯上自己了。齊故淵話鋒一轉，「我還跟將軍談好了，讓她們放過猛男，雖然沒了可可粉，但趁機戒了更好，不是嗎？」

以前的她哪會顧慮到猛男？還不是看在陳柔的分上順便照顧一下，否則以陳柔的性子又要爲猛男擔心好久。

果然，陳柔彎起嘴角，將手臂收攏。圍牆上架著強烈的大燈，將放風場照得沒有半點死角，她們在人造的光下走著，肆意展現在外頭時不敢洩漏半點的親密。

這裡的夜空和首府一樣，沒有星星。

將軍和齊故淵合作，意味著圖書室的重要性會被取代。情況比她估計的還要更嚴重，可可粉依舊在流通，可那只是做樣子給余左思看，讓余左思認爲自己還控制著監獄內的毒品。將軍大幅冷落管理圖書室的怪獸，齊故淵發現怪獸甚至很少跟45幫成員混在一起，反而總跟政治犯往來。

也許她這一步走得正對，怪獸不是45幫核心成員，這也是爲何余左思會指派怪獸。

沒過幾天，怪獸便在醫療組現身。

怪獸年紀大概比齊故淵稍長幾歲，個頭高又勻實，走起路來有點外八。囚衣的袖子被她捲到肩膀，露出兩條上臂，最顯眼的還是她顴骨上的刺青，設計字體的monster圍著下眼皮，其中s與t兩個字母稍微扭曲，形成倒過來的45兩字。

齊故淵以爲她是來算帳的，然而怪獸只是伸出手肘上的擦傷，要她幫忙包紮。

包到一半時怪獸突然開口：「氣質挺不錯，難怪將軍會選妳。」

齊故淵動作一頓，決定以沉默裝傻。

怪獸笑了笑，「別這麼謙虛，妳挺厲害。萌萌是個老古板，小隼又親34幫，現在倒好，醫療組的傢伙都被妳收服了。」

「我沒有收服她們。」除了陳柔，不過那也不算收服，而是馴服。她默默想著。

「是嗎？看來妳天生就是做這些事的料子，能不能教我幾招？該如何收服人心之類的。」

齊故淵抬眸看了看怪獸，怪獸又接著道：「我在外頭時就加入45幫，但妳也見到了，這些傢伙根本不把我當自己人。原本我想著接管圖書室就能翻身，結果又被妳截了胡。」

光聽這些話齊故淵會以爲怪獸滿懷怨懟，可她的眼神又不含一絲惡意，反而充滿欣賞，純粹乾淨。

「告訴我吧，妳是怎麼利用她們的？」

齊故淵神色一凜，「我沒有。」

「是喔？」怪獸歪了歪頭，「妳好像不喜歡這個話題，是因爲她們也是妳朋友？」

齊故淵開始有些錯亂了，她不是在利用萌萌，她們互相幫助，應該要是盟友才對吧？肆意利用他人，這是余左思和幫派分子才會有的行爲。

再說了，她做這些都是爲了對抗余左思，是爲了圍牆內的眾人，她跟她們不一樣。

「我們不是朋友。」

「那不就好？」怪獸說：「這樣吧，妳告訴我的話，我也有很多情報能跟妳交換。」

「像是什麼？」

「嗯……像是D區的祕密？就這個吧，圍牆裡誰都好奇D區裡有什麼吧？」

齊故淵心中一跳，表情仍是淡然，「知道那種事對我有什麼好處？」

怪獸笑出聲來，「喂，妳這副模樣眞的跟將軍很像，妳該不會是她女兒吧？」

「我跟她們不一樣。」齊故淵說出口了，「如果想知道如何玩弄權柄，那妳找錯人了。」

「有什麼不好？我一直很想成爲將軍那種人呢。」怪獸說：「妳不說的話就算吧，反正我不是這塊料子，妳教我我還不一定學得會。」

怪獸的氣質的確與幫派分子們完全不同，她有些散漫，不會咄咄逼人，就算與她對弈也是一副懶懶的樣子，齊故淵進一步她就退一步。

她就像披著狼皮的羊，難怪無法融入45幫……若不是她們身在監獄，這其實是件好事。

「我不擅長，不代表我會放棄。」怪獸將身子前傾，「妳有我想要的東西，跟我交換吧。」

「提出我滿意的價碼。」齊故淵說：「D區雖然讓人好奇，但價值不高。」

「那是因爲妳還不知道那裡有什麼。」怪獸微微一笑，「我要的只是經手藥片，進貨端握在妳們手裡，我是吃了虧的。」

將軍不想怪獸經手藥物管道，如果她答應了，是不是會惹惱將軍？可將軍不好突破，就算在這條線上經營下去，也不見得有能挖出D區情報的一天。

「我還要知道妳們的進貨方法。」齊故淵喊價。

「沒問題。」怪獸完全不講價，爽快地答應了。

「典獄長確實管很嚴格，在D區動手腳基本不可能。我們有的，是物流，貨車司機工會受45幫控制。」怪獸壓低聲音，「至於她們怎麼瞞過典獄長，這就不是妳能知道的事了。」

這跟齊故淵所設想的差不多。如果供貨端被45幫控制的話，她就必須得到45幫的認可，甚至成爲她們的一分子才有機會利用它。

「至於D區的情報……」怪獸眼睛轉了一圈，似笑非笑地看著她，「其實不知道對妳比較好，對其他人也比較好。」

齊故淵安靜地瞪著她，眼神愈發銳利。

「開玩笑嘛，我怪獸當然說到做到。」怪獸掀開上衣，一張皺巴巴的紙被她夾在褲頭。

怪獸起身去關好門，才將被對折的A4紙放到齊故淵面前。

齊故淵的手指在紙張上停滯，「這是哪來的？」

「我上個工作在清潔組。嗯……該怎麼說呢，有力氣搬動成年女性的人選不多，妳懂吧？」怪獸翹著腿，「這是上個住在A103的女孩留下的，我沒有要嚇妳，只是說出事實而已。」

冰冷的不祥感籠罩心頭，幾秒後齊故淵緩緩攤開紙張，文件用字看起來像是報告的其中一頁，雖然沒有前後文，她大致能讀懂。

……實驗體對藥物反應遲鈍，相較於對照組，神經傳導並未得到顯著改善。值得一提的是，在前置作業中，實驗體病程明顯較過往其他個體緩慢。此項差別形成原因尚待釐清，考量其成因或許有助於日後實驗進展，經批准後決定將實驗體留存於D3地下飼育間，並依狀況施予鎮定防止其自殘。

由於實驗體性格暴烈，有極大的自殘傾向，建議施予成年女性建議劑量的上限，並每日追蹤其病程變化，觀察方法如附件1-2……

文件中還有兩張數據圖表，以及實驗詳細資料，齊故淵看不懂，也不想懂。她將紙張折回去，對怪獸說：「這是什麼意思？」

「別裝傻了，那傢伙就算是被貶到監獄裡，也得有賺錢的勾當吧？維持權力很花錢，我看這些見不得人的小實驗有很大的賺錢空間。」

「她從我們之中挑人？那D小組的每月健檢是……」怪獸緩緩點頭，齊故淵蹙起眉，「妳很冷靜。」

「慌張有什麼用？」怪獸將文件塞回褲頭下藏好，「不管是做實驗還是當勞工，對上面的人來說都差不多，這裡和外面沒什麼兩樣。」

齊故淵張了張嘴，無法反駁。

陳柔回到醫療組時發現門被關緊了，將手放上門把時隱約聽見裡面的談話聲，有齊故淵的，還有……是怪獸嗎？

片刻後她緩緩放開手，轉身守在門外。

她們在說什麼？陳柔背靠在牆上不停踏腳尖，愈想愈焦慮，可仍爲了裡面兩人的安全在外面放風。

約十分鐘後怪獸拉開門和她對上眼，微笑道：「唷，小隼啊，謝啦。」

怪獸哼著歌離開。齊故淵臉色很糟，和大白死時有得比。

陳柔心中一涼，緩緩走上前，「怎麼了？」

齊故淵鐵著一張臉，好久都沒說話。她繼續以溫和的聲音追問，直到齊故淵深吸一口氣，「沒事，怪獸在胡言亂語。」

齊故淵站起身，收拾碘酒等包紮用品。

「她說了什麼？」

「他們進貨的方法。」齊故淵低著頭，「跟她交換了一點東西。」

「只有這樣？」

齊故淵動作一頓，抬頭，「妳想說什麼？」

「我……」陳柔深深吐了口氣，「是D區的事嗎？」

齊故淵看著她，眼中難得出現一點迷惘、一種無法掌控陳柔的不確定感，「妳知道多少？」

陳柔抿著嘴唇，沒有馬上回應。

齊故淵追問：「妳一直知道D區在做人體實驗？還有那個健康檢查，根本就只是在挑選適合的小白鼠？」

「我……」陳柔垂下雙眸，「我知道。」

健康檢查是幌子，研究囚犯的身心變化也是幌子，D小組的例行血檢只不過是爲了找出她們之中可能適配的人選，送進D區裡進行更進一步的實驗。

她看向齊故淵震驚的臉龐，「我親眼見過D區的地下室裡有些什麼。」

她曾從教團手中逃走，又怎麼可能會像現在一樣，甘心被困在籠子裡？一開始她就像現在的柳柳，滿懷希望、伺機而動。

「對不起，我騙了妳。」陳柔像是想將一切都傾倒出來，攤在齊故淵面前，「陳倩雯進來過，我是圍牆內唯一知道她本名的人……我、我們一起逃跑過。」

然而陳倩雯最終成爲了泡在罐子裡的標本。齊故淵張著嘴，無法發出聲音。

「但是，不管用什麼方法，不管再怎麼小心翼翼，典獄長總是會在最後關頭把我們擋下來。」陳柔的呼吸開始混亂，「最後一次，典獄長當著我的面殺了她，然後帶我去D區。我親眼看見D小組把針筒刺進早就應該被移監的人身上，她的腿都廢了，他們還在……淵，典獄長根本不是人，她也不把我們看成人。妳知道她帶我回監獄時對我說什麼嗎？她說O型血很有用，遲早有需要我的一天。她把我們當成小白鼠和血袋，我拿她沒辦法。」

余左思也曾說過她是O型血的事。所以余左思放任她暗藏心思，只是因為把她當成血袋？

齊故淵發愣了好久，「為什麼不告訴我？」

陳柔吸了吸鼻子，「我沒有告訴過任何人。」

「我和別人一樣嗎？妳以為不告訴我我就不會自己查出來？」

「妳不一樣，因為妳會想改變這一切！」陳柔說：「我只是想保護妳，不想讓妳受傷。」

「少把我當成小孩子！」齊故淵吼，「我以為、我以為妳至少是相信我的。」

「我當然相信妳——」

「胡說！」齊故淵本要繼續指責，卻猛然意識到她們在爭執的事根本不是重點，「妳見過陳倩雯？」

齊故淵攫住陳柔的領子，伏在她耳邊，「她告訴過妳嗎？」

陳柔臉上閃過一瞬茫然，接著抿起嘴唇，將祕密咬緊。

眞正處在危險中的人，是陳柔。

「告訴我。」齊故淵攢緊了手掌，生怕一放鬆陳柔就會摔落，「不管她說什麼，現在就告訴我。」

「不要。」

「我讓妳別把我當小孩。」齊故淵咬著牙，「聽話，快說。」

陳柔握上她的手，突然俯下身來將她攬進懷裡。寬闊修長的手臂抱起人來有著十足的安全感，齊故淵此時卻像被吊在高空中，惴惴不安。

「不要再吵架了，好不好？」陳柔抱得很緊，「活著的時間已經夠短了。」

齊故淵差點要投降了，陳柔的懷抱溫暖又踏實，教人覺得其餘的一切都毫無所謂。被關在圍牆內又怎樣？身為小白鼠而活著又怎樣？監獄內和監獄外，都是這麼運轉的，差別只在監獄裡這一切都被赤裸裸地攤開而已。不公不義並非一日促成，她就算獻出生命也不一定能改變現實。

所以，她為什麼不能只貪戀著陳柔的溫暖，單純活著就好呢？千千萬萬的人都是如此，她又憑什麼覺得自己不一樣？

「我做不到。」齊故淵停止掙扎，臉埋在陳柔肩頭，「妳不懂嗎？如果我是會放棄的人，打從一開始就不會加入革新會，也不會遇到妳。

「妳說對了，我就是沒辦法服輸，想證明自己不一樣。怪獸也說對了，我跟其他囚犯沒什麼兩樣——但那又怎樣？我還是會堅持下去，如果我的路和正義不衝突，我為什麼不能走？

「我要活下去，要不受威脅地活，整天看典獄長臉色像什麼話？我不會讓她隨意奪走我的東西。」

她的生命、她的小隼，全是她要緊緊控制在手裡的寶物，憑什麼讓那個不人不鬼的傢伙擺布？

陳柔一動也不動，安靜地聽她說完，「是不是不管我說什麼妳都不會回頭？」

「是。」齊故淵沒有猶豫。

「固執的傢伙。」陳柔低下頭，也將臉埋進她肩上，語氣疲憊，「妳太出頭了，再背上新的祕密，一定會死。」

「妳得告訴我，才能分擔——」

「我要幫妳分擔，這一點我會比妳固執。」

陳柔將手指伸入她的髮絲間，深呼吸著她的氣息，本以爲已經沒有空間的懷抱又緊了緊。

陳柔向來是隨和的，與她的名一樣，柔韌而易處。這樣的人一但倔起來，馬都拉不動。

齊故淵沒有等到陳柔妥協，只能在放手後回歸於監獄的日常中。

她不知道該怎麼定義自己和陳柔的關係，明明親也親過、抱也抱過了，可無法默認彼此爲共犯。也許陳柔的選擇跟她差太多了，導致她們終究無法同行。

無法同行，依舊互相拉扯，陳柔是唯一能讓她茫然的人——這樣獨一份的特別，或許也是種偏愛。

和怪獸達成交易後，將軍的不滿透過45幫對齊故淵的態度顯示出來。45幫時常對齊故淵動手動腳，雖然不至於受傷，不過也能感受到其中的警告與惡意，然而這點代價跟D區情報比起來根本不算什麼。

就算她決心要逃出監獄，也無法改變余左思防守嚴密的事實。比起想不想離開，她更該擔心的是她到底能不能在鍘刀輪到她之前逃跑。

齊故淵一邊觀察著可能的突破口，一邊維持日常生活。

鐵姐的認知障礙症狀逐漸惡化，總是把她誤認成老相識，慢性疾病的指數亦愈來愈不樂觀，余左思隔三差五就會將幾個D小組的醫生放進來替鐵姐看病。

這是能跟外界接觸的大好機會，齊故淵自然不會錯過。鐵姐警戒心重，只有將她錯認成別人時才准她靠近，她也會藉機和D小組說上幾句話，可惜那些人嚴格恪守著余左思的命令，從不和她說多餘的話。

日子緩慢地過去，齊故淵卻一點進展也沒有，就連余左思那邊也像是忘了她的存在，久久都不再來找她。齊故淵陷入沼澤中，進退不得。

「怎麼悶悶不樂？」鐵姐難得清醒，一對蒼老的眼眸如鷹一般盯著她。

齊故淵沒想到第一個關心她的居然是這個老人，順了口氣後回道：「沒事。」

「蠢東西，妳有沒有心事，我看不出來？」鐵姐哼了一聲，從床上翻下。

齊故淵連忙上去扶，「鐵姐，妳要去哪？」

「我去哪還要妳管？」

阿豹等人早就吩咐過，鐵姐要做什麼都隨她去，只要人平安就好，齊故淵和萌萌都不敢攔，就這麼扶著鐵姐往外走。

她們來到販賣部，囚犯一見是鐵姐來了，直接打開門讓她進儲藏室挑選。

鐵姐拿了兩條巧克力棒塞進她手裡，「來，不要不開心了，傻孩子。」

齊故淵有些哭笑不得，暖意湧上心頭，也許這些囚犯曾犯下罪行，可她們也是活生生的人，有生老病死，也有喜怒哀樂，會予以關心，更需要被關心。

鐵姐今天體力特別好，帶著她走了很遠，甚至到了A區。她讓萌萌去給她倒杯茶來，坐在公共區的椅子上歇息。

「妳怎麼這麼蠢？」鐵姐突然壓低聲音罵她，「還待在這，眞的想把一輩子賠進來嗎？」

齊故淵一頭霧水，總覺得鐵姐好像眞的認識她，又隱約覺得不對。

「是不是因爲野狗在，害妳不敢動？」鐵姐握住了她的手，「放心，我會把他們趕走。我說過要送妳出去，就一定會做到。」

鐵姐眼眶泛起淚意，站起身來像是想帶她去哪。這附近就是齊故淵的囚室A103號，鐵姐抬頭看向門牌，有些茫然，又帶著她往下一扇門走，兜兜轉轉就是找不到要去的地方，「在哪裡？到底在哪……」

齊故淵看不下去，「鐵姐，我沒有要走，妳先休息一下。」

鐵姐充耳不聞，又抓著她交代：「記得，上游是瀑布，出去後要往下游走，一直走就能到農村，一定要記得。」

齊故淵愈想愈不對勁，怎麼鐵姐說的字字句句都跟越獄有關？老年痴呆症會讓人忘了最近的記憶，也會混淆對人的認知，可有時愈久遠的記憶反而會被喚醒。

是這樣嗎？那個「毛毛」曾經試圖越獄，她成功了嗎？她有留下什麼嗎？

無論鐵姐想找到什麼，如今都因爲A舍內部翻修而找不到了。

最終，鐵姐耗盡體力，昏昏欲睡，幾人找來輪椅把她推回C區。

齊故淵腦裡卻不停重複鐵姐的話因而無法入眠……只能在上游和下游間選擇，是否代表那是個峽谷？若假設成立，那麼在圍牆內的囚犯會怎麼出現在峽谷裡？

齊故淵躺在床上，雙手疊在腹部，一動也不動，腦袋卻轉得飛快——是地道，出口就在峽谷裡，這樣既難被發現，也會讓上下游間的選擇變得合理。

齊故淵想起來了，有幾次山裡下大雨，她曾聽到轟隆隆的水聲，那時還以爲是雨太大了，原來是因爲在監獄附近有個峽谷。

監獄這麼大的建築就在一旁佇立多年未受崩塌影響，代表這裡地質堅硬，甚至可以用做天然地基……那麼地道的存在便十分合理。

問題是，這個地道會在哪裡？

齊故淵多年不用的專業知識逐漸被喚醒，她想像自己是這座監獄的設計師，考量季風因素，監獄最大的出入口，也就是行政區那一面，應該要面朝南邊。可這裡卻朝著北邊，冬寒夏熱，並不合理，除非設計時考慮到運輸方便，將行政區規畫在峽谷的反面……

齊故淵從床上跳起來，來回踱步。

如果假設成立，那麼離行政區最遠的A區就應該最靠近峽谷，只要鐵姐的記憶沒錯，她甚至可以把範圍縮小到A1區！

齊故淵突然停下動作，緩緩地趴下來。她將耳朵貼在地磚上，指節沿著磚縫輕敲。

叩叩，叩叩——

石頭敲擊聲清脆。地板很冰涼，齊故淵卻在冒汗。

叩叩——叩——咚——

Chapter 7

「這他媽的是怎樣？」這是陳柔第二次在她面前罵髒話。

地磚已經被齊故淵撬起來，黑漆漆的地洞散發著惑人的吸引力，引誘人鑽下去一探究竟。

齊故淵靠坐在牆邊，指甲殘破滿是泥土，卻咧開嘴笑著。

「我找到的，就是我的。」齊故淵攤開手，像在炫耀，「有些地方小坍，不過被我架起來了，現在很安全。」

陳柔還在發愣。

齊故淵又問：「妳難道不想知道地洞的另一端是什麼嗎？」

地洞狹窄，積著一些生物的糞便，看起來年代久遠。沿著地道爬出去，出口確實連接到一處峽谷的峭壁上，對面也是懸崖，下頭溪水隆隆，溪石亂布。

外頭的光線有點刺眼，陳柔微微張開雙唇，隔了老半天才喃喃道：「能出去……」

「能出去的。」齊故淵拿出發訊器，眼眸中盡是光彩，「我叫楊嘉勇來接應，過兩天就是健檢，正好能和他確認。在這種深山裡那個人一時找不到我們，只要逃進革新會的地盤，我們就安全了。」

陳柔喉頭滾動，沒辦法相信自己又觸碰到了希望。

「走吧小隼。」齊故淵附耳呢喃：「這次不一樣，我會帶妳走。」

眨眼就到了健檢日，這次齊故淵以醫療組的身分協助D小組引導、核對囚犯身分。楊嘉勇依舊偽裝成獄警，戴著面罩粗魯地推著她前進，回到牢房齊故淵打開手掌，楊嘉勇塞的紙條小小一張，豪邁的字跡差點塞不下。

萬事就緒。

齊故淵將紙條扔進口中，嚥下去。

行動定在兩天後，無月的夜晚光線昏暗，正適合逃跑。

齊故淵用床單做成繩索，陳柔用一包餅乾賄賂新區長，讓她在宵禁前就躲進A103。等公共區燈光一關，牢門落鎖，齊故淵將地磚挖開，「走吧。」

她扣著陳柔手掌，邁開通往自由的第一步。

夜幕使山林成為她們的掩護，她們沿著水流向下走，溪石崎嶇，儘管攙扶著彼此仍跌跌撞撞。冰冷的溪水侵蝕腿腳溫度，然而她全身卻熱得如同火燒。

以革新會習慣的行動模式而言，應該會有記號標註楊嘉勇接應的地點，兩人沿著谷底一邊搜索，一邊盡可能遠離監獄。她們在黑夜中橫衝直撞，試圖尋找生的出口。

齊故淵覺得自己走了好久、好久，好像快過了一輩子，陳柔忽然拉住她，將她往回撈。怎麼回事，她找到記號了嗎？

「是死路！」

齊故淵茫然，慢慢地才看清前路的輪廓。

溪水奔騰著被呑入地底，在墜入地下溶洞時發出巨大轟鳴。溶洞上方、兩側，陡峭的石壁向上延伸數十公尺，幾乎要沒入天際。

齊故淵沒有閒暇思考整個過程中的瑕疵，只能拚命去想還有什麼方法能逃跑……爬上去？往上游走？也許還有那麼一點可能……

強烈白光突然亮起，齊故淵反射性轉身。

「小朋友，晚上不睡覺會被妖怪抓走喔。」

燈光的角度稍稍移開，余左思立於夜色之中，反手握著手電筒，另隻手背在身後，以輕鬆愜意的姿勢注視她。

妖怪，她眞的是妖怪。齊故淵雙腿發軟，差點跪了下去。

余左思噗哧一笑，「兩位小朋友，妳們的表情也太有趣了吧？眞適合拍下來當紀念。」

她對她們以雙手比出方框，比起做拍照的手勢，更像是想將她們永遠地囚禁於方寸之間。

齊故淵突然感覺到手臂上被陳柔握著的地方緊了緊，在陳柔出手的前一刻便反應過來，迅速向旁退給陳柔讓出空間。

陳柔出手打向手電筒，在光線晃動之間迴身踢向余左思頭部。

陳柔行動果決，可余左思反應更快，閃過攻擊後欺身回來，一擊便將人放倒。她將陳柔手臂反折，以膝蓋壓制後背固定在地上。

齊故淵撿起腳邊石頭想趁機偷襲，陳柔突然哀號出聲，使她動作一頓。

余左思抬起頭，「怎麼，不出手了嗎？」

她緩緩垂下手臂，石塊摔落。

逃不掉的，不可能逃離這裡，她發現地洞到現在不過幾天時間，余左思到底是怎麼知道的？她還知道多少，想做什麼？

全知、全能，彷彿圍牆內的神，齊故淵從踏入圍牆的那一刻起就只是她豢養的動物而已。

陳柔微弱掙扎，努力將頭從碎石上抬起來，兩人四目相對，在晦暗的夜色中交換遺言。

「不要露出那種眼神嘛。」余左思笑道：「好像我馬上就要宰了妳們似的，我不會這麼做，好嗎？相反地，我得表揚妳們啊。是誰找到地道的？我猜是柳柳，沒錯吧？」

齊故淵努力支撐著自己站好，勉強擠出一些力氣回應：「妳一直都知道？」

「我說了，圍牆內的一切，我都知道。」

「妳故意把我排進A103，讓我找到地道，又讓我們以爲自己能逃走，守在這裡看我們絕望。」齊故淵咬緊牙，「余上將，這樣玩弄人心很有趣，是不是？」

「是啊。」余左思的語氣過於理所當然，「這種深山裡沒什麼娛樂可言啊。」

在余左思眼裡，她們也許連動物都不是，只是一場遊戲裡的道具而已。

「不過，我得誇獎妳，能找到地道需要運氣與腦袋，甚至還成功慫恿小隼一起跑……眞是讓人羨慕。原本小隼已經放棄了呢。」余左思笑著按了下陳柔的腦袋，臉頰在亂石上磨擦。

齊故淵捏緊了拳頭，還未出聲阻止，余左思又低下頭，分明湊在陳柔耳邊，卻用連她也聽得見的音量問：「至於妳，得挨罵了，柳柳想要逃跑，妳怎麼沒有告訴我呢？」

陳柔奮力掙扎，抬起臉來看她，「柳柳——」

「沒事，我不會罰妳。」余左思又將她押回地上，「畢竟妳替我做了那麼多事，我不可能因爲一次的隱瞞不報就狠心責罰妳呀。」

齊故淵幾秒後才意識到這是離間計，余左思要從身心兩面下手，完全摧毀她們。

不過，爲什麼當初余左思會知道她在打探D區的情報呢？陳柔又爲什麼在見過D區之後還能完好無缺地被放回監獄內？

她看向陳柔，對方卻在此時移開眼神，甚至閉上眼，不再試著掙脫。

教團所信奉的神，透過所有生命的眼睛關注這世界，而在圍牆內的神，不也一樣能透過囚犯的眼來注視所有囚犯嗎？是她太自大了，防著所有囚犯卻唯獨沒有對陳柔設防過，本能地相信對方，就連想都沒有想過這種可能性。

那個會爲了保護同伴而犧牲自由的陳隊長，最終仍成了敵人的刀。

齊故淵發覺自己並不憤怒，只是有種空蕩蕩的悵然，將她胸膛裡的溫暖一掃而空。

余左思欣賞著她的表情，而後勾勾嘴角，「不錯，真不錯，妳跟我想的一樣堅強，不枉我這麼看好妳。」

「妳的厚愛，我擔當不起。」齊故淵沉下聲音。

「在這世上，有想法的人遠比有能力的人更需要提防，我不會白費力氣盯著一個興不起風浪的廢物。」

余左思調轉手電筒，光線落在不遠處一座淺灘上，昏昏沉沉、被綁住手腳的楊嘉勇靠在石壁邊坐著。

楊嘉勇！齊故淵差點喊出聲。

「這是妳努力製造麻煩的獎勵。」余左思盯著她，「做出選擇吧，要跟忠心的騎士離開，還是留下來跟卑鄙的叛徒一起被困在圍牆裡？」

「妳要放我走？」

「不用懷疑。」

余左思這個人對自己太有自信了，她會玩弄規則、會肆意對待囚犯，可她不會反悔，後悔代表軟弱，余左思絕不會示弱。

余左思不會說謊，她不需要說謊。

「這不是困難的選擇吧，嗯？」余左思說：「別讓我失望。」

齊故淵哼了口氣，像是想哭，又像想笑。

楊嘉勇是她的學長，帶領她認識真實的人，就算她任性地接下這麼荒謬的任務，他也毫不猶豫出手相助。是她連累了他，害他落進余左思這個怪物手中。

至於陳柔……陳柔就是陳柔，只因她是她自己，對齊故淵來說便是無法割捨的一部分。

見齊故淵遲遲沒有回答，余左思掏出配槍。她心跳停了一拍，余左思將槍口向上，幽幽道：「最直覺的反應，才是真實。我給妳十秒，十秒一到我就會對他們其中一個開槍。」

余左思放大了音量，眼眸在黑暗中睜大，狀似瘋癲。

「快選吧，趁妳還有得選。」

齊故淵張著嘴不停喘氣，她怎麼能做出選擇？沒有被選到的人又會怎麼樣？會死嗎？余左思會在她面前殺了其中一個人，藉此欣賞她的恐懼與絕望嗎？

余左思已經開始倒數，每數一個數字，齊故淵腦中想法便快速流過，無論是再堅定的承諾、再濃烈的情緒，在死亡的恐懼前，都蒼白淡薄猶如白紙。只要戳破這層阻礙，她就能獲得自由，輕鬆且容易。

當一個選擇與另一個極壞的選擇被擺在一起時，人們往往會欣然接受前者，看似自己做出決定，實質上不過是沿著別人設計的陷阱盲目栽進去罷了。

儘管齊故淵看破了這層幻象，卻沒有辦法改變。有想法並不能爲她帶來光明，她眞正需要的、能爲她帶來眞正的「選擇」的東西……是權力。

只有跟余左思擁有相近的權力，余左思才會忌憚她，無法爲所欲爲，唯有如此才能保護自己與重視的人事物。

可惜，現在她的時間只剩五秒。

「五——」

楊嘉勇不省人事，背靠著石壁像具屍體，如果沒有她，他現在應該在奮力拚搏他的革命事業。他說過，若是爲理想殉道，死也能瞑目，而不是在山溝裡默默無聞，因她的失誤而死。

「四——」

「柳柳。」陳柔聲音虛弱，勉強擠出她的名字。

她將視線轉回來，兩人的眼神在黑夜中精準地捉到彼此。

「三——」

陳柔扯了扯嘴角，在笑，嘴型一開一闔，無聲唸著她的名字——淵。

「二——」

余左思撥開保險，清脆的撞擊聲被放大，勾起大白死去的畫面，那雙望著天空放大的瞳孔成了齊故淵夜夜的夢魘。

「一。」

「我留下來。」齊故淵聽見自己的聲音。

余左思動作停頓，「妳確定?」

她緩慢地又說了一次，「我留下來。」

陳柔睜大了眼睛看她，其實她的選擇合情又合理，她自己清楚，陳柔也該清楚。求她離開太過矯情，因爲她留下而感到悲傷亦是眞實。

矛盾、模糊、糾纏不清，無論是非對錯，或是眞情與理性，全部混成一塘濁水，無須分清。

峽谷內靜默了半晌，余左思一語不發，緩緩將槍口朝向楊嘉勇，齊故淵握緊拳頭，衝上前的那一刻余左思搶先扣下板機。

擊錘碰撞的聲音幾乎要將她的心臟撞停，卻沒有子彈擊發，齊故淵撲跌在溪裡，顫抖著抬起頭。

「被捨棄的選擇，可沒有回頭的道理。」余左思笑著收起槍，「回去吧，小朋友，在我的圍牆內繼續活著，我等妳製造更多麻煩。」

余左思站起身，陳柔沒了壓制仍喘著氣，因疼痛而難以翻身。

「天亮前我要見到妳們回監獄裡，有任何差錯，後果自負。」

齊故淵率先動起來，她爬到余左思旁邊，抓著陳柔沒受傷的那隻手臂將人扶起來。忌憚、徬徨、隨時會丟掉小命的未知已經深埋於心底，她在余左思的注視下一步一步往回走。

再逃已經沒有意義了，除了接受余左思的恩賜以外，她沒有別的選擇。

她們回到地道下方，齊故淵在陳柔的指示下替她按著胳膊。

陳柔咬著自己的衣角，猛地使勁將脫臼的肩膀接回去。她眼眶裡都是淚，兩人倒坐在小溪旁，冰冷的水不斷流過雙腿，浸濕囚衣。

齊故淵背靠著溪石，喘著氣抬頭望向對面的懸崖，其實這座峽谷不算深，在她眼裡卻像無底的深淵，一旦墜落了，永遠也無法再見到光明。

她沒說話，陳柔也是，沉默訴說著恐懼與愧疚。

楊嘉勇會怎樣？會死、會成爲D區的一部分？還是變成余左思跟革新會談判的籌碼？她不敢想，又忍不住去猜，儘管她可能永遠也無法得知答案。

她眞正想要的到底是什麼？她能爲此付出多少代價？犧牲別人的利益換取到的，又是否保有價值？齊故淵不曉得。

她向來是目標明確的人。學生時期一心栽進考試裡，順利錄取第一志願；上大學後投入組織活動，連家庭都能捨棄；就算入獄了，也滿心計畫著如何找到陳倩雯、如何逃獄。

只要目標明確，她就能持續思考、持續走下去。

對待感情也是，她的眼裡只有陳柔，專注而偏執，不曾想過這樣的目光成了扭曲現實的濾鏡，只看見溫柔堅定的小隼，從沒關心過被傷害、被恐懼控制的陳柔。

所以她們才會有這麼多爭執，想著對方卻不曾互相理解，過於堅定而不能互相妥協。

她終於看見盲點，可已經來不及了，沒有任何物質能逃離黑洞，也沒有任何人能擺脫余左思的控制。

「回去吧。」她率先站起身來，回頭對陳柔說：「回去吧。」

齊故淵沿著床單製成的繩索吃力地爬回去，又拉著陳柔幫她爬上來。她們沿著漆黑狹窄的地洞爬進監獄內，身上都是泥汙與溪水，而這一切的意義，也只不過是想活下去而已。

在她替陳柔頭頂披上毛巾時，對方以哽咽的聲音開口：「為什麼？」

齊故淵動作一頓，接著繼續以掌心替她擦頭髮。

陳柔一把抓住她的手腕，好像不阻止就會被她溫柔的動作所傷。

「罵我啊，妳不是很討厭叛徒嗎？」陳柔放大了音量，「我是教團的叛徒，也是囚犯的叛徒，我只替有勝算的那方做事，一點道德跟忠誠都沒有！一旦妳處於下風，我就會拋棄妳，這就是妳看中的人嗎？」

「妳當我是傻子？」齊故淵看著陳柔，「如果妳是這樣的人，根本進不了我眼裡。」

陳柔不可能為了自己的利益出賣他人，如果陳柔真是這樣的人，她就不該投奔革新會，而是將教團情報賣給政府，齊故淵一直、一直都清楚。她甚至知道余左思會怎麼誘拐陳柔為她做事，只要讓陳柔相信，余左思能掌握囚犯便不會輕易出手殺人就好。

「我不信教團的神，可我一樣會用自己的眼睛去看、去見證真實，不是為了那個殘暴的神，而是為了我自己。」

「妳……」陳柔張了張嘴，似乎難受得喘不過氣，「妳為什麼還能說出這些話？我已經沒辦法了，我只是、只是想讓大家都好好活著而已，我已經沒有辦法再當反抗軍了。」

「那就算了。」齊故淵表情平靜，「在這裡什麼都不做也能過得不錯，妳好好過日子吧。」

她並非反諷，而是眞心放棄了要求陳柔繼續奮鬥，陳柔已經失去了熱忱與光彩，和監獄中其他麻木的囚犯一般無二。

齊故淵無法理解，這樣活著對她來說跟死了沒有區別。但這是陳柔的選擇，如同在外頭，有人奮起、有人逃亡、有人隱藏、有人見風使舵，有人貪戀權勢，人們只是想在這個國家裡尋找活著的方法而已。

她能理解與自己無關的人做出不同的選擇，如今她也該體諒陳柔的背道而馳。

陳柔呼吸漸緩，後退兩步，毛巾蓋住她的臉龐。

「對不起。」陳柔的咬字很模糊，彷彿使盡了力氣才能說出話來，「是我害妳被困在這，是我害死了楊隊……對、對不起。」

齊故淵聽著她的啜泣，幾個呼吸後才平靜地開口：「非正當性關係的罪刑在五到十年，夠一個人完成學業、一個國家終結內戰。

「而妳就算從來沒有對我說出那個字，我也會用將近十倍的代價，換一個見到妳的可能，這就是屬於妳的分量。

「自投羅網的，是我；害死楊嘉勇的，是我。這一切都跟妳沒關係，我不需要道歉，也用不到妳的愧疚，這是我的選擇，由我來承擔後果。」

陳柔垂下頭，肩膀顫抖，濕透的毛巾下不斷滴落水珠。

Chapter 8

「請坐。」C002的牢房主人口吻斯文有禮。

齊故淵關上牢門，依言坐上角落的小沙發。

五糧直直盯著她看——齊故淵臉上、雙手上，處處都是在峽谷裡留下的擦傷與割傷，她雙肘撐在膝上，握著自己的手，任對方上下打量。

五糧將輪椅轉向面對她，「看來昨晚發生了很多事。」

「是的。」齊故淵回答：「一言難盡。」

「所以妳才來找我？」五糧淺淺地勾了下嘴角，「已經無路可走了，對嗎？」

「我一直都有這個打算。」

「我知道。」五糧說：「A103號房的囚犯，通常都不會待太久。」

「什麼意思？」

「那個人總是把永不屈服的囚犯分到那間房，我得說她看人的眼光很準。」

原來是這麼回事。齊故淵竟有點想笑，余左思對待她的手段已經不是第一次用了，在她之前還有多少A103發現了地道，而後滿心希望被粉碎？

「學姐妳明明就活在C區，爲什麼厭惡典獄長？」

五糧笑了，以指節推了下鏡框，「學妹，妳看見的C區，是不是一群享有特權的囚犯，背地裡出賣靈魂來換取優渥的物質生活？有時雙眼所見不一定是眞實，將軍也是C區的人，妳覺得她眞心服從典獄長嗎？」

齊故淵直視五糧的雙眼，這樣還不夠，遠遠不能讓她相信。

「來吧。」五糧不疾不徐推著輪椅出去。

齊故淵隔著一段距離緩緩踏出腳步，跟在她身後，監獄裡各個區域之間都沒有階梯，只有平緩的斜坡，五糧自己推著輪椅也能順利移動。

來到放風場上，五糧帶她走進獄舍後一小塊空間，一邊是水泥的獄舍外牆，另一邊則是黑石牆面，空間往上延伸，天空被截成狹長形狀，冷澀的光洩漏進來。

齊故淵低下頭，五糧輪椅前的地面釘著塊有點腐爛陳舊的木頭，似乎是被截斷的桌腳。這是她從未注意過的角落，幾名34幫的成員站在不遠處，看起來像在爲她們把風。

五糧低下頭，遲遲沒有說話，只是看著那塊木頭默哀。

齊故淵很有耐心，終於等到五糧打破沉默。

「我也曾經是個A103。

「那是這座監獄完全屬於我們的日子。數十年前，一名囚犯受獄警汙辱，鐵姐爲了捍衛我們而掀起暴動，最終她統治了這裡，那是我們還能苟延殘喘的時代。

「受汙辱的囚犯生下孩子，一個完全無辜的生命。警察不放她走，我們就把她當作自己的女兒養育，她比這裡任何人都更值得自由。」五糧回過頭來看她，雙眸空洞，「那是我們的孩子，她應該要在外面，過上她值得的生活。」

五糧變了個人，漆黑又冰冷，有如寒冬的夜空，純然而虛無的宇宙，橫亙古今。她伸出左手，齊故淵看見她的指甲少了兩片。

「送她出去的一點小代價，我替她打通地道，目送她離開監獄。而我做這一切，都只是想讓她在外頭，普通幸福地過完一生而已。」五糧的咬字愈來愈用力，「我只想給她她應得的東西，就只是這麼卑微的願望……妳想知道這一切都被誰給毀了嗎？」

余左思。齊故淵根本不必猜，腦中浮現那件濺了血的白襯衫。

「這個孩子就是毛毛？」

「妳有在留心周圍的一切。」五糧順了口氣，又恢復了文雅淡漠的面目，「毛毛生於監獄，我們所有人都是她的媽媽、她的姊姊。我們把畢生所學都教給她，讓她成長、茁壯，成爲最優秀的孩子。」

「我沒辦法得知太多外頭發生的事，只知道余左思帶著她的骨頭回來。」五糧低喃著，聲音卻又格外眞實刺人，「到底發生了什麼，不該全信余左思一面之詞，但無論我的毛毛究竟是無意間擋了她的路，還是刻意與她做對，都不該死得這麼早，至少不該連死都埋在監獄。

「不管她做了什麼，我知道她只是想活下去，我知道。她只會叫我姊姊，我是石牆裡最了解她的人。」

齊故淵看著五糧，悲傷與憎恨都如此熟悉，她分得清其中眞假。

余左思殺了毛毛，又用她挖的地道來誘捕更多希望。她到底想得到什麼？D區的實驗又是爲了什麼？金錢，還是更多的絕望？

五糧手腕纖細，撐著輪椅扶手似乎想站起來，卻在踉蹌後往前摔，撲倒在地面。齊故淵下意識伸手去扶，五糧卻抵住她，逕自抓住那無字的墓碑。

墓碑入土已有一段歲月了，緊緊咬在土壤中。五糧拖著肌肉萎縮的雙腿，撐著上半身以雙手搖晃墓碑。

齊故淵張開嘴，「學姐，妳在做什麼？」

五糧將指尖伸進墓碑底座的縫隙，專注地挖掘。

齊故淵雙膝著地，不知所措，抬頭看那些34幫的人，卻見她們只瞥了一眼，接著背過身，用身體擋住這邊的動靜。

五糧雙手都是石礫和乾土，被翻出來的土逐漸濕潤，染上鹹腥。

齊故淵無法移開目光，半晌後也伸手去扒開泥土，奮力撕開監獄的傷疤。

不知道過去了多久，她們好不容易才挖出小坑，幸好這裡的沉積層很淺，能埋葬的深度也只有一點點。齊故淵看見一塊白骨，五糧放輕動作，用掌心將它拂乾淨。

土裡還有一些白色的截面，五糧捧著頭骨，將它抱在懷裡，血汙與淤泥卡在她掌紋中，彷彿她當初就是這樣，親手爲毛毛挖開汙穢不堪的監獄。

兩人坐在地上，氣喘吁吁，墓碑倒在一旁，泥土、地下白骨，還有兩具尚有心跳的身軀，好似都成了一體。

「這座監獄的和平不過是假象。」五糧看著她，儘管身上滿是塵土，眼眸卻微微亮著若有似無的星光，「每個人心裡都有自己的算盤，只可惜立場不同，沒辦法站在同一陣線。」

齊故淵聽得懂，「妳想要第二個鐵姐。」

「是的，但並非每個人都能成就大事。像我，一個殘廢不夠有說服力，豹姐倒是夠資格，可惜她輔佐鐵姐太久，已經成了一個副手，將軍只是流氓，而教團的人根本不能信任。

「我想要的，是一個眞正有熱忱，眞的能爲『我們』的生命著想的人。」五糧將頭骨抱緊，「小隼本來是個不錯的選擇，可惜她後來變了，我不怪她。」

齊故淵有些坐立不安，五糧做得太多了，把過去與眞實都攤出來，能在她身上換到什麼？

「妳要怎麼信任我？」

「我不需要任何證明，因爲我不只是在幫助妳。」五糧道：「我要利用妳。」

沒錯，如果她掀起暴動，成功，五糧能受益，失敗了五糧也能靠著獄中勢力保身，只有她的生命會隨著勝負而定——投入賭注愈大，贏得愈多。

但她眞的能做到嗎？這座監獄裡形形色色的罪犯有什麼理由聽她說話？不安定感與期待同時在她心臟裡升溫，鼓動著血液流遍全身，指頭的痛變成灼燒感，彷彿要燃燒起來。

「那學姐打算給我什麼？」

「C區的人，有超過一半屬於34幫。」五糧回答：「剩下的一半，除了45幫，我會幫妳搞定。」

階級賦予的分量導致了農民的聲音注定比富商薄弱，C區的人都是老油條，齊故淵資歷還不夠說服她們，五糧如果能做到這樣其實已經解決了一大半的阻礙。

見她猶豫，五糧又加了把勁，「這不容易，妳會需要各式各樣的人才，我們之中有會打架的，也有腦袋聰明的。以我來說，我擅長化學，一定能幫上妳。」

「但這裡是監獄，不是實驗室。」

「科學起源於生活，只要懂得夠多，就沒有什麼不可能。」

齊故淵陷入沉默，她看著五糧，那張斯文成熟的面孔是如此無害、如此教人安心。嘴唇蠕動，她嚥了嚥口水，「學姐，妳到底犯了什麼事被抓進來？」

「嗯？妳沒有問過別人？」五糧抿了抿唇角笑，「我不是很喜歡說這些，那是好幾十年前的事了，現在的人可能不知道了吧？」

齊故淵靜靜地等著，五糧緩了緩才接著說：「罷了，這也不是祕密。我的案子跟新時代百貨有關，這樣妳能相信我的化學水準了嗎？」

新時代百貨毒氣案，原來是她。齊故淵低聲道出了那個名字：「妳是梁祐忱。」

梁祐忱眼中閃過一絲警覺，隨即深藏於平靜無波的表情下，「妳知道？」

「我知道，我記得這個案子裡每個參與的犯人。」齊故淵站起身，臉上看不出喜怒，「我哥哥就死在妳做的毒氣下。」

該事件是由教團犯下的恐怖攻擊，包括犯案的衛道者，共有九十三人罹難。

教團的衛道者主要由農民與工人組成，在教團崛起之前，政府腐敗、軍閥專制，他們受盡權貴壓迫，仇恨流淌在他們的血液中。每當教團想利用恐懼控制人心時，就會專挑所謂的「富人區」下手，而她衣食無缺的原生家庭，不幸地被歸類為其中之一。

齊故淵當時兩歲，她的哥哥與姑姑一家就在這九十三人之中。

其實她根本記不清哥哥長什麼樣子，她唯一知道的只有悲傷，如同洪水般深藍的憂鬱與淚水淹沒了她的生命，這份悲傷甚至不屬於她，而是她的母親。

身為醫生的母親，在蠻橫的毒氣攻擊下也無能為力，九十三人在短短數分鐘內身亡。從此以後那份悲傷與安眠藥伴隨著母親度過夜晚，並融入齊故淵的生命，成為她血液中的成分。

不可以出門、不可以去人多的地方、不可以吃外面餐廳的食物、不用上學、不用交朋友、不用跟其他人說話……一直到高中學力測驗之前，齊故淵幾乎沒有跟其他孩子聊過天。

她永遠記得母親的懷抱用力得幾乎讓她窒息，她一直以爲這是正常的，是愛與安全。

「媽媽會保護妳。」母親的低語溫暖又柔軟，是這世上最難以察覺的詛咒，「媽媽愛妳。」

但她現在知道了，那不過是另一種監獄。她渾然不知地被關了十八年，要不是大學文憑無法在家自學，她可能這輩子都不會察覺這件事——她不會再乖乖地被關起來了。

「妳要去哪裡？」母親從未這樣激動地吼她。

齊故淵全身緊繃，用力將皮夾塞進背包中。

母親抓住她的背包，混濁的雙目睜大，「我不允許，外面有多危險！教團的人到處都是，警察根本靠不住，要是妳遇到攻擊怎麼辦？在外面媽媽沒辦法保護妳！」

齊故淵甩開母親的手，張開嘴想反擊，卻只發出不成形的怪聲。

藥物已經無法安撫母親的夢魘，面前的母親膚色青白，臉頰上縱橫的淚水是她再熟悉不過的悲傷，但那不該是她的情緒，不該是她的人生。

最後她什麼都沒說，逕自衝出家門。

她知道自己很無情，知道母親會被洪水淹沒，連藉由另一個子女稍微撫慰自己都做不到……齊故淵想到這，終於也感染了那份悲傷，在宿舍的浴室裡哭出聲來。

但是、但是……她的人生，也只有一次。

齊故淵無聲地嘆了口氣，她這僅限一次的人生又是怎麼淪落到這個地方的？爲了陳柔、爲了革新會，還是爲了找到她所能做的事？

她看著仍努力撐著上半身的梁祐忱，試圖找回那種陰鬱的藍色。

「妳毀了我母親。」齊故淵口吻平淡，不帶任何一絲責備地說出重話，「還有我。」

梁祐忱先是低下頭，而後又仰起來與她對視，「我幾乎不曾遇見罹難者家屬。」

「第一個就是余左思，對嗎？」

梁祐忱斯文柔和的臉龐因驚愕而裂開一條縫。

齊故淵繼續道：「聽說軍方內部在傳，她當初之所以加入快輪的政府軍，就是因爲她的家人死在新時代百貨裡。她跟教團有仇，才會殘忍地趕盡殺絕。」

一切都說得通了，時間也對得上，爲何余左思會待在這，爲何她說自己從十歲初開始便計畫反攻教團，她的偏執都有了解釋。

「所以，這個傳聞是眞的？」

梁祐忱指尖微微摩娑著頭骨，淺眉沉靜，「是，她不殺我，是因爲死亡這種懲罰對我來說實在是太輕了。」

「那毛毛……」

梁祐忱沒有接話。

齊故淵深吸了口氣，靜下心來再次打量梁祐忱。這個被困在輪椅上的女人是如此文靜瘦弱，她曾以爲她是政治犯，誰又能想到她身上背著九十三條人命？

梁祐忱面無表情，「妳恨我嗎？」

恨嗎？齊故淵確實恨著教團，衛道者是殘暴無腦的禽獸，這點無庸置疑，「爲什麼要做那種事？」

梁祐忱認眞思索了片刻，「我不是天生就需要坐輪椅，這是藏在基因裡，隨時會爆發的病。那時我的家人便備受折磨，光是減緩症狀花費便十分可觀，直到現在也沒有根治的方法。」

這樣嗎？如果是爲了家人……

「不過那時我知道跟我交易的是教團，也清楚教團可能會怎麼利用我賣出去的原料，我知道我正在拿陌生人的命去換我愛的人。」梁祐忱道：「可悲的是，最後所有人都死了，沒有人活下來，沒有人得到好處。」

齊故淵被愛軟禁了整個童年，余左思失去家庭，梁祐忱終生監禁，最終也沒能保住家人，教團輸得一蹋糊塗。

世界好像總是這樣，愈是努力地想追尋什麼，往往會將事情弄得更糟。齊故淵當初滿腔熱血地加入革新會，所思所想都是想讓社會變得好，然而她如今卻被困在石牆內，與糟粕合汙。

「妳後悔嗎？」

「後悔。」梁祐忱完全沒有猶豫，「這些年來沒有一天不後悔，但若重來，我還是會做。」

齊故淵想起了被她誤傷的那幾個人。那不過是幾個月前的事，他們前往回收教團遺留的資源時，遇上了幾個農民，齊故淵朝他們開槍了，她不想暴露自己人的位置。

「妳瘋啦！」楊嘉勇幾乎是冒著生命危險打落她的配槍，「剛開始拿槍就想著殺人嗎？那是妳該保護的人。」

「他們可能是祕密警察。」齊故淵回答：「或他們的家人是。」

其實她很清楚這根本不是重點，她不在乎這些人是不是警察，不在乎自己的行為會造成什麼後果。保護自己人也好、被警察抓也好，若是她也入獄，說不定就能在監獄裡找到陳柔的線索，說不定這輩子還能再見上一面。

就算嘴上不斷重複著「陳柔是叛徒」這種荒謬的話，然而連她自己也明白，她不過是想跟這個失去陳柔的世界一起毀滅。

她跟梁祐忱又有什麼差別？梁祐忱的決定甚至更有邏輯。

或許他們之中只有楊嘉勇配得上反抗軍的義名吧？可惜，連他也……齊故淵仰頭看天，將情緒沉澱。

「我知道妳只是賣原料給教團，真正犯案的衛道者不是死在毒氣裡，就是在判決後馬上死刑。」齊故淵頓了頓，「妳是新時代百貨的犯人裡，唯一還活著的。」

大概是她的反應太平淡了，梁祐忱看起來有些困惑，「有時，我也希望自己死了。」

「但妳還在這。」

「我的生命還有價值。」梁祐忱說：「她不會殺我，這就是我的價值。」

齊故淵閉上眼，半晌後緩緩睜開，看著梁祐忱的眼晦暗不明，最終步入最深沉堅定的夜，

「就算沒有妳，教團也會用別的方法做出毒氣，可如果我沒有妳，一步也動不了。」

她重新跪回梁祐忱身邊，與對方平行而視，緩緩伸手觸碰毛毛，骨片觸感粗糙，卻帶著梁祐忱的體溫，兩雙滿是血與泥卻都纖細的手，以溫度交換決心。

「交易達成了，學姐，我們一起去奪回自己的東西。」

Chapter 9

監獄中勢力主要分為三大類——幫派、教團與齊故淵這種偏向政治犯的存在，而這三者，她缺一不可。

教團應該要是最好搞定的，畢竟她們都是因為余左思才會出現在這裡。然而教團組織緊密，又相當排外，除了大白外齊故淵幾乎沒有見過修女跟衛道者之外的囚犯講話。

她必須找到缺口突破。

當她找到猛男時，這個嬌小風流的傢伙正笑咪咪地稱讚另一名囚犯的容貌，戒斷症狀讓猛男看起來氣色很差。

齊故淵暗自嘆氣，走到猛男身邊，在兩人都沒來得及反應前勾住猛男手臂。

「親愛的，妳怎麼沒來陪人家。」齊故淵皮笑肉不笑，用一點感情也沒有的眼睛看著猛男，「不是說好了今天要跟我玩嗎？」

「啊？」猛男滿臉困惑，「有、有嗎？」

「有。」齊故淵板起臉，將另一名囚犯打發走。

「我什麼時候跟妳搞在一起了？」

「現在。」齊故淵滿臉笑容，壓低的聲音卻很嚴肅，要不是為了掩人耳目，她也不願意這樣。

她牽起猛男的手就走。

猛男問：「咱去哪啊？」

「我房間。」

「這是要白日宣淫？」猛男反手扣住她的手掌，觸感讓齊故淵手臂爬滿雞皮疙瘩。

牢房裡地洞的入口已經被毛毯跟書本遮住，齊故淵奮力推了猛男一把，猛男摔在牆上，完全不明白現在的狀況。

「給我用任何一顆腦細胞想想，我是會找妳玩的那種人？」齊故淵咬牙切齒。

「妳現在不就想玩了嗎？」猛男軟軟地靠在牆邊，似乎已經明白了她別有所圖，卻還是咧著嘴對她笑。

「妳難道滿腦子只想著玩？」

「都被抓進來了，不好好玩一玩才說不過去吧？」猛男聳聳肩，「妳也是，把握時間跟小隼過，說不定明天就移監了呢？」

齊故淵搖頭，「關於移監妳到底知道多少？」

「移監啊，就是得永遠離開這個美妙的天堂。」猛男張開手臂，「這裡是囚犯最後的淨土，初始的樂園。妳敢嗎？」

這傢伙就是吸毒加信教才會這麼瘋的吧？齊故淵雙手抱胸，只是看著猛男。

「幹麼擺出那副可怕的臉。」

「妳不想知道她去哪了？」

「妳在說誰？」

「我不清楚她是誰，但我知道她在哪。」齊故淵在說完這句話的瞬間才意識到猛男從此以後再也無法活在幻境之中。雖然有點愧疚，她仍得說出口。

「妳到底在說什麼——」猛男在看見她拿出那罐大腦的瞬間卡住了，眼神被牢牢捕捉，半透明的大腦在玻璃瓶底泛著油亮的光，隨著瓶身傾斜滑動。

「這種東西憑我一個人偷渡不進來。」齊故淵說：「妳明白嗎？」

何止她，就算是將軍也沒理由和本事弄這玩意進來，唯一會搞出這東西的人，只有一個。

「它曾經屬於某個囚犯，一個活生生的人類，替她感受這個世界，承載她的靈魂，現在因爲一個人的自私而被困在這裡。」她將罐子遞過去，「我要告訴妳D區的眞相，沒有人能走出圍牆，從來沒有，這就是證據。」

猛男整隻手都在顫抖，齊故淵得一直扶著，直到猛男將罐子抱進懷裡。

猛男會想什麼？在猜這顆大腦的主人是不是她曾經的愛人嗎？

猛男發出笑的聲音，表情與眼神卻是一潭死水。

「她……」猛男閉上眼睛，「她叫洛洛，是我給她取的綽號。現在已經沒什麼人記得她了，妳從哪裡聽說的？」

「萌萌。」

「是嗎？那傢伙明明討厭我們。」猛男的聲音極度不穩定，「我想過這個可能性，早就猜到了好嗎？眞是的，我又沒那麼笨。

「那時候典獄長問我要不要和她一起移監，我拒絕了。」猛男抓著自己的手臂，手指深深陷入肉中，幾乎要掐出血，「我早就、早就知道她不會放過我們。」

「如果妳答應的話也只是白白送死而已。」

「早死和晚些死又有什麼差……」

「晚些死的人也許能等到一個機會。」齊故淵放輕了聲音，「妳難道甘心嗎？讓她這樣胡作非爲？如果都要死的話，也要讓她知道痛吧？」

猛男抬起頭，泛紅的眼睛打量著她。

「我有的東西不只這個而已。」齊故淵雙膝著地，與猛男視線平齊，「但我還需要更多人、更多力量……只要妳幫我，我就會幫妳報仇，相信我。」

齊故淵專注的眼神有種近乎蠱惑的力量，就好像她真的能和猛男共情，因她的痛而痛、苦而苦。

「我需要教團跟我們並肩作戰。」齊故淵聲音很輕，終於將目的袒露。

猛男眼中的情緒不停切換，最終她咧開嘴角，眼中精光閃爍，「終於有人要來幹點正事了。」

齊故淵發覺梁祐忱說得沒錯，囚犯們不是無動於衷，只是按捺著算盤沒讓人看出來而已。

猛男將背靠在牆上，眼睛在哭，嘴卻在笑，「我不能代表教團，但《視野報》前任主筆會替妳攏聚人心。」

《視野報》是由教團發行的官方媒體，曾是教團控制輿論的一大利器。在教團控制的城市裡，《視野報》的風向就是平民奉行的生存法則。

齊故淵仔細打量猛男，「這就是妳犯的罪？」

「不要小看我，筆鋒能殺人，我也是罪大惡極。」猛男扯了扯嘴角，「修女恨不得能飲其血、啖其肉，我幫妳引薦，剩下的妳得自己看著辦。」

齊故淵沒有半點看不起的意思，反而心生尊敬，有誰能想到這個不正經的傢伙曾以文為刃，一筆便能定生死、聚人心。

齊故淵無時無刻都能感覺到自己的心臟在用力跳動，這些囚犯有能力、有思想，她們缺的不過是彼此信任而已。她們可以的，這一切真的能行。

猛男在她牢房裡待了很久，出去時還不忘演一下難分難捨的小情人。

「小寶貝，我會好想好想妳的唷。」猛男的深情幾乎毫無破綻，害齊故淵全身爬滿雞皮疙瘩。

齊故淵湊到猛男耳邊私語，狀似親密，「不用認真。」

猛男笑容曖昧，一回頭便對上不遠處一對幽怨的眼睛。

陳柔雙手抱胸、背緊貼著牆，用不滿又不敢彰顯的表情盯著兩人。

猛男朝陳柔揮了揮手，「唷，小隼，妳女朋友人真好，下次我們三個一起玩吧。」

齊故淵指甲掐進掌心，猛男說完充滿暗示的話後拍拍屁股就走，留下兩人隔空沉默。

陳柔臉頰還有那晚被壓在地上留下的傷痕，將她低落的神情鑿深了幾分，齊故淵將這一幕留在心裡，一個字也沒說便走回房間。

她在門後等了幾秒，再開門時陳柔已經離去。

就這樣了。齊故淵再次將門關上，至少陳柔能保命。

無論余左思是真心厭惡教團，還是將他們當作提升軍階的墊腳石，她的打壓都無庸置疑。

不過在監獄裡依舊有衛道者的立足之地，獨立於獄舍之外有一座較新的建築，是教團成員禱告的聚會所。

教堂對所有囚犯開放，但修女的告誡室只有教團認可的信徒能夠進入。

陳柔是信教的，畢竟將她帶到戰場上的是人，不是神。她替教團做過很多事，衛道者不會爲難她，她會和她們友善相處，然而她不曾想，自己也不被允許進入告誡室。

鐵姐的病情已經不是醫療組能處理的程度，反而替她們減輕了工作量。陳柔提早結束工作來到會所，因此周圍沒有別人，只剩平靜祥和。

陳柔坐在長椅上，對著衛道者在牆上畫出來的菱形神眼低頭沉思。她想禱告，心思卻雜亂得空蕩，什麼也裝不下。

告解室的門打開了，修女正低聲說著什麼，喃喃而空靈。教團的神職人員都有種強大的親和力，像信徒的父母、手足，會以慈祥的臉龐下達牽連數條人命的命令。

很少信徒能看破他們和藹的笑容，尤其是當外界一片混亂，社會上只有緊繃的沉默時。人們把自己寄託在信仰上，活是活下來了，卻成了新的怪物。

齊故淵從那裡面走出來，分明第一眼就給了她，卻移開眼神繼續回答修女的話，祕密的氣息有些淡寡，卻刺鼻。

「願主永遠關注妳。」她聽見修女的聲音。

陳柔低下頭，禱詞如水流入空曠的心中，慢慢地將她的心臟填滿。

一切都能回溯到她們相見的第一眼。

首府來的伙伴要與她的小隊會合，他們在原野的特定座標碰頭。

夕陽紅而亮，在齊故淵的髮絲鍍上一層金，閃閃發光。她從越野車的副駕跳下來，落地時雙腿輕輕絆了下，對陳柔而言顯得過於笨拙，這樣的人可不該出現在鄰近戰線的地方。

齊故淵正臉隱沒在陰影中，在這個陌生的環境中環顧了一圈。

陳柔猜對方正在評估周圍的人事物，像個精打細算的商人，然後輪到她了，她們對上眼，在片刻間解讀彼此。

眼神接觸，是認識一個人的開始。

教團主張當神睁眼的刹那，世界就此誕生。她們之間也會有個新的世界，這是人世間的規則，是教義的眞諦，也是陳柔在這個當下唯一的念頭。

我們。那時她不知道這個詞之間的聯繫會是敵還是友，只是這麼想著——我們。

世界的誕生只花了幾毫秒，陳柔回頭與隊友說話的瞬間，齊故淵同時也移開視線，繼續打量下一個人。

齊故淵跟她解釋過，「若無其事」這個詞的精髓在於「若」，因爲加了若，那些無法眼見的情感更爲眞實。

有很長一段時間，陳柔都以爲齊故淵討厭她。

她會在空檔對齊故淵投去幾眼，卻沒有一次再對上視線。人多的場合裡齊故淵總是會說出與她相反的論調，只要有與她單獨相處的可能，也會立刻跑走。

她分明對齊故淵更有耐心、更輕聲細語，小心翼翼不讓自己的粗糙傷害對方的精緻，然而所有好感與善意卻都打了水漂，甚至激起極強的排斥。

算了，反正她不喜歡強人所難。

行動告一段落，有人提議要喝幾杯慶祝，他們從小鎮上提了幾箱啤酒。齊故淵本來不喝，直到陳柔看不下去隊友不停勸酒的行為，出手擋後齊故淵反而一口乾了。

陳柔失笑，這傢伙到底有多討厭自己？

沒過多久後她笑不出來了，喝醉的齊故淵跨在她腿上，粗魯地按著她肩頭，她都不知道這條乾巴巴的手臂哪來的力氣。

齊故淵臉不紅、氣不喘，外表一點也看不出來醉意，大膽接近，仔細打量她。

「妳這傢伙。」齊故淵說：「用看的就討人厭。」

「我知道。」陳柔笑著，不打算阻止，倒想再看看這個人控制不了自己是什麼樣子。

齊故淵冰涼的手放上她脖子，兩手虎口將她的命脈輕輕圈住，摩娑著敏感的肌膚帶起一片顫慄。

陳柔愣住，動也不敢動。這人在做什麼，想掐死她嗎？真的這麼討厭她？

齊故淵拿開雙手，在她面前比劃出脖子的大小，透過掌心圍出的圓圈朝她勾了勾嘴角，微微瞇起來的眼角洩漏深沉的想法。

那個圓圈散發強大的引力，將她的目光鎖定，兩人的視線在齊故淵掌心之間交錯、試探，摩擦出些許熱度。她摸著齊故淵剛才碰的地方，好像那裡有條項圈鍊著自己，咽喉起伏，吞嚥著期待與渴望。

快說點什麼吧……對她說一點時宜的話，讓她有線索能判斷這個舉動的意思。她快要無法遏止想像力暴衝，腦海裡的自己成了溫順的模樣，將頸子抬成曲線仰望對方。

她好像瘋了，怎麼會對一個討厭自己的傢伙有這些想法？而且還是「她」。

齊故淵不說話，只是深深地、深深地凝視，眞實與矛盾在眼底糾纏，映照她的身影有如明鏡。

陳柔終於發覺這個人其實並不討厭自己。

耳邊傳來門闔上的聲音，齊故淵隔著一人的距離在她旁邊坐下。

一時無語，直到陳柔結束禱告，看向牆上的菱形，「妳……妳告解了什麼？」

那晚以後，這是她們第一次對話。

齊故淵依舊沒看她，像虔誠的信徒般凝視牆面，「我以爲妳知道，告解室裡的話永遠不會傳出來。」

「連我也是？」

齊故淵沒有回答，便是默認了，這世上沒有人比她更能猜透齊故淵沒說出來的話語。

「最近氛圍不太對勁。」陳柔說：「有人在寫小報流傳，這也是妳做的？」

「妳還想阻止我？」

陳柔側過頭，雙肘撐在膝上看向齊故淵。她的一舉一動分明都落入了齊故淵的餘光中，對方仍專心祈禱，沒有多給她一個眼神。

「我想了很多。」陳柔感到呼吸困難，「我覺得妳、妳才是對的，在圍牆裡的人根本算不上活著，妳想做的事也是對的。雖然我還是不想看妳冒險，可我——」

「別說了，妳的路和我不一樣，只是這樣而已。」齊故淵稍稍抬頭，眼中彷彿看著寬闊的景色，「去走妳的路，不需要妳跟著，我會自己走。」

「妳不需要我了嗎？」

「我需要，只是妳活著就好。」

齊故淵變了，不再豎起尖刺，拚盡全力以惡意保護自己，變得堅定、柔韌，一往無前。

以前她看見的齊故淵，會為了達到目的地不惜墜落、粉身碎骨。也許是她看錯了，齊故淵確實敢衝，無懼死亡威脅，可那不是慷慨赴死的激昂，而是從容就義的勇氣。

齊故淵跟她解釋過這兩者的差別，她有仔細地聽進去，放在心底，無數的文字及言語，都因她的解釋而被賦予意義。

「淵。」她鮮少這麼叫她，每每都是在獨處的場合，以免一個字裡隱含的一切會被第三人知悉，而這個字將因此不再特別，「妳知道教團成員結婚時會怎麼宣誓嗎？」

或許有些唐突了，她迎上齊故淵視線。儘管這句話如此欲蓋彌彰，一眼便能識破眞心，害怕沒有機會能再說的衝動仍強迫她緩慢地說出口。

「他們會說『我將用我的餘生注視妳，看妳從青絲到白頭，從日出到日暮。我的眼神會永遠追隨妳，像侯鳥追逐夏天，像河流奔赴海洋，亦同我的主關注萬物』。」

就算投身於永眠也沒關係，她會將她的模樣仔細刻進眼底，無論是說著反話生氣的樣子、仔細琢磨對策的沉思、拋棄理智想占有她的眼神，還是不甘於屈服而奮起反抗的英姿。

只要她見證這一切，一切就會擁有意義。

齊故淵眼中閃著光，就像斜陽照在水面上。

她滾了滾喉嚨，將誓言一點點吐出口：「直至妳永眠之後，我的雙眼，將不再有意義。」

教團的誓言是雙向的，對他們來說婚姻需要注視著彼此才算數，可陳柔沒有向齊故淵索要承諾。她在傾盡眞心後離開了聚會所，彷彿所有言語都是多餘。

齊故淵依舊坐在原位，感受著聚會所內的寧靜與心中澎湃洶湧的情緒。她張了張嘴，又緊緊闔起，看著教團的標誌，久久後才喃喃自語：「我也會一直照看妳。」

空無一人的聚會所裡似乎有什麼在審視她的言行，她並不想說給誰聽，只是想將思想化爲言語，說出口之後再一次烙印在腦中。

她眞的該走下去嗎？如果苟且，至少還能安穩一年半載，一旦失敗，她短暫的一生也就到頭了。

陳柔會怎麼辦？她止住思緒，不再去想像悲劇的可能性。

聚會所門開了，來人跨著大步伐走向她所在的長椅，在她身邊坐下。

「我上次來，還是爲了給45幫撐場面呢。」怪獸環顧四周一圈，露出溫和散漫的笑，「仔細看看，這裡環境還不錯，典獄長的人大概也不會在這出現，選得好。」

「妳想說什麼？」

「我又失敗了。」怪獸突然扯起不太相干的事，「將軍還是對我愛理不理，妳是不是根本沒注意到她最近開始拉攏萌萌了？其實我本來就沒抱希望能靠藥片翻身，只是想試試看而已，我可能眞的不是混幫派的料吧？」

怪獸翹起腳，將手臂搭在椅背上。

「就算幫人頂了罪，他們還是看都不看我一眼。我可能跟他們不是同一個物種，妳說呢？」

齊故淵從她的嘆息裡聽出疲憊與豁達，無論如何努力都無法走到嚮往的地方，其中的無力感齊故淵多少也能同理一二。

「我跟妳，大概也不是同個物種。」怪獸以指頭摸著自己下唇，同樣抬頭看著菱形符號，眼裡沒有映著任何東西。

「妳唱歌……不，妳聽歌嗎？」

母親認爲現代音樂除了教團的洗腦曲外，就是逃避現實的靡靡之音，她乏味的童年生活裡沒有這種娛樂。不過長大後的她喜歡聽同伴在車上唱著五音不全的民謠，或著電台在深夜時自動播放的流行歌。

齊故淵點頭，怪獸笑了笑。

「如果我不是我的話，可能會是樂壇新星？或著至少是個顚沛流離的無名歌手。」怪獸依舊在笑，聽起來卻愈來愈不是那麼回事，「但我在臉上刺了45，大家都叫我怪獸。如果可以的話，我想在首府的街頭彈吉他，一邊跑一邊唱，讓那些警察來抓我，所有路人的視線都會集中在我身上。」

齊故淵聽懂了，怪獸正訴說著屬於自己的自由。

「我從不跟她們說這些事，可如果是妳的話，不會嘲笑我，對吧？庸庸碌碌的傢伙沒有不切實際的想法，只不過是因爲她們想都不敢想。」怪獸將身子前傾，「能改變世界的源頭，也只是一個想法而已。我看到小報，發現猛男跟妳也走得很近，那傢伙太膽小，有文筆卻寫不出來……換句話說，妳的想法實在是太顯眼了，連我都能看得出來，還想瞞過她？」

「她當然看得出來。她手眼通天，瞞過她的想法才是不切實際。」齊故淵毫不猶豫，「無法抵擋，無法逆轉，這才是眞正的改變。」

怪獸挑眉，咧了咧嘴角，將雙肘撐在面前的椅背上，「我呢，原本以爲妳只是聰明了點。」

齊故淵遲遲沒等到下句，便問：「現在呢？」

「現在，我發現妳眞的有夠笨。笨才好，笨的人能利用，將軍才會喜歡。」怪獸哈哈笑了起來，「我們45幫在外頭，不是靠毒品或軍火那種老派作法站穩腳步的，礦工工會、鐵路工會、貨卡車駕駛工會，還有更多大大小小的職業組織全部都被控制在我們手裡。只要上頭一聲令下，隨便一個工會發起罷工，對經濟和社會的影響有多大呢？黑幫已經不黑幫了，我們比任何人都懂群眾的力量，但沒有油水的活，我們也絕對不幹。

「妳沒辦法和將軍談理想，45幫這一關，妳過不了。」

「但是？」

「但是我會跟妳談理想，當然，我也會從中撈些好處，這妳就不用擔心了。」

「妳要怎麼幫我？」不是齊故淵看不起怪獸，只是這傢伙一直被冷落，又能幫上什麼忙？

怪獸勾了勾嘴角，緩緩站起伸了個懶腰，又從口袋裡掏出一條餅乾，悠悠哉哉地啃起來，「我是來通知妳的，反正除了我以外，妳沒有其他辦法說服將軍，詳細的事妳就等著跟將軍談吧。」

怪獸將一隻手插進口袋裡，大步往外走，「這次，眞的該我翻身啦。」

怪獸走進廚房時，廚房組已經結束忙碌，正收拾著碗盤。45幫的人來來去去，見到怪獸時紛紛選擇無視，沒有人找她麻煩、沒有人跟她打招呼。

怪獸神色自如，幫將軍守門的囚犯將她擋在辦公室外面。她只好站在門口等，跟以前一樣靠在牆上，敲敲四周的物品打節奏來消磨時間。

她們總是這樣，怪獸心裡沒有什麼起伏，習慣得麻木了。明明應該要是最親近的，她卻怎麼努力也無法靠近，連一個小小的看門狗都能擋下她，這太不公平了。

怪獸站直身子，其實她很高大，只是從來沒學過如何使用拳頭。她一把推開看門狗，逕自闖進去，發現辦公室裡根本就沒有別人，只有將軍和一盞昏暗的檯燈。

「喂，妳這傢伙！」守門的囚犯低喊。

「哈哈，抱歉啊抱歉。」怪獸一把將人按在牆上，掉頭對將軍瞇起眼笑，「老大，我有很重要的事要報告，先讓這位姐妹迴避，好嗎？」

將軍雙眼被陰影覆蓋，半晌後發出粗啞如同烏鴉的聲音，「出去。」

看門狗愣了愣，狠狠瞪了眼怪獸後只能離開。

終於，只剩她們了。怪獸走到辦公桌前，檯燈擋在她們之間，實在難以看清彼此的臉。

過了多久呢？兩年？她已經好久沒和將軍獨處了。

「妳要說的事最好夠重要。」

怪獸咧開嘴角，雙手抱著胸，「當然，這個嘛，該怎麼說呢……是能翻天覆地的大事。」

「如果是那個反抗軍小鬼的扮家家酒，那妳可以滾了。」

「我不覺得那是扮家家酒。」怪獸低頭看著將軍，她分明站得比較高，卻能感受到龐大的壓迫與恐懼。

她必須冷靜點，畏畏縮縮的傢伙可翻不了身。

「她今天去了教團的聚會所，我親眼看到修女給她祝福。」怪獸深吸了口氣，「她女朋友一直跟五糧交好，難道只是在玩朋友遊戲？五糧那高傲的傢伙沒事不會跟新人打交道，尤其小隼脖子上還掛著教團的眼睛。

「五糧有多討厭教團，大家都知道，要聯合教團很容易，但能穩住兩邊的傢伙，我相信她有本事。

「最重要的是她敢啊，明明大家都知道典獄長是什麼德行，卻都睜一隻眼閉一隻眼。怎樣，是覺得自己沒有倒楣到會被挑上？想得美哩，大白不也是這麼以爲的嗎？」

「妳不會被挑中。」將軍站起身壓低聲音，一雙眼睛怒瞪著她，「妳不會被挑中，所以別該死地瞎參和——」

「今天她答應妳不會，明天呢？後天呢？難道我下半輩子四五十年她都不會爲難我嗎？妳別想再糊弄自己了，媽！」

空氣被凍結了，怪獸直視將軍，不敢也不能移開視線。

「我沒辦法像妳一樣統治姐妹，妳對我很失望，我知道。」她得很用力才能將話說出口：「但妳也不想要我死在圍牆裡吧？見識過死亡後還敢跟典獄長對著幹的傢伙，下次出現還要再等幾年？到那時說不定45幫已經被她或教團吃下了，我們連選都沒得選。

「監獄這種地方本來就該由黑幫管，憑什麼是典獄長說了算？」怪獸雙手拍桌，「這裡是我們的地盤，她娘的走狗就該閉嘴看著。這事要是失敗了，典獄長也不會因爲忠誠就當我們是自己人，倒是妳現在不加入她們，如果她們眞幹成，45幫就說不上話了！」

怪獸發現自己喘著氣，心臟狂跳，就連被逮捕的時候也沒有那麼激動。

將軍狠狠地瞪著她，好像她是仇人似的，「兔崽子，人事不幹，頂嘴倒是愈來愈行，我怎麼會養出妳這種不肖的？」

「哈……也許是因爲妳從來沒有教我要當個孝子？」

將軍撇過頭，抓起抽屜裡裝著私釀酒的瓶子猛灌了一口，「媽的……」

怪獸也搞不懂將軍到底在罵誰，也許又是在罵她吧？從小到大，她聽到的只有否定——妳不是這塊料、妳不行、妳在幫裡混不下去……該死，她都沒試過，又怎麼知道她不行？

到後來將軍甚至不認她了，放任她日復一日在街頭遊蕩，從底層開始混進幫裡。

她那麼努力，只爲了能占有一席之地，讓將軍好好看著自己。但無論她想出什麼辦法、付出多少代價，將軍總是高高在上、頭也不回。

「這事妳擔不起。」將軍說：「滾出去，45幫的事我自己想辦法。」

她扯了扯嘴角，身子重心向後倒，「至少我說服妳了，是不是？」

「跟妳有個屁關係？」

怪獸哈哈笑出聲，走到門口時回頭，深沉的眼神難以說是悲，也無法說是喜。

「浪要來了，媽媽。」怪獸說，「圍牆太小，我們沒有人能脫身。」

「圍牆，眞小啊。」

D區的最頂層比四周高上些許，一眼就能看盡監獄。

修長手指貼合於玻璃上，余左思看著底下大燈照亮的放風場，囚犯們如同螻蟻般一圈又一圈地繞著走，不禁感嘆地重複了一次，「眞的，好小啊。」

「究竟是什麼讓余上將甘願留在這種彈丸之地？」

余左思微微側頭，中年男人的身影落進餘光。昏暗的辦公室中男人一身正裝，肩線熨得筆挺，就算剛經歷了數小時的車程，也沒有絲毫皺褶，端坐於會客沙發上，八方不動。

「這可不是剛欠下人情的人該過問的事，楊會長。」

「我還以爲經過這次利益交換，我們應該是朋友。」楊義正淡然道。

朋友……余左思笑出聲，「說得也是，我怎麼會放任朋友的骨肉受勾引而誤入歧途？監獄太小了，不適合胸懷抱負的革命英雄。」

她點了點腕錶輸入指令，獄警隨即將五花大綁的楊嘉勇壓進來。楊嘉勇嘴被一團布堵著，露出的皮膚上處處是擦傷和瘀傷，人倒是格外清醒，一雙眼睛憤怒地瞪著余左思。

「稍微替你教訓了一下，相信你不會介意。」

楊義正嘆了口氣，沒再多看兒子一眼，「孩子還不懂事，承蒙您關照了。」

「剩下的兩個小朋友，要不要一起帶走？」

楊義正抬眼看向余左思，其實余左思五官端正，若不笑得如此令人發顫，還是挺順眼的。

「不用。」楊義正緩緩起身，「下山路程漫長，恕我無法久留。」

他甚至沒有考慮，明知她是什麼樣的惡，卻連一分的代價也不願支付。

楊嘉勇聞言掙扎起來，發出模糊的嗚嗚聲。

余左思走到他面前，手指支著下頷，語氣再溫和不過，「你已經被捨棄了，忠誠的騎士。」至少還是有人要你的。

楊嘉勇掙扎得格外奮力，獄警趕緊將他拖遠。

「感謝革新會協助逮捕逃犯。」余左思微笑，「首府那邊，還請楊會長多多關照，畢竟互相幫助，才能走得長遠。」

楊義正帶著人離開監獄，而余左思依舊在黑暗中站立，俯視監獄。

她的監獄。余左思將手掌貼上玻璃，緩緩施力。

「看，如果兩個小朋友知道，自己的組織這麼對她們，會不會直接屈服呢？」昏暗辦公室裡迴盪著她清晰的話語，「如果是柳柳，大概不會。」

「那隻小麻雀又來找我了，還說為了保住柳柳的命，願意繼續當我的眼睛。結果在我面前胡言亂語，想混淆視聽，真是可愛。」余左思翹起唇角，指尖敲了敲玻璃，試探著透明的邊界，「她們竟然還沒鬧翻，到現在還想著彼此，感情真好啊，這世上真的有永遠不會動搖的愛嗎？」

「要不是我，她們根本不會發覺自己的意志有多堅定，我得再推她們一把才行……」余左思轉過身，將背靠在落地玻璃上，以後腦抵著虛空，好似下一刻就會墜落，「妳說，到底要拿什麼來威脅，她們才會甘願背叛對方？」

她迎上角落的視線，藏身於陰影中的人雖然平靜，她卻能輕易嗅出暗藏的防備與敵意。

這感覺太熟悉了，余左思已經習慣被人這麼看著，這世上有無數的人恨她，日夜祈禱她死亡，卻又拿她無可奈何。

這樣很好。余左思的笑容逐漸加深，彎成月牙的眼中孳生著期待與渴望。

她被困在這裡太久，都快忘了受到挑戰的滋味，她可是縱橫戰場的余左思，未知的挑戰是她的糧食、賭上生命的刺激是她的血液，她的心臟因無法滿足而強力跳動著。

余左思大步走向角落裡的人，一隻手撐上輪椅扶手，另一手迅速握住對方頸子。曾經，這樣的舉動會令對方惱怒、逃跑，如今她只是坐在原處，以止水般的眼神無言反抗。

余左思抬起她下頷，嘴角咧開笑意，「我又要拿什麼來讓妳背叛？梁小姐。」

「五糧姐在哪？」

面對陳柔的提問，阿豹只是聳聳肩。

「現在跟妳說話的是我，阿豹，嗯……也是34幫的半個老大。」阿豹說：「跟小梁沒關係，不用顧忌那個殘廢。」

陳柔捏著掌心，反覆搓揉，此時此刻，如果是齊故淵會怎麼做？她會循序漸進，再給對方一個重擊，讓人暈頭轉向地就加入了自己的陣營。

可陳柔做不到，她一直都只是一枚骯髒的棋子而已。

「我想拜託豹姐照顧柳柳的安全。」

「喔？用什麼換？」

「現在我只剩柳柳跟一條命了。」陳柔說：「一命換一命，豹姐接受嗎？」

阿豹噗哧一笑，「小孩就是小孩，動不動換命，我們黑幫都沒妳血性。」

「我能做到很多事……」
「殺佘左思，妳能嗎？」
「至少可以當誘餌。」陳柔直直看著阿豹，「拜託了豹姐，我知道34幫的人最後還是會聽妳的話，這是很好的機會，能讓所有囚犯脫離苦海。只要有妳在，我們眞的能打敗她——」
「妳要求太多了，一下要柳柳安全，一下又要革命成功，有沒有想過妳的命可能連一個目標都換不到？」阿豹語氣嚴峻，「妳到底想要什麼？」
「我……」陳柔陷入矛盾而說不出話來。
「果然是小孩啊，想這麼多幹麼？要就幹，全部搶過來就對了，眞笨。」阿豹哈哈大笑，伸手撫平她衣服上的皺褶，拍拍她的肩膀，「妳想成功，我也是，五糧也是。就算妳拿命來換，我也沒辦法保證柳柳一定能活下來。」
「我知道，豹姐。我只是想拜託妳，盡力就好。」陳柔猶豫了一下，「或著說，別讓她白費性命。」
如果陳柔在過程中陣亡，齊故淵可能會崩潰，會變成行動的累贅，甚至自投羅網——沒有人想看到這種景象。
「妳想衝鋒？」
「看情況，如果有需要，我會是第一個。」
其實阿豹對梁祐忱的眼光有那麼點懷疑，就這兩個小鬼，眞的能扛起反抗的大旗？就算只作爲標靶，也不能選柳柳這種肩不能扛的小孩吧？
阿豹看著下定決心的陳柔，霎時便知道梁祐忱的考量。

「那得看妳搶不搶得贏我。」阿豹往陳柔肩膀一捶，害得對方身子歪斜，「我阿豹老是老了，還輪不到小孩出風頭。」

「豹姐……」

「好，就以命換命——用我的，來換妳的。」

將近兩個星期後，監獄再次迎來健檢日。

齊故淵身爲醫療組的成員，照慣例前往B區餐廳與D小組會合，沿途所有囚犯都在偷看她，又裝作沒事移開視線。她表情平靜，半點破綻也沒有。

「媽的，妳有夠可怕。」萌萌瞥了她一眼，止不住摸肩膀的動作，「妳不會忘了要做什麼吧？」

「我記得。」齊故淵簡短快速地回答：「如果妳不行就裝病回去，有傷員還得靠妳。」

「去妳的，我才不是孬種。」萌萌啐了一口，邁開步伐將她甩在後頭。

齊故淵回頭一看，陳柔在身後不遠處，與她對上視線，短短的一眼，接著各自錯開。

動手的時刻不是健檢當下，那時區域封鎖，她們的力量沒辦法集中，而且陳柔也是醫療組，這樣只會把她拖到前線。等健檢的混亂結束，圍牆內恢復秩序時，才是最讓人鬆懈的時刻。

到時陳柔也回到了B區，她沒辦法爲對方做太多，只能叮囑猛男看好陳柔。

齊故淵在餐廳的指定位置站定，等待D小組前來。她面無表情，腦中卻不斷地重複排演所有細節、所有可能出的差錯及對策。

三人等待著，沉默從未這麼令人坐立不安。

「小兔崽子！」

將軍的怒斥聲將她們都嚇了一跳，一群C區的囚犯走進來。

她們怎麼會在這？按照慣例C區的人只要在C區健檢就行……

將軍試圖抓住她，卻被陳柔推開，本該是盟友的兩邊衝突一觸即發。

將軍叫停手下，威嚇道：「妳敢動手腳騙我？」

齊故淵眼神茫然，沒反應過來。

前將軍卻先收斂了氣勢，嘖聲道：「想妳也不敢，該死。」

「發生什麼？」

「典獄長清空了C區。」將軍壓低聲音，回頭看了一眼，彷彿在審視叛徒眼中的心虛，「她從來沒這樣對我們過，那婊子要出招了，妳最好有辦法應付。」

余左思要做什麼？齊故淵嚥了嚥口水，朝四周看了一圈，34幫其餘人都在，唯獨沒見到關鍵人物。

「五糧呢？」其餘幾人頓了頓，她緊接著又問：「阿豹呢？」

沒有人回應她，眾人的眼中盛滿計算與恐懼。

Chapter 10

C區從未如此空曠，余左思大步走過，堅硬靴底敲在光潔的地面上，腳步聲迴盪在空中。編號C000的囚室中架起大量精密儀器，圍繞著床上的鐵姐以維持岌岌可危的呼吸。

D小組成員各自忙碌，偶爾在室內碎步奔跑，急救的動作過於粗魯而教人不敢直視，阿豹與梁祐忱一站一坐，守在鐵姐附近。

余左思沒讓他們聽見自己的動靜，在門邊靜靜地注視這一切。

直到其中一個醫師看見她，垂首道：「余上將。」

余上將……她都快忘了自己還有這樣的名字。

眾人的視線中心從鐵姐轉移到她身上，她索性往前站，抬起下巴，「停止急救。」

聞言，阿豹捏緊了拳頭，梁祐忱沉下臉來。D小組露出茫然目光，不明白爲何要放棄搶救這座監獄一直以來的VIP囚犯。

余左思勾勾嘴角，「怎麼，這裡還有人不服從我？」

此話一出，D小組成員馬上停下動作，轉而撤下點滴等設備，最終鐵姐身邊只剩一台心電圖檢測儀，目的是見證死亡的那一刻。

D小組也撤走了，阿豹跪到鐵姐床邊，將手放上對方的手背，輕聲在她輔佐了半輩子的老大耳邊說著什麼，最後只剩哽咽能被聽見。

片刻後，阿豹抹了抹臉站起身，替梁祐忱將輪椅推近一些。

梁祐忱將寶特瓶裝的私釀酒放到床頭，垂著頭靜默，良久才抬起頭，「這裡是妳的心血、妳的生命，我會替姐守住，請姐好好休息。」

余左思嘴角勾起的弧度有些深了，彷彿在嘲笑她們的深情。她慢慢走上前，背對著兩人。儀器的聲音頻率慢慢下降，從緊湊變得平緩，如同舞台上的燈光逐漸熄滅，一齣戲隨之落幕。

直到聲音筆直而毫無起伏，阿豹忍不住哭出聲來。

余左思拿出一疊破破爛爛的卷宗，在最後一頁新增了一張未完成的死亡證明，將卷宗放在鐵姐枕邊，曾經的罪惡與輝煌也一併沈睡。

「鐵若均，已經死了。」余左思宣布，「她的時代也結束了。」

她轉過身，面對阿豹與梁祐忱。

阿豹停止啜泣，脊背挺直得像一把劍，通紅的眼睛盯著她不放。

梁祐忱的表情沒有絲毫變化，依舊淡漠疏離，只是那雙彷彿能看穿物質的眼眸也緊緊地跟隨她。

「她的時代已經結束了。」余左思重複道，慣常的從容微笑消失，看不出喜怒的臉更令人難以揣測，「鐵姐身為監獄的領導人物，她的死亡必須有人負責。」

突然間她又勾起唇角，稍微咧嘴露齒笑，因哀戚而軟化的氛圍在瞬間捲起一股暗流。

「嗯……醫療組照護疏失，導致年邁囚犯病重離世。」余左思說：「囚犯齊故淵要為此付出代價。」

梁祐忱不反對、不阻止，甚至微微點了下頭，似乎贊成余左思的決定。

阿豹也沉默著，沒有因爲余左思牽連無辜而發聲。

余左思抬起手腕，輕巧按下腕錶控制器上的警報，整座監獄的廣播同時響起，發出震耳欲聾的嗡鳴。她對牆外獄警下達的限制解除，由外頭進入的門閂解鎖，獄警們聽見動靜迅速著裝，魚貫而入。

余左思笑著轉過身，聲音刺穿警報，「野狗們要進來撒野了。」

警報聲點燃囚犯間的躁動，她們面面相覷，不明白這座監獄裡怎麼會有如此刺耳的噪音。

「是紅色警報。」將軍大吼：「她要放野狗進來！」

余左思要讓獄警進監獄？齊故淵難以想像，那個試著掌控一切的惡魔會讓其他人踏足圍牆內的土地。

人一旦多了，增加的變數簡直無法估量，再說她們根本還沒開始惹事，放獄警進來鎮壓，她該怎麼提出合理的原因交代外頭？如果這些人進來不鎮壓只是來嚇唬她們，那些還在苟且的囚犯就會馬上站到反抗陣營，增加她們下次行動的勝算。

余左思到底想幹什麼？梁祐忱又在幹什麼？

儘管心中慌恐不安，齊故淵沒有表現半點出來，她不能軟弱、不能退縮，一旦她表現出任何一點猶豫，這個因利益而聚集的盟約便會立刻化爲散沙。

猛男與修女等一群人也因警報聲而跑進餐廳，齊故淵從未想過看見教團的身影會這麼令她安心。

另一邊C區囚犯們發出驚呼，往兩側散開，沉重的腳步聲密密麻麻，令她後頸發涼。獄警身負武裝衝進來，像在驅趕羊群般包圍她們外側。

囚犯們已經太久沒見過獄警，連敵意都收斂而茫然。

完了，一切都要完了。齊故淵心底發慌，此時有個溫暖的身體靠上她身側，她甚至不需要回頭確認，就可以知道陳柔就站在她身邊，支撐她昂首站立，她莫名其妙地就有了底氣。

不會的，余左思沒有必要，也沒有理由鎮壓她們。

余左思最可能的目標，是將軍、修女，或著她。她們之中，一個都不能少。

在場唯一不需要穿制服的人緩緩走進餐廳——明明是擁有一切的人，卻好像只有白襯衫這個選擇。

余左思身後跟著兩個囚犯，阿豹推著梁祐忱，跟在余左思身後，亦步亦趨。

「叛徒。」不知道是誰低聲罵了一句，囚犯憤恨地瞪向她們。

「大家都到了呢。」余左思泰然自若，在餐廳中央站立，環顧四周，目光最終停在齊故淵身上，「就在剛才，鐵姐死了。」

齊故淵有點懵，不明白余左思爲何提起此事。

「鐵姐死了，不會有人能夠取代她。」余左思提高了聲音，「囚犯A103，因工作時疏失導致另一名囚犯病情加重，獄方決定對其進行調查，並酌情處理。」

調查？酌情處理？恐怕她一消失在眾人視野中就會被處決。她不意外余左思會選她，她勢單力薄，最好下口。

余左思拎著手銬，彷彿在呼喚寵物般朝她微笑，「過來。」

怎麼辦？利用45幫的勢力威脅能讓典獄長收手嗎？她嚥了嚥口水，稍微後退一步。

余左思朝她跨出腳步，陳柔瞬間抓住她手臂拉到身後，然而這完全抵擋不了余左思。以箭步拉近距離，余左思虛晃一招後拳眼擊中陳柔下頷，在片刻破綻間抓住齊故淵衣襬。周圍傳來驚呼、怒吼，一切都過於迅速而混亂。身邊好像有些人想幫她一把，卻沒人能敵過典獄長的強悍，一拉一扯下她便落入余左思手中。

余左思將她向後扭的同時回踢一擊，將想追上來的陳柔逼退。

「柳柳！」陳柔咬著牙嘶喊，卻不敢再上前搶人。

齊故淵一隻手腕被俐落上銬，余左思抓著另一端，在她身後壓制她手臂，聲音裡滿是笑意，「攻擊獄警，意圖反抗，我現在擊斃妳，也是正當防衛。」

齊故淵下意識想抽開，余左思抓得死緊，掌心如枷鎖般紋絲不動。夜夜在夢魘中出現的喀噠聲在腦後響起，她身子頓了頓，抬眼時看到陳柔滿是恐懼的臉龐——槍口終於對準她了。

「等等！」她開口掙扎：「在這裡的可不只囚犯和妳的走狗，妳現在殺我，我死後也不會讓妳好過。」

「喔？」余左思聲音逼近她，「妳的意思是，在這之中有妳的人？就在我最信任的一群手下裡？」

怎麼可能有？這可是余左思牢牢掌控的親信，但凡這之中有一個人能通風報信給她，她也不至於淪落到這個地步。

齊故淵咧嘴而笑，在場的囚犯們都被她的信心吸引了目光，「可不只這樣，妳現在殺了我，以後也會這樣殺別人，妳以爲我們會乖乖地當待宰羔羊？妳有權、有勢、有武器和手下，妳可以鎮壓我們一時，可沒有人甘願一輩子活得像畜生。等這整個監獄的囚犯都殺光後，妳又要統治什麼？」

「說得眞好聽，她們以前沒有改變，未來也不會。妳不是第一個死的，也不會是最後一個。」余左思不疾不徐，囚犯們投過來的眼神逐漸沉著，她一點也不在乎，「還有，妳說錯了一件事，就是人和畜生根本沒有差別。我是，妳也是。

「將軍，近來過得太清閒了是不是？妳幫我整治34幫時有沒有想過自己會和她們玩伙伴家家酒？」

余左思一句話勾出兩個幫派間的陳年舊怨，轉頭又對教團出手。

「修女，妳怎麼也站在我對面呢？當初我替妳除掉反對妳的衛道者，妳不是答應了會幫我穩住教團？背信棄義可不是神讚許的美德。」

隨著幾個衛道者露出質疑眼神，修女臉色鐵青。

「還有小隼，妳可是我最信任的囚犯，不用再假惺惺裝作是她們的一分子了，妳和她們不一樣。」余左思語調溫柔，「妳能打又能交際，埋沒在這太可惜，來替我做事吧，要幫妳安排身分很容易。」

眾人的眼神不再集中於余左思身上，彼此錯縱著，投射怨恨與算計。

陳柔向來不善爭辯，卻在僅僅幾個呼吸間握緊拳頭站出來大聲嚷道：「在外頭我們可以是敵人，可以傷害對方，但在這裡我們只有一個身分，就是囚犯。」

她們都是囚犯，是立場相同的共同體。陳柔字句堅定，擲地有聲。

「小隼啊小隼，何必這麼傻呢？這群傢伙、這個人，她們和妳不同路。妳已經做過和柳柳完全不一樣的選擇，想背叛我，就得付出更多代價。」余左思嘆了口氣，堅硬的槍口抵住齊故淵後腦勺，言語間有種狂熱正熊熊燃燒，「換妳做選擇了小隼，今天的事必須有人以命抵銷。這個人是她，還是妳？」

「憑什麼是她做決定？」齊故淵終於洩漏一絲慌張。那傢伙這麼傻，根本不會討價還價，她一定、一定不用思考就會回答余左思。

「不要貪心，妳已經選擇過了。」余左思用槍口輕敲她的腦袋，「安分點，好好看著可愛的女朋友吧。」

陳柔神色如常，好像早就料到這一刻的到來。

齊故淵突然感覺眼前的人有些陌生，卻又熟悉得能預測她要說些什麼。

「對我動手吧。」

在這瞬間束縛她的力量消失了。陳柔朝她衝來，往她身後踹的同時將她拉過去。

一陣混亂後她回頭看，阿豹正和余左思纏鬥在一起。阿豹作爲幫派老大的副手也頗具打鬥經驗，屢屢用刁鑽的角度將余左思的反擊卡死。

囚犯們同時被引爆，修女大聲吼叫，衛道者瘋狂地撲上前。

余左思不讓獄警配槍，他們的武器只有電擊槍與警棍，一開始衛道者被武器壓制，沒過多久又憑著數量稍微逆轉。

其他人見教團占了點優勢便興奮地一擁而上，拳腳甚至牙齒落在獄警身上，有些人從褲頭裡拿出簡易的自製武器，被鮮血與暴力矇蔽雙眼。

齊故淵身處其中，被哀號與廝殺聲包圍，她的心臟在跳動，全身充滿力量。

陳柔將她護在懷裡，注意不被周圍打鬥波及的同時一邊關心她的傷勢。然而她沒有半點回應對方的餘暇，稍微撥開陳柔的手臂，見余左思和阿豹還在打。

阿豹雖然經驗老道，那副身子卻比余左思衰老許多，何況余左思正值壯年，幾個交手後便奪回優勢。

不能讓余左思再次掌握局面！齊故淵心裡著急，驀然想起余左思的配槍，巡視後果真看到它就在那兩人腳邊。她心一橫要冒險上前去搶，卻有人比她快了一步。

猛男憑著嬌小的身子穿過扭打的人群，將槍抓起來，以彆扭的姿勢指向余左思。

余左思正被阿豹架住脖子，兩人都是一頓。

猛男沒有給她們反應時間，立刻扣下扳機。

齊故淵心跳漏了半拍，期望中的槍聲卻沒有響起，撞錘發出清脆又致命的空響，昭示的卻是持槍人的危險。

她的配槍裡竟然沒有子彈？

余左思抓準阿豹的破綻將人甩出去，回身以拳眼擊中猛男太陽穴，猛男和齊故淵都是文弱的類型，體格上又更嬌小些，根本沒有還手之力，身子一軟便倒下去。

陳柔動了動，又因擔心齊故淵而無法抽身。

余左思單手扣住猛男的衣領將她拎起來，「猛男啊，妳還在記恨我？我給過妳機會，我問妳要不要和洛洛一起移監，是妳親口拒絕的呀。」

她抬起頭來，掃視周圍的混亂。

「如今的一切，都是妳們的選擇！」

猛男喃喃說了什麼，余左思沒有聽清，她隨即抬起下巴，猛地咆哮：「她的名字叫王洛琪——」

一聲怒吼隨即被余左思掐斷，她扼著猛男咽喉，手臂上青筋突出，猛男在她掌中就像隻小雞，無力地揮著手想喘口氣。

囚犯們自顧不暇，阿豹又似乎摔傷了，趴在地上只能勉強抬頭……再這樣下去猛男會死。

齊故淵張開手掌想推推陳柔示意，下一刻又收起來，不願陳柔上前冒險。

還有誰能跟余左思打？齊故淵捏緊拳頭，甚至想衝上前搏一搏，茫然四顧時卻見梁祐忱安靜地坐著，在這一片混亂中格格不入。

梁祐忱撥了撥輪椅，似乎打開某種暗扣，掀開扶手的蓋子，從狹小暗格裡抽出一把形制老舊的手槍。她一手持槍，一手托槍，手勢標準，對準余左思，「住手吧，余左思。」

四周被靜音了，空氣停止流動。

余左思聞言持續收緊手指勒著猛男，轉頭看向梁祐忱，手勢、身姿與表情沒有透漏出半點情緒。

「妳認為我在乎一個毒蟲的性命？」梁祐忱絲毫不受威脅，「妳想拉她陪葬也行，看看四周吧，妳的人已經沒剩多少了。」

梁祐忱說得沒錯，囚犯和獄警間仍在纏鬥，有人倒地呻吟、有人掛了彩仍在怒吼，鼻尖瀰漫著鐵鏽味。儘管獄警在裝備上占有優勢，但他們一個人要對上三五個囚犯，甚至沒有人分得出神來幫余左思，數量差距讓這群困獸逐漸取得上風。

然而余左思沒有回過頭去看，只是專心地盯著梁祐忱，然後緩緩鬆開手指。猛男摔倒在地，張嘴喘息。

余左思舉起雙臂做出投降的動作，眼神裡卻道盡了挑釁與不屑，「妳要殺我？」

梁祐忱沒有回答。

「妳捨不得。」余左思的眼神瞬息間變了，變得溫和而柔軟，就和齊故淵時常在陳柔眼中看到的情緒相似，齊故淵不禁感到悚然。

余左思緩緩走向梁祐忱。

「姊姊，前幾天妳在我懷裡喘息的時候，難道也在想著這一幕嗎？」余左思在輪椅前雙膝著地，彷彿忠實的信徒般仰望梁祐忱，「姊姊，我爲妳殺了那麼多人，如今妳卻又要背叛我？」

姊姊？這傢伙難道瘋了嗎？齊故淵瞪大眼睛注視著眼前的一切，她現在在說什麼？她們到底是……

梁祐忱持槍的手依舊穩定，槍口前幾公分的距離就是余左思身軀。她歛著雙眸，根本看不清她眼底是什麼情緒。

「妳已經做太多事，該休息了，毛毛。」

齊故淵腦袋快爆炸了，毛毛是那個在監獄裡出生的孩子，是監獄暴動的源頭，也是梁祐忱與余左思之間解不開的仇恨——不，不是，梁祐忱這個滿口謊言的騙子。

毛毛沒有死，她背負著囚犯們傳授的知識與經驗逃出去，成爲了余左思。

余左思之所以打擊教團，是因爲梁祐忱認爲自己被衛道者所害才會入獄。而且教團當時馬上就要贏了，余左思打入權力核心的本錢變低，只有幫助軍政府起死回生，才可能成爲如今的余左思，隻手遮天，然後接手監獄，將囚犯把握在股掌間。

這就是爲什麼權勢滔天的傢伙會甘願窩居在深山的監獄，這也是爲何她對權力如此執著，在奪取囚犯一切的同時也將自己的所有留在這。

這就是余左思，這就是毛毛，一切都合理得不需要其他解釋。

齊故淵想起陳柔說過，那些被實驗的囚犯成了殘廢，而梁祐忱的腿疾又來自於遺傳疾病，至今沒有解方。

該死，連D區都是爲了梁祐忱設置嗎？這個瘋子、瘋子！

梁祐忱能夠信任嗎？她這麼在乎毛毛，眞的捨得讓余左思跌下神壇？如果她最後還是會幫助余左思的話，不如現在就把她們一起——

齊故淵意識到余左思此時自爆身分的目的，余左思要她們對梁祐忱起疑，分裂這個脆弱的結盟。打從一開始，結盟就是以她與梁祐忱爲中心形成的，她不能不信任梁祐忱……齊故淵看得明白，但她不能保證其他囚犯也明白。

「妳不敢。」余左思將身子推近，幾乎趴在梁祐忱腿上，「妳捨不得傷我，妳和這些人都不一樣，妳跟本瞧不上她們，何必裝模作樣幫她們推翻我——」

砰——

槍響貫穿所有人的耳膜，梁祐忱扣下扳機的刹那眼睛眨都不眨，余左思猛然向後倒，身軀如同木頭般僵硬。子彈擊中她的左肩窩，鮮血爭先恐後湧出來，眨眼間將襯衫染得濕透。

時間無限趨近於靜止，所有視線被力場扭曲集中於血染的鮮紅上。

她受傷了，那個一直主宰著一切的人。

余左思太強大，難以望其項背，她一直是監獄裡的物理規則——如今規則被動搖了，一切將再無前例可循。

齊故淵全身都在顫抖，肌肉像即將破殼的蟬般本能地用力著，她不清楚自己感受到的是希望，還是一切將被破壞殆盡的恐慌。只覺得這一切猶如海嘯般，帶來巨大的衝擊，無論是鋼筋水泥，或著扎根數尺的大樹，所有人事物在這股洪流之中都將身不由己。

余左思倒地後發出細微的悶哼，這是她第一次見到這個人露出絲毫的軟弱。

獄警們大多被制伏或著昏迷，余左思被自己的圍牆困住了。

囚犯們盯著她，像獅子在打量受傷的大象，然而沒有半個人敢上前補刀，一面是忌憚著現在一躍成爲監獄中心的梁祐忱，一面是余左思的餘威未泯。

余左思竟慢慢爬起身，拖著半邊濕透的身子，肩背歪了一邊，笑聲由小而大，最終不合時宜地哈哈大笑起來。

「媽的，妳笑個屁！」有個囚犯按耐不住，朝余左思扔了個折斷的椅腳。

余左思像個沒事人俐落接下，扭腰以數倍力量將椅腳當成標槍擲回去，那人驚險閃過，椅腳在牆上砸裂。

四周頓時陷入沉默，余左思眼裡的冷靜雖然是理智的表現，卻讓人讀出不止一點的瘋狂。

「鐵姐最後選擇了妳。」余左思口吻平淡，彷彿置身事外。

「別動。」梁祐忱仍將槍口指向余左思，所有人都明白了，她確實有傷害余左思的決心。

「這把槍在三十五年前的暴動中被偷渡進來，鐵姐統治監獄最根本的支柱之一，就是這把小小的手槍。」余左思緩緩說：「從那之後，監獄裡所有進貨都會經過嚴格審查，由專門的警犬嗅聞。」

齊故淵知曉她想說什麼，也知道她一定會是對的。她默默移動到陳柔身前，無視對方抗拒的肢體動作將人擋在身後——果然，最終還是要演變成那種局面。

「暴動時，鐵姐開過三槍，接下來十年內45幫屢次試圖推翻她，期間先後開了兩槍。又過了六年，教團人數增加，意圖取代黑幫，衝突中開了一槍。

「接著經過九年，也就是現在。」余左思在談話間站直了身子，骨子裡有股無法被磨滅的傲氣，「最後一顆子彈，就在我身體裡。」

囚犯們無法分辨她所言眞假，有人害怕得後退，也有人還在觀望。

余左思低頭望著梁祐忱，誰都能看得出來她眼中依舊只有溫柔，「想讓我輸，這點小玩意可遠遠不夠。」

話音剛落，余左思搶走梁祐忱手中的槍，在眾人都還未來得及反應前從袖口拿出一顆子彈，單手甩開轉輪，塡充、上膛。

她準備了尺寸符合的子彈——居然連這個情況都算到了？這個人到底還有什麼不能？

余左思高舉著槍，環顧四周，「那麼是誰要來挨這顆子彈呢？修女？教團的誰？還是柳？三十五年前，暴動能成功是因爲當時政府忙著對付教團，沒有餘力鎭壓。現在不一樣，只要我一死，軍隊會讓妳們全部陪葬。」

「我將妳們當作人看，給妳們最好的物質條件，換成其他任何一座監獄，妳們都會被當作畜生欺辱，這難道才是妳們要的嗎？」余左思幾乎是在大吼：「我管的這個地方，是妳們安度餘生的最後機會！」

齊故淵張嘴，余左思卻抬了抬手槍威脅，並緊接著道：「我的確對沒有人能統治的監獄不感興趣，我希望妳們都能活下來。」

「很簡單，只要有人負責就好。」余左思看著她勾起嘴角，「有些人已經做好犧牲的準備了，是不是，柳柳？」

齊故淵很冷靜，思緒如同玻璃般清楚透徹，她緩緩拿出放在口袋裡的棕色小罐。原本放在藥局裡，裝著藥片的小罐子此時滿滿地盛著透明液體，兩個指節的大小被她捏在指尖。

余左思瞇起眼，雙唇微啓，彷彿已經猜到了那是什麼。

「謝謝妳的禮物，確實是我需要的。」齊故淵說。

余左思給她的人腦標本，浸滿甘油以隔絕外界的化學反應。

甘油是最鈍性的液體之一，無色、無味、無臭、無害，但只要經過反應與化學作用，就能變成極度不安定的危險物質。

「硝化甘油，動作粗魯點就會引發爆炸。」梁祐忱幽幽開口，是在警告余左思，更在提醒其他人不要節外生枝，「抱歉，我實在沒有安定劑可用，請各位不要隨意接近柳柳。」

當梁祐忱安然無事地將硝化甘油放在她面前時，齊故淵看對方的眼神滿是警戒與敬畏。力量的形制千變萬化，不只是肌肉、槍械、金錢，也可以是思想、知識與數量。

而現在，齊故淵也有了足以與余左思抗衡的力量。

余左思看著她手中的硝化甘油，半晌後側過頭對梁祐忱笑了笑，「妳還是那麼厲害。」

「夠了。」齊故淵握緊罐子，「炸藥可以落在妳身上，也可以落在五糧身上，能讓我們同歸於盡的不只有妳。」

「妳以爲這些人會陪妳死？」余左思笑著說：「妳願意爲她們賭命，但她們願意嗎？我甚至不用出手，只要給她們一點時間想清楚，誰也不會讓硝化甘油爆炸。柳柳啊，五糧給了妳這麼好的牌，妳怎麼能玩成這副德性？」

齊故淵抬眸環顧周遭，掃視每個囚犯的面孔，將她們臉上的懷疑、猶豫與恐懼一一映照在眼底。

「我們活著，不只是爲了活著。」齊故淵語氣輕柔，想起有點憨厚卻也精通世故的大白——如今，她確確實實地成爲了「我們」，「我跟妳不一樣，沒那麼多能耐掀起風浪，我一個人，無法促成現在的局面。」

余左思眼神逐漸沉著。

此時沒有任何人動彈，就連將軍或修女也只是靜靜地看著。也許不一定是爲了自由，有很多利益關係能牽制她們的行動，然而對齊故淵來說，這樣就夠了。

「看來，今天我們都得死在這。」余左思彷佛獵豹般稍稍曲起身子，隨時會衝過來，「不過到底誰會得手還說不准。」

沒錯，就算她手握硝化甘油，只要余左思能及時壓制她，將硝化甘油奪走，革命就會成爲鬧劇。最糟的是，齊故淵拿不準余左思成功的機率。

「她死了，還有我。」陳柔突然出聲打斷兩人對峙。彷佛預判了現在的局面，早已和她拉開距離。陳柔將手舉過頭，緊緊地握著拳，掌心裡可能攢著另一罐硝化甘油，也可能只是一手衝動與愚勇，「我也有。」

傻子。她與陳柔對上眼，那瞬間她說不出心裡是生氣還是滿足。

余左思沒有馬上說話，似乎在思索有兩罐硝化甘油的可能性。

怪獸的聲音從人群後傳過來，她臉上都是血，一隻眼睛腫脹緊閉，學著陳柔高舉拳頭，表情篤定地教人分不清所言眞假，「還有我。」

將軍身邊的一個囚犯不知受了什麼刺激，跟著舉手，「我、我也是。」

「我也。」

「這裡也有。」

囚犯們紛紛舉起拳頭，彷彿要擊破無法眼見的牢籠，她們卑鄙、奸詐、邪惡，然而骯髒的靈魂同樣能乘載改變世界的勇氣。

無關對錯、不計較盈虧、不去在乎値不値得，她們是罪人，也能是轉動規則的齒輪。

彷彿日出前曚亮的天色，亦同日落後即將邁入夜晚的灰暗，乍看之下無法分出區別，只有前進才能得知，面對的究竟是黑是白。她們手裡究竟有沒有硝化甘油？齊故淵清楚、囚犯們自己清楚，可余左思不清楚，她所面對的是數十個潛藏的風險，若她決定出擊，猜錯目標的下場就是梁祐忱的死。

齊故淵得努力控制臉部肌肉才不至於洩漏一點驚訝的神情，公然加入共謀，等於分擔了被攻擊的風險——她從未期待過這群因利益相聚的囚犯能冒著生命危險與余左思對抗。

「典獄長，還要賭嗎？」

那雙曾令她深深恐懼，如同深淵能吞噬心魄的眼睛，如今在她看來只不過是黯淡無光。

余左思緩緩垂下槍口，神情冷靜，不緊不慢勾了下唇角，轉身跪在梁祐忱膝前，討好似的將武器放在對方腿上。

梁祐忱安然坐著，雙手交疊。囚犯們拿硝化甘油威脅余左思，其實等於脅持了梁祐忱，然而她一點也不在乎，畢竟只有她的命眞的落在別人手裡，才能確實地撼動余左思。

「妳又成功了。」余左思肩背首次鬆懈下來，每條筋骨肌肉都因放鬆而搖搖欲墜。

齊故淵這輩子永遠不會忘記這幕。世上沒有神，只有人，而人自私、邪惡、盲目，是能被擊碎及跨越且脆弱而生命短暫的生物——就算那人是余左思，也一樣。

她們贏了。齊故淵感到前所未有的悵然。

齊故淵仍高舉著手臂，直到陳柔走過去，用床單製成的繩索將余左思捆起。

囚犯們慢慢意識到余左思眞的認輸了，從此刻起再也沒有走狗能管住她們。幫派分子開始慫恿人們報復，有些人因龐大的情緒釋放而暴走，教團成員握緊武器躍躍欲試，隨時都會撕裂余左思的咽喉。

「別動！不准殺她。」齊故淵嚷嚷著試圖阻止第一個衝上來的衛道者。

雖然沒人理會她，可陳柔立刻就衝上前將人擊退，接著阿豹指揮34幫的人將余左思包圍保護起來。

她看見將軍不屑的神情、修女鼓吹教團殺人證道……所有反對的聲浪，都因梁祐忱手中的槍而自主壓下去。

方才眾人舉起手的團結已經蕩然無存，她們再度分裂了，邁向必然的輪迴。

獄警與余左思分別被囚禁於不同的牢房，梁祐忱與阿豹接管圍牆內的秩序，整頓不同勢力間的和諧，準備迎接對外談判。

一片混亂中齊故淵頓時成了隱形人，她沒有勢力、沒有無可取代的才能，如今梁祐忱捨棄她也是理所當然。

她和陳柔就坐在餐廳，哪裡也沒去。

廚房組依舊上工好讓大家有得吃，囚犯們眼中的麻木被興奮取代，她們爬到桌子上跳舞，在角落依偎著坐在一起，有些人失控吵架，甚至大打出手。

猛男脖子上有青紫的指痕，她站到餐台上，用力敲擊鐵鍋吸引眾人目光。接著舉起私釀的濁酒，「大家，拿起妳們的酒，或著茶還是水……管她的，去她娘的余左思，幹她爹的軍政府。」

一陣哄堂大笑，許多人附和著重複她的話。

「這地方爛透了，妳跟我，我們也都爛透了，但此時此刻我們做到了過去十年來沒人能做到的事。」猛男語調七零八落卻鏗鏘有力，「我們將名留青史!所以舉起妳的杯子!」

齊故淵拿起手邊的水，另一手覆上身旁陳柔的手背。她感覺得到陳柔肌肉僵硬了一瞬，接著反手握住自己手掌，然後鑽入指縫之間，安穩地扣住。

猛男大吼到破音也不在乎，「敬洛洛!」

囚犯們紛紛仰頭，口中念著不同的名字，彷彿他們也在身邊同享這份悲傷與光明。

她們笑著宣洩痛苦，享受規則被擊碎的渾沌，分明沒有踏出圍牆一步，卻彷彿從今以後再也不會遭受折磨。

齊故淵將水灑到地上。陳柔將她的手握在兩掌之間，低下頭以額前抵著，低聲喃喃悼詞。

陳柔要悼念的名單很長、很長，齊故淵在這大片空白中數度張嘴，換了好幾口氣，想說些什麼來悼念大白，最終仍說不出口。

她沒有沉默，這就夠了。

「我們會去哪？」

陳柔已經結束悼念，看著她的雙眼平靜而專注，好像在等她指出一個方向，接著就會亦步亦趨地跟在後面，無論她們的路有沒有終點。

「不知道。」她這麼回答：「妳說呢？」

「我……」陳柔停頓幾秒，「我也不知道。」

齊故淵緩緩站起，全身都因爲腎上腺素消退而痠痛著，她將陳柔也拉起來，兩人在餐廳不起眼的角落裡面對面牽著彼此。

怪獸拿紙箱當作鼓打節奏，唱著她從未聽過的旋律。

猛男拉著萌萌，硬要對方陪她跳舞，對方口中罵著髒話，卻沒有挪動腳步離開。

「我從來沒學過。」齊故淵看著地板有些彆扭，腳步像企鵝般左右踩踏，但也僅止於此。

陳柔慢了半拍才反應過來，噗哧一笑，「我也不會。」

「笨死了。」

「嗯。」陳柔語帶笑意，將她輕輕攬在懷裡。

兩個人無視怪獸打的節奏，自顧自踩著緩慢的步伐，在混亂的監獄裡跳著混亂的舞。

也許軍方會強行攻破監獄，所有人都得永眠，或著余左思想出反擊的方法，再度將她們打落深淵。可能梁祐忱會成爲下一個暴君，用新的方法折磨她們，又或著她們還是能找到辦法逃離監獄。

生或死，寬闊或狹小，任何結局在此時都不重要，她們是剛擠破種殼的新芽，在一片混沌中找到了屬於她們的出路。

「此時此刻」在強大引力的扭曲下被無限延展，趨近於永遠。

沒有將來，也沒有過去。

正文完

番外 無期徒刑

1

梁祐忱在鐵柵欄前停下腳步，嚥了嚥口水。

獄警一把抓著手銬的鐵鍊將她拉過去，拿著鑰匙連戳好幾下才插進鎖孔，喀的一聲解開了她手腕上的束縛。

柵門的軌道長滿鏽跡，畫出禽獸與人類的分界。

她還在躊躇，忽然有股力道猛地將她推進去。她踉蹌摔倒，回頭發現是另一個獄警踹了她一腳。

在她爬起身的空檔，監獄對外的大門已經被用力關上。

「你們要去哪？」眼看獄警轉身離開，梁祐忱不自覺放大聲音，「就這樣？」

「怎樣，妳還想要我們把妳抬進去？」獄警用手上的警棍敲打鐵柵門，發出咣咣巨響，

「去去去，垃圾場裡跟我們沒關係。」

銜接監獄入口的內部是　片開闊放風場，已經有一些囚犯聽到動靜圍聚在十公尺外看著，偶爾交頭接耳。

其中兩個人站出來，帶頭的女人面無表情，聲音粗啞，後腦勺的頭髮剃平了，短髮朝上梳去，「新來的，跟我走。」

梁祐忱雙唇微微張開，獄警已經背過身去，對柵門內的一切視而不見，她只能乖乖挪動腳步跟上。監獄的外牆由黑色巨石堆疊，遠方山頂從牆頭上方探出一點銀白。

監獄內磚頭砌成獄舍，外牆斑駁。囚犯們見到有新來的，紛紛放下手邊的事，她們的眼神裡沒有絲毫溫度，只是漠然地打量著她，彷彿在評估這個將死的羔羊哪裡好入口。

梁祐忱目不斜視看著前方，勉強挺直背。

她被帶到一間小辦公室裡，鐵製的辦公桌後坐著一個女人，其他五六人都靠著牆邊站著，所有人都跟她一樣穿著米色的囚服，或舊或新。

「鐵姐，人帶來了。」帶她來的短髮女人對桌前的人說。

鐵姐看上去有些年紀了，一頭黑髮只到肩下，些許皺紋、斑點細小地分布在她臉上。鐵姐的眼神並不凶狠，但很專注，並不全集中在梁祐忱身上，彷彿心裡還在想別的事情。

鐵姐皺著眉瞅了她一眼，「就憑妳？」

梁祐忱不敢反駁。

新時代百貨毒氣事件死了九十三個人，鬧得沸沸揚揚，連國外媒體都報導不少，就算傳進這偏僻的角落裡也不足爲奇——她現在可是名人了。

「悶。」鐵姐舒展開眉頭，往後靠在椅背上看她，「我是這裡的負責人，妳必須和其他人一樣叫我鐵姐。圍牆內的一切都歸我管，每天吃什麼、喝什麼、做哪些事，都要有我的允許——包括妳也是。從今天起妳爸媽說的都不中用，以後聽我的，乖一點就不會有太多苦果子吃，很快就結束了。」

很快就結束了？這是什麼意思？

「咳嗯。」梁祐忱這才發現角落裡也有個人是坐著的，對方雙手抱胸，雙腿翹得很高，左眉上方紋著一行英文字，邊緣因色素擴散有些模糊，看來有段歲月。

「將軍不認同？」鐵姐沒有回頭，反而板起一張臉盯著梁祐忱。

「我認不認同是一回事，規矩怎樣又是另一回事。」喚作將軍的女人給一旁嬌小的女子使了個眼色。

女子喉頭動了下，隨即往前站一步，「鐵姐，她該歸我們管，妳不能——」

「我不能？」鐵姐挑眉，辦公室裡半數人立刻狠狠瞪向出頭的女人，「什麼叫『我不能』？小邱，妳忘記怎麼說話的話我可以教妳，沒必要自討苦吃。」

「鐵、鐵姐，是我說錯話了。可當初說好了教團的人進來依舊屬於教團，我們會聽妳的，妳不能自己壞了規矩呀！」

聽到關鍵字的梁祐忱發現小邱脖子上掛著菱形的吊墜——那是神眼，教團的標誌。

「我不信教，也不是衛道者。」她立刻反駁，「要我跟這些瘋子一起，不如現在就殺了我。」

大概沒想到會被反咬一口，小邱一時無語，將軍垂著肩翻了翻白眼。

室內陷入沉默，鐵姐上下掃視她，「妳幫他們殺了這麼多人，他們會把妳當英雄，只要有教團幫妳，在這糞坑裡好歹能少沾點屎。」

「我被他們陷害了。」梁祐忱硬著頭皮答。

「哼。」鐵姐笑了，「看來還不是一無是處的人渣。」

一丁點希望才剛點亮，鐵姐接下來的話卻又澆了她一盆冷水。

「這麼巧，我也是無辜的。」鐵姐說：「阿豹，妳呢？」

聲音粗啞的短髮女人咧嘴，「我的指紋剛好在那把殺人的槍上，那也不代表人是我殺的囉。」

「我也是被冤枉的。」

「我也是！」

梁祐忱啞然，這些人冤不冤枉她不曉得，但她確實是冤枉的啊！

「都進來了，我們就是同類、是姐妹。」

鐵姐站起身來，慢慢走到她面前，梁祐忱這才發現鐵姐矮了自己半個頭，然而那股龐大的威嚴卻像堵望不到盡頭的高牆。梁祐忱捏緊了拳頭，忍不住後退一步。

「這個糞坑裡，沒有人乾淨。」鐵姐的眼神從她的額際往下直至下頷，仔細審視後嘖聲搖頭，「九十三個人，這座監獄裡囚犯們殺的人加起來說不定還贏不了妳，妳用這張臉去勾引檢察官了？哼，我可不驚訝，這國家就是坨狗屎。」

「不過沒關係！」鐵姐猛然提高音量吼道：「法律沒有正義，我們有！殺了政客的人是英雄，殺了小孩的人是狗雜種。阿豹！」

「在！」

片。

「把這個狗雜種關進狗屋裡。」

梁祐忱張口想解釋，阿豹一拳揍過來，疼痛在顴骨上炸開，把她想說的話語全打成呻吟碎片。

阿豹和另個人架起她的臂膀硬生生拖著她走，扔進狗屋裡後用力關上門。她倒在地上，好一會兒才能夠起身。

狗屋裡頭沒裝燈，靠近天花板處有一扇巴掌長的細長小窗透光進來，整個空間長只有四步，寬更只有一步遠，她連手腳都伸展不開來。

人似乎都走遠了，四周安靜無聲，她蜷縮在牆邊坐著，空氣裡都是陳舊的霉味，潮濕的水泥地板滲出絲絲寒意，侵入單薄的囚衣，將四肢關節凍得發疼。

梁祐忱從小到大沒餓過、冷過一天，更沒受過這種簡直非人的待遇，靜下來後她愈想愈委屈，愈想愈生氣……她們明明只是罪犯，憑什麼這樣對她？

梁祐忱想到在外面的姊姊，又想到自己被困在這個小小的水泥棺材裡動彈不得，跟畜生沒什麼區別，這樣的情況不知道要持續多久——說不定用不了幾天，她就會死了。

被打的臉仍紅腫熱痛，梁祐忱安靜地哭完再擦眼淚，燒熱感慢慢侵入腦袋，讓她感覺自己像平底鍋上的煎蛋，昏昏欲睡得失去時間感，現實與夢境糊成一團。

意識模糊間她彷彿還在研究室裡跑數據，爲研究項目忙得焦頭爛額，要應付醫院帳單和刻薄的教授……下一秒意識拉回現實，梁祐忱透過腫脹的眼皮看到狹小灰暗的水泥牆，才發現自己已經成了囚犯。

搞不清楚過了多久，鐵門外傳來些微動靜。

「有人嗎？」那聲音很細，緊接著敲了兩下鐵門，「喂，還活著嗎？」

梁祐忱愣了兩秒，不確定這是不是真的，她將身體貼到門旁，鐵的冰冷刺痛腫起來的皮膚。她的聲音變得粗啞，喉嚨乾裂，「是誰？」

「還沒死嗎？那就好。」

梁祐忱聽不出對方到底是不是在嘲諷自己，直接問道：「過多久了？」

「多久？妳今天才進來的，應該就幾個小時吧？」

居然才幾個小時而已，梁祐忱失望地闔上眼，倒是希望時間已經過去好幾天，不管會被放出來還是等到虛脫而死都該有結果了。

對方接著問：「妳是那個因爲新時代百貨被捕的人嗎？」

「嗯。」

「那個毒氣是妳做的？」

「不是。」她深深吐了口氣，緩慢將已經說爛了的解釋再度吐出：「是原料，有人找我買，我賣了，就這樣。」

「那原料是什麼？」

「三氯化磷。」梁祐忱皺眉，「問這個做什麼？」

「學習。」對方的語氣聽起來很誠懇，「三氯化磷，寫出來是PCl3，對不對？」

「妳學會了也沒用。」

「反正也沒別的事做，妳就當打發時間嘛。」

以前她每天都在學校與醫院間打轉，忙得連吃飯的時間都沒有，如今她確實有的是時間。

「我聽廣播說死了很多人，這個毒氣很厲害嗎？半數致死量是多少？」

這傢伙倒是懂一些專業名詞，梁祐忱想了想，「妳能給我一些食物嗎？」

「繳學費？我也想給妳，但這麼做鐵姐會修理我，妳就直接告訴我嘛。」

「水也可以，一點就好。」

一陣沉默後門外的人回答：「這樣吧，我明天再來找妳，妳要好好活著喔。」

語畢，便眞的沒了聲息。

梁祐忱熬到隔天日出終於受不了，爬起來貼在牆縫上舔拭滲出來的水珠，舌頭上都是青苔與泥土的味道。內急時她只能盡量擠在角落解決，完事後貼回門邊還算乾淨的地方窩著，盡量不去看裡面。

隨著時間過去，狗屋內的狀況愈來愈糟，梁祐忱的身體逐漸脫水，缺乏冷卻機制的大腦累積代謝廢物，像台過熱的電腦，陷入停止運轉與瀕臨瘋狂的循環。

她安靜地瞪著牆上的汙漬，在腦中與它對話，有時閒話家常，有時因爭論自己會不會死在這裡而吵架。

天色暗了又亮，亮了又暗，直到那個聲音再度出現。

「還在不在呀？」

梁祐忱眼前頓時一片清明，她精神一振猛地湊到門邊，卻差點發不出聲音，「在，我在！妳是來給我水的嗎？」

「我說過了，鐵姐會生氣。」對方語氣平靜，「看來妳還沒準備好，我明天再來吧。」

「等等！」梁祐忱慌張地把人叫回來，舔了舔上顎，忐忑道：「妳問吧。」

對方靠在鐵門上發出悶響，「那麼，先告訴我那個毒氣的名字吧。」

梁祐忱沉默了幾秒，「塔門，G系列有機磷神經毒劑。」

「G系列……所以它也是藉由阻斷乙烯膽鹼酶破壞神經訊息傳遞的類型？它會引發什麼症狀？」

梁祐忱張開嘴，剎那間無數的回憶片段闖入腦海。

人們倒在地上癲癇抽搐著，其中有好幾個跟她差不多大的青年，也有本來被抱在懷裡的小孩子。

人體全身肌肉極度緊繃，背部拗成難以想像的直角，頸子也竭力後彎，像極了從地獄裡倒著爬出來的亡魂。毒素蔓延的終點位於眼球的房水，中毒者瞳孔縮小、淚流不止，臉部肌肉收縮猙獰，無論是看起來還是實際上，都極度痛苦。

她不曾親臨現場，但在法庭上，檢察官一次又一次重複播放著蒐證照片，逼她看那些人慘烈的死狀。黑白照片有種冷酷的色調，疏離而殘忍。

患者的死因通常有兩種，一是抽搐導致的脊椎骨折，活生生被自己的肌肉擰死，二是呼吸系統不受控制導致的窒息，就連死，也沒有安詳的結局。

九十三個人，就在這種極端的痛苦中死亡。

梁祐忱深呼吸，「癲癇發作、瞳孔縮小、流淚。」

門外的聲音複述了一次，「型態呢？」

「澄清液體。」

「發作時間？」

梁祐忱再也忍不下去，「能不能別再問了。」

門外人沉默，隨著時間一分一秒過去，反而是梁祐忱有點發慌。由於四下寂靜，沒有離去的腳步聲，她猜門外的人應該還沒走。

「妳……妳叫什麼？」

「大家都叫我毛毛。」

毛毛、將軍、阿豹、鐵姐，在這裡似乎沒有姓名，只有綽號。

梁祐忱想起實驗課時曾用過的小小、圓圓又毛絨絨的小白鼠，沒有人會幫牠們起名字，只會以實驗代號稱呼。因為一但有了名字，便是認同牠們也有靈魂，引起心中的同情、憐憫，實驗便會遭到自我苛責。

當她將牠們化為一組組的代號及實驗數據時，就可以毫無負擔地拉開牠們的頸椎。

彷彿猜中她心中所想，毛毛補充，「對了，大家都叫妳生化博士，就是好幾年前一部英雄電影裡的大壞蛋，在下水道丟突變毒素的一個禿頭。」

梁祐忱無言以對。

「妳就當幫我上了堂化學課吧，就算妳死在裡面，珍貴的知識還是會留下來喔。」

這傢伙怎麼這樣說話？梁祐忱用力擰眉。鐵門上發出吱呀的摩擦聲，她抬頭發現牢門上的暗窗打開了，連忙爬起來看，塑膠杯裝著水被推進來。

她直接抓起杯子三兩下灌完，倒空後還杯底朝天抖了抖，這一點點水其實於事無補，梁祐忱的喉嚨依舊乾澀得像被擰乾的毛巾，甚至更難忍受了。

門上有鐵片阻隔，從暗窗裡向外看不見外面，梁祐忱將空杯子推出去。這次，她眞眞切切地聽到毛毛話中帶笑，幾乎能想像到一張奸邪的臉上帶著嘲諷的笑意。

「所以，塔門的發作時間是？」

2

一筆一畫，艱難晦澀的知識被稚嫩小手書寫於紙上。

上次有人能這樣詳細地爲她解答化學知識已經是一年前，那個人據說是國內製毒數一數二的大師，也是她教了毛毛基礎化學，可惜因爲細菌感染死了。

除了毒氣外，梁祐忱的知識面涵蓋大範圍化學領域的基礎，無論問什麼都略知一二。

「妳懂得可眞多啊！」毛毛問到無話可問，闔上筆記本感嘆。梁祐忱沒有回應，毛毛踏上凳子，將準備好的水杯放進暗門裡，「今天也辛苦了。」

無聲無息，推出來剩空杯子。

「謝謝……」那聲音太過虛弱，低得像在呢喃。

眞有禮貌，不過她眞的不知道我每天用一杯水吊著她是爲什麼嗎？毛毛想著。

收拾了東西，毛毛抱著筆記本回到辦公室。

檯燈的光線慘白，鐵姐一手支在桌上撐著額頭，見到毛毛進門便嘆了口氣，「怎樣？」

「快不行啦，再拖兩天就會死翹翹。」毛毛聳了聳肩，「快點做決定吧。」

鐵姐低頭思考著，半晌後抬頭盯著毛毛，「妳點子多，妳怎麼想？該把她放出來，還是讓她死？」

鐵姐表情認真，將一個人的性命無足輕重地掛在嘴上。

毛毛知道她接下來說的話將影響新來囚犯的生存機會。

「嗯……」毛毛思考了一會後歪著頭，稍微露牙地笑，「典獄長最近是不是有點壞？」

阿豹猛力拉開狗屋的門，厚重鐵板緩緩開啓，梁祐忱癱倒在門口牆角，聽見聲響動了下，卻連抬頭的力氣都沒有。

「起床啦，太陽曬屁股囉。」毛毛喊著。

阿豹將人從地上拉起來，按在牆邊坐好，梁祐忱眼皮縫微微地睜開，努力想瞧清楚眼前的狀況。

這是毛毛第一次看見梁祐忱，廣播裡形容梁祐忱是冷血惡魔，此刻她眼前的只是一個虛弱得蜷縮在地板的女人。梁祐忱甚至比監獄裡大部分囚犯更年輕，幾乎無法在她身上看到任何一點威脅性。

經過狗屋的折磨，梁祐忱一頭長髮又油又髒，不過還算打理整齊。監獄會改變人的樣貌，再美的仙子墮落至此都會變成巫婆。

毛毛待得夠久，見識過無數墜落泥沼的人，只要看人在困境下如何對待自己，就能知道這個人還有沒有骨氣、有沒有未來。

看來不白費她冒險說服鐵姐，這個人會有用。

毛毛端著白粥蹲下，屏著呼吸忍耐狗屋裡頭傳來的惡臭，將粥一杓杓餵給對方——其實梁祐忱大概還能撐一個禮拜，是她早報給鐵姐，所以她一點也不擔心梁祐忱撐不過這關。

梁祐忱閉著眼睛喝完粥，毛毛走到外頭深吸一口新鮮空氣，對阿豹說：「先帶她去洗澡吧？」

「嘖，髒死了。」阿豹嘴裡嫌棄，迫於這是鐵姐交辦的工作，還是伸手把人從地板上撈起來。

毛毛這才得以看清梁祐忱全身，阿豹自稱一百六十五公分，梁祐忱縮著背看起來差不多高，寬鬆骯髒的囚服下只剩骨架子，露出的手腕看起來都不像人了，根本就是一具吊在阿豹身上的骷髏。

阿豹將人扔進浴室隔間後梁祐忱才勉強打起精神，扶著隔板站穩，抓住毛毛的手軟弱無力，勉強擠出一句話，「妳……怎麼是小孩？」

毛毛頭頂只長到梁祐忱齊胸高而已，臉龐稚嫩，骨架也沒長開，瘦瘦弱弱像個娃娃，分明是個十幾歲初的小孩。

「妳以爲我是個老太婆？」毛毛抬頭對著她笑，「我只是比較早熟而已啦。」

梁祐忱張開嘴卻答不出話，毛毛便繼續脫她衣服，掀開一半梁祐忱才慌忙阻止，「我自己來……」

「可以嗎？」毛毛睜大眼睛做出驚訝的表情，咧嘴笑了下，露出一角白牙，「姊姊也跟我想的不太一樣呢。」

姊姊，這樣的稱呼突然讓兩人變得親暱起來。

「老實說我本來以爲姊姊要再老一點，大概五六十歲？然後再陰沉一些，就像瘋狂科學家那樣，這樣比較像生化博士嘛。」毛毛退出隔間，拉上浴簾，「看來是我誤會妳了，對不起呀，姊姊。」

最後一個姊字尾音上揚，帶著笑意，再次大幅度地拉近距離。

毛毛拿來一床洗舊的被子與一套新囚服，接著帶梁祐忱去她被分配到的A103囚室裡。跟她同住的有五個人，不知是不是鐵姐刻意爲之，値得慶幸的是至少其中沒有教團成員。

「鐵姐說還不確定要把妳的工作分到哪裡。」毛毛特意拉著梁祐忱的手讓她彎腰，在耳邊低聲說：「如果想讓鐵姐罩的話就得加入34幫，但是姊姊應該不想混幫派吧？」

「監獄幫派？」

「嗯，姊姊看起來不適合。」

「我看起來很好欺負嗎？」

「嗯啊。」毛毛毫不猶豫。

她有很多故事可以告訴梁祐忱，像是曾有人一來就冒犯了鐵姐的權威，被餓了將近一個月，又或著有多少人爲了取得庇護而委身於人，又有多少人因不堪忍受而自殺。

但她一個字都沒有說，只是用清澈的眼睛笑著，「不過沒關係，鐵姐喜歡有用的人。」

換而言之，梁祐忱必須證明自己的價値。

「好嘛，我出五條巧克力棒，妳到底換不換！」毛毛一個月能拿到兩條巧克力。就算節省些，每天只舔一口，一個月也要吃掉一條，攤在桌上的巧克力可是她將近半年的存款。

「不——換——」大鵬搖搖手指，得意洋洋，「聽好了小鬼頭，剩下的庫存是爲B舍美女保留的。大人們要用這些好東西度過美好的夜晚，才不會爲了毛都沒長齊的小鬼讓我的寶貝們失望，懂嗎？」

毛毛腦中思緒飛轉，很快接著道：「又不是爲了我。妳知道那個新來的吧？做毒氣的那個。」

「喔？我有看過一次。」大鵬瞇起眼，舔了下上唇，「長得標緻，不過透著嬌氣，看著就是個婊子。」

「妳不就喜歡婊子？」

「嘿，那也不行，跟那種人睡會惹得一身腥。」

「我看是人家看不上妳。」毛毛嘲笑了一句，「妳等等啊。」

沒多久後她回到大鵬的囚室，迅速往她口袋裡塞了團布。

「這是什麼？」大鵬伸手去摸時馬上就明白了——又薄又透，是監獄公發的棉內褲。她猥瑣地笑了，「生化博士？她給我的？」

其實毛毛只是出去晃了圈，隨便找個囚室偷了裡面的內褲。她眞不懂大鵬爲什麼會喜歡這東西，不過就算她不懂也曉得不能眞拿梁祐忱的來換。

「妳別妄想了，都是我在幫妳好嗎？」毛毛直接拿走藏在隔板裡的小罐子，另一手抄起五條巧克力棒，「東西歸我了！」

小罐子裡裝的是發酵後的水果液體，也就是酒，這東西名義上是違禁品，可在這座由囚犯統治的監獄裡，多的是違禁品。有的囚犯釀酒口感較好，人們會專門去找她們以物易物，降低喝到甲醇的機率。

只是鐵姐嚴令34幫的人不能給她酒，毛毛只好找45幫的大鵬換。

興高采烈地跑回廚房，梁祐忱已經把瓶瓶罐罐架好了，見到她成功抱著一罐酒回來，高興得揉揉她的臉，「毛毛做得好！」

毛毛仰著頭眨眨眼睛，眼眶頓時濕潤了起來，「我費了好多力氣才換到的，就這麼一點她要了我六條巧克力，我要大半年才能賺回來！」

「抱歉啊，這件事比較急，不然我自己釀就行了。」梁祐忱說：「以後我慢慢賠妳雙倍的巧克力好嗎？」

「還有要廚房的事……」毛毛舔舔嘴唇，露出一副嘴纏的樣子。

「那就三倍，可以嗎？」

毛毛露齒一笑，終於滿足了。

梁祐忱要做的是濃度高的蒸餾酒，毛毛同意品質好的酒可以算是硬通貨，沒人不愛。梁祐忱沒別的長才，唯一會的就是化學，若是設備條件允許，她甚至能給鐵姐弄出一批化學武器。

「姊姊也教教我蒸餾的原理好不好？」毛毛湊到梁祐忱身邊，打量她用膠帶和保特瓶拼湊出來的蒸餾壺，頭就靠在她的上臂旁，髮梢輕搔她的皮膚。

毛毛將手肘靠在桌面，撐著下頷抬眼看梁祐忱的側臉。她的嘴角有顆不起眼的小黑痣，讓人想伸手擦掉。

從狗屋裡出來兩天後，梁祐忱那病態的消瘦感稍微減低了，然而她皮膚白得透青，一副營養不良的樣子大概不是一兩天造成的。她自帶一股書卷氣，又有這副纖瘦的身軀，看起來就像個特別好欺負的書呆子。

梁祐忱在外頭時很少得到小孩子青睞，毛毛主動親近讓她有點不習慣，同時有種新的暖意流入心窩，護著她岌岌可危的正常感。

梁祐忱耐心講解，將酒液倒進水壺裡，一邊操作一邊解釋什麼是沸點差。

這幾天相處下來，她察覺毛毛部分領域的知識量至少有高中程度，論軍武及政治的知識更是深入，梁祐忱都無法企及。

想到毛毛纏著問問題的求知慾，梁祐忱對此一點也不感到意外——能打的暴力犯教她打架、毒販教她化學與街頭規矩、學識豐富的政治犯能教的範圍更廣泛。

根據毛毛的說法，當她的老師能得到鐵姐的特殊關照，大部分的人自然樂意爲之。再說她們也許永遠出不去了，與其讓一身本領爛在肚子裡不如傳承下去。

「姊姊爲什麼要賣三氯化磷給教團？」在等待蒸餾時毛毛問道：「姊姊……不像是共犯。」

梁祐忱沉默一會，眨眼間講學時的熱忱消失無蹤，「錢，我需要錢。我不知道他們是誰，也不知道他們會拿它做什麼，我只知道我需要那筆錢，那是救命的錢。」

梁祐忱一口氣說了許多話，態度分明平淡，卻教人聽出一股自證的急迫來。

毛毛稍微歪頭，「那個人是誰呀？」

「我的親姊姊。」

「那她現在在哪？」

梁祐忱張開嘴，勉強擠出微笑，「我也不知道。」

蒸餾完後酒液只剩兩口，濃香無比，鐵姐很喜歡。晚餐時特意叫梁祐忱去34幫的桌子坐了一次，算是讓其他人看看鐵姐的態度，有眼力的囚犯便不會隨意欺侮她了。

宵禁後部分囚犯仍有特權在外面走動、維持秩序。鐵姐在獄舍間穿梭，確認每房的狀況，一切瑣事落定後才慢慢穿過放風場，獄警為她打開鐵柵門。

「她什麼時候會死？」

鐵姐甫才坐下，典獄長便切入正題。

鐵姐不慌不忙地喬了個舒服的姿勢，翹著腿看著眼前的人，其實她們很相似，都有一雙決絕果敢的眼睛。

「她命大，餓不死。老天爺不收的人，埋進土裡都會自己爬起來。」

「那就再給她一鐽子，燒了。」典獄長嚴肅的表情不見任何波動，「呵……跟小孩子玩過家家把妳變成賢妻良母了嗎？該做的事給我做好，那是妳的本分。」

「我的本分，是維持監獄的運作與和諧，而妳正在阻礙我。」鐵姐道：「這禮拜的補給藥品根本沒來，馬上就要入冬了，妳讓女孩們生病時吃什麼？連藥都不給，哪來的臉要我辦事？」

讓梁祐忱活下來，是她對警方的反抗與不滿，不存在任何心軟，從頭到尾只有利益。

「那是妳的問題——還是說，45幫的將軍能替監獄順利解決問題？」

「程曉清，我知道自己的分量，妳上頭的人要殺梁祐忱嚇唬教團，但我相信他們更希望彈藥鏈順暢。」

監獄中的派系由囚犯在外頭時所屬的幫派決定。囚犯依此在監獄內結盟，外頭幫派也會給予她們庇護。例如34幫在外頭的幫派，四海盟最大的生意便是軍火走私，而在內戰爆發的今日，連軍政府都得看黑幫臉色。

「妳幫我，我也會幫妳，沒必要搞成現在這種局面。」鐵姐將帶來的文件往桌上一丟，那是上個月缺漏的物資清單，「不用擔心，上頭那些傢伙再笨也該想明白這個道理，不會怪妳。下次他們對監獄的錢伸手前，也會先想一想。」

典獄長用陰鬱的眼神盯著鐵姐，彷彿隨時會發難，卻又安靜而堅定地坐著，守著她皮製的王座，直到鐵姐離開都無事發生。

監獄坐落於群山間，因爲海拔高的緣故，冬天總是又濕又冷，寒氣凍進骨子裡，零下幾度的天氣熬死數個體虛的囚犯不少見。

梁祐忱進來後幾個月便趕上落雪，監獄內老舊的暖氣供熱有限，鐵姐甚至會給她們放取暖假，不用勞動。

白天的特定時段大家都圍在出暖口旁，將珍貴的暖氣捂緊了。梁祐忱跟著毛毛取暖，總是能搶到不錯的位子。

梁祐忱提早結束打掃勞動，早早拿著紙筆到暖氣口旁，手指已經凍得難以使喚，只好寫兩個字便將手放在腋下捂暖，試圖讓上訴書的字盡量工整。

法院剝奪梁祐忱主動與外界通訊的權利，律師是她唯一能聯絡的對象，寄出的書信也會受到嚴格檢查，這些不服上訴狀是她脫離這個深淵的唯一機會。

除了寫上訴狀外，梁祐忱找到一些有寄信特權卻沒有使用的囚犯，用洗衣服和釀酒的代價換到每個月一封信的名額，好不容易用化名寫了一封信給姊姊。

梁祐忱專心致志，直到阿豹的聲音引起她注意。

「唷，小毛毛，來給阿豹姐姐暖暖。」

梁祐忱回頭，看見阿豹張開雙手招呼孩子，毛毛卻對阿豹吐了吐舌頭。

毛毛披著對梁祐忱來說都過大的厚棉外套窩到她身邊，將一半外套披在她身上。小孩子代謝好，身子總是暖呼呼的，兩個人在外套下並肩縮在一起。

「呿，臭小鬼。」

梁祐忱回頭對阿豹笑了笑，又轉回來繼續寫。

梁祐忱習慣了監獄的規矩，她就像被丟進狼群的家犬，遲遲無法融入其中，這裡的人皆是戴罪之身，就算看起來再怎麼乾淨，過去也是有汙點——只有毛毛不一樣。

「那個小鬼？她是在這裡出生的。」

在毛毛的牽線下，梁祐忱認識了一個45幫綽號叫大鵰的女人，據說犯了叛國罪進來。她爲了跟對方交易酵母被迫攀談了幾句，話題很自然地帶到毛毛身上。

大鵰露出牙齒笑，非得貼在她身邊說話，「想不到吧？在這種地方居然生了個小孩。我還見過她老娘哩，明明能靠臉吃飯，偏偏要去偷去搶被關進來糟蹋，嘖嘖。」

梁祐忱倒抽一口氣，「她母親呢？」

「掰了。」大鵰揮了揮手，「給這破地方病的，她老娘是34的狗，小崽子就歸鐵姐管了。那時候這崽都不會走呢，一轉眼就這麼大了。」

梁祐忱皺起眉，沒想到那個鐵姐竟然這麼重情義，底下的人死了這麼多年，還在幫她養孩子。雖然鐵姐待梁祐忱不怎麼樣，但對毛毛可是好上天了，好的物資必留一份，甚至撥了一間小雜物間給毛毛當單人房。

不知不覺大鵰又湊近了點，甚至搭上她的胳膊，她瞬間起了一層雞皮疙瘩，「我告訴妳，美貌會遺傳可是眞的，這小鬼長大了肯定也是個美人胚子。可惜了，我大鵰還沒那麼喪心病狂。」

梁祐忱看她笑得眼睛都只剩一條縫，忙不迭地找藉口溜走。

毛毛在這裡出生、在這裡長大，也是這裡唯一清清白白的人，只有跟這孩子待在一起她才能眞的安心。

「姊姊的手都凍紅了。」毛毛雙手握住她的手指，用掌心幫她揉揉，「妳看，好像小香腸。」

梁祐忱反握住毛毛的手呼了幾口氣，小孩的手又軟又細，教人心暖無比。

「姊姊先別寫了，給我講講外面的故事好不好？」毛毛將下巴靠在梁祐忱肩上，撒嬌時眼睛閃亮亮的，天眞得讓梁祐忱心都要化了，「不要講戰爭的事，也不要講化學了，好膩。」

「妳還想聽什麼？」

「嗯……講講姊姊的事吧？不然講些有趣的事，都可以。」

這小孩總是對世界充滿好奇，總是那麼討喜，梁祐忱放下筆，認眞地回想自己這二十五年來稱不上豐富的經歷。

毛毛的學識量充足，可對社會常識卻一無所知，她不懂大樓能有多高，是不是眞的深入雲端？她也不知道海洋能多深、不知道浪潮的力道有多大、沙灘踩起來是什麼感覺，甚至連大一些的池塘都沒見過。

毛毛無疑是她所見過最特別的孩子……不，也許是最特別的人。她有時天眞無知，說起犯罪的方法卻又頭頭是道——她知道十數種偷竊的手法、知道如何走私、該用多少錢賄賂官員，甚至知道怎麼洗錢、怎麼毀屍滅跡。

如果說監獄匯聚了邪惡罪行，是吞噬人類的黑洞，毛毛就是吸收了其中精華薈萃形成的白洞。只要待在毛毛身邊，梁祐忱總能找到自己身為正常人的錯覺。

講到口乾舌燥了，毛毛仍皺著眉認眞地想探究外頭的巧克力棒到底有哪些口味，梁祐忱打住她，將話題切到她一直懸在心裡的疑問，「毛毛，妳為什麼不出去？」

「我？我還小呢，鐵姐說要出去還早。」毛毛沉默了幾秒才回答，接著話鋒一轉，開始催促梁祐忱，「姊姊快繼續寫吧，妳能出去才是最好的。」

「妳不該待在這裡。」梁祐忱握著小小軟軟的手，長嘆了口氣，「妳在這裡出生，但妳應該在外面。」

「姊姊這麼好的人也該在外面，不是嗎？」

梁祐忱緩緩換氣，有些勉強地抬高嘴角，「妳相信我是無辜的嗎？」

「當然啊！」毛毛咧嘴一笑，天眞地露出小白牙，「姊姊看起來就不像壞蛋，跟我見過的人都不一樣，眞的！」

心頭一暖，自從事件爆發後梁祐忱受到的待遇只有無盡的指責與折磨，所有怒火宣洩在她身上，沒有人願意聽她說話，沒有人理解她。而姊姊儘管不曾對她說重話，然而她能看得出來，和自己幾分相似的眉眼裡籠罩著失望。

因此，就算眼前相信她的人只是個孩子，仍帶給她莫大的安慰。

「鐵姐說過，總有一天會想辦法把我弄出去，雖然……我已經等很久了。」毛毛往她身上湊，軟軟的手抓住她臂膀，「姊姊，妳會幫我嗎？」

「當然。」梁祐忱沒有絲毫猶豫，儘管她自身難保，但只要能讓這孩子回歸正常社會，她一定會傾盡全力相助。

「眞的嗎？那我們來打勾勾。」毛毛伸出小指，梁祐忱的骨節凸起且冰涼，被她緊緊勾著，兩隻小指纏在一起。「一言爲定，我也會努力幫姊姊。」

她看著梁祐忱的雙眼，天眞而篤定。

3

冬雪融盡，就算還有些囚犯哆嗦著身子入眠，監獄爲了省錢也毫不留情地切斷暖氣。

從放風場裡能眺望到隔壁山頭，依稀有點銀白還殘留著，囚犯們披著陳舊的衣物，口中呼著白霧，在這小小一方地中來回移動。

「姊姊！妳要去哪？」毛毛披著那件過大的棕色外套，邁開小短腿朝梁祐忱跑。

梁祐忱難得笑得開朗，「獄警找我，大概是有回信了。」

「眞的嗎？」毛毛臉頰泛紅，閃亮的眼睛睜大，「終於有信了，我可以看看嗎？等我幫阿豹跑完腿！」

「當然。」梁祐忱伸手揉揉毛毛的頭髮。

頭髮被揉亂了毛毛也不介意，蹦蹦噠噠地跳走。

梁祐忱入獄至今已有半年，天氣回暖後毛毛依舊三不五時往梁祐忱附近跑，問化學、問英文，也問梁祐忱在外頭的生活。

梁祐忱的過去與獄中的囚犯毫無瓜葛，不激進也不邪惡，甚至沒有任何對抗政府的動機。對這座監獄而言，梁祐忱是異類、是同分異構物，也正是這點牢牢吸引了她的好奇心——透過這個文弱的青年，她看見了從未聽聞過的世界。

從外頭寄來的書信裡又寫了多少她所不知道的事呢？毛毛滿懷期待，跑腿全程加緊腳步，半小時就搞定了。

她來到梁祐忱的寢室時其他人正好不在，只有梁祐忱在自己的床位上縮成一團。她單手抓著床頭柱，輕鬆跳上上鋪，「姊姊？」

梁祐忱沒有回應，床鋪的其他空間和地面散落著好幾十封信。

毛毛默默拾起一個信封，字是梁祐忱的筆跡，收信人是梁祐忱的律師，然而信封被拆開了，沒有蓋上郵戳。數十封信都是這樣，其中有些屬名還是梁祐忱爲了掩人耳目的假名，全都被攔下了。

毛毛已經明白是怎麼回事，她鬆手任信掉到地上，床鋪上的梁祐忱用手臂遮住自己的臉，一聲不吭。

毛毛能嗅到絕望的氣息，那是和監獄的地板一模一樣，腐爛潮濕的氣味，若是赤腳踩在那上面，腳底板會感覺黏黏的，像隻老鼠在捕鼠板上掙扎至死。她見過的所有人、所有圍牆內的人，無一不散發著同樣的氣息，而梁祐忱也成了其中之一。

「從來沒有寄出去。」梁祐忱聲音微弱，悶在枕頭裡，「一封都沒有。」

毛毛安靜地聽著，鼻尖埋在梁祐忱的背上，呼吸淡寡的書香。

她們是囚犯嗎？不，她們只是一群任人拿捏的牲口而已，毛毛很清楚這點。她的眼神毫無波動，在梁祐忱背後逐漸變得陰沉。

「他們憑什麼這樣對我？這本來該是我的權利，我僅存的一點權利……」梁祐忱努力克制聲音，讓自己聽起來不那麼可悲。

她不想把負面情緒傳染給毛毛，可是她真的好累、好想放棄，她從鐵姐的狗屋出來，只是來到另一個比較大的狗屋而已。她耗盡氣力的吶喊輕易被人攔下，外頭社會持續運轉，什麼都沒有改變。

她注定得在這裡過完下半輩子，老、病、死，最後變成深山裡的一塊爛肉。也許鐵姐是對的，她現在就該結束，不要讓痛苦拖延幾十年。

「姊姊，聽我說好嗎？」毛毛打斷了她內心世界的沉淪，「我從來不知道外面的世界是怎樣，是不是真的像大家講的，充滿不公不義，還有無盡的爭鬥。但是姊姊講的世界不一樣，姊姊的生活沒有戰爭也沒有政治，是很和平的世界，只要聽妳說外面的事，我就特別期待未來能自己去體驗。」

毛毛沒有再說下去，有些話說出口就沒那麼有力了——妳的存在不是毫無意義，妳對我而言是特殊的，不要放棄，否則妳就跟別人一樣了。

「毛毛……」梁祐忱稍微緩過來，吸了吸鼻子，握住肩上的小手，「謝謝妳。」

一大一小安靜地待了一會，就算是在這汙穢聚集之處，也能有難得的溫柔平靜。

監獄的地理位置絕差，冬天冷得一旁溪水都會結凍，夏天又熱得像蒸籠，對流雨下得暴烈容易引發山洪，雨後濕熱又常常悶出瘴氣，與煉獄沒什麼區別。

「沒有多的米給妳。」阿豹拉著梁祐忱到廚房裡，小聲說：「酒先算了，妳把現在的庫存做好就行。」

梁祐忱嗅到一絲不對勁，「怎麼了嗎？最近氣氛好像不太對。」

「讀書人別管那麼多，聽話。」阿豹嘖一聲，「沒事也別出來亂晃了，待在寢室裡知不知道？順便管管毛毛，少惹事。」

梁祐忱本來奉命每個禮拜拿一點糧製酒，莫名其妙被念了一頓後只好悻然回去。

有什麼事情正在醞釀，囚犯們很躁動，連梁祐忱都能察覺。

沒有人收到新的郵件，食物逐漸透出陳舊的味道，雖然難吃，可梁祐忱會逼自己吞下去。

A103裡其中一個室友最近總窩在房間裡不肯出去，就只是在床上躺著，整天渾渾噩噩。

梁祐忱滿腹疑惑隨口提了一句，對方睜著泛紅的眼眶，神神祕祕地笑了下，「看著吧，咱們都要倒大楣了。」

梁祐忱發覺那些獄警的數量和巡邏頻率愈來愈高，不總是懶懶散散地站著而已，隔著柵欄看向她們的眼神中帶著難以言喻的陰沉，好似正在縮小狩獵圈的獅群，令梁祐忱不寒而慄。

約莫半個月後的凌晨，叫囂喧鬧的聲音吵醒梁祐忱，室友們都跑出去了，只剩總是待在房間裡的那一個拿枕頭蒙住頭。

她向外一看，A1區內的所有人都在往外跑，神情中有種說不出的扭曲興奮，如鯊魚般嗅著血腥味迅游。

咆哮與吼叫聲中夾雜著「毛毛」兩字，她心頭一驚，沒多想就跟出去。

囚犯們聚集在B舍與放風場銜接的入口處，不分幫派甚至連教團都融入其中。她們隔著廣大的放風場衝獄警舍大吼大叫，許多髒話與情緒性的字眼爆出來，發洩囚犯們壓抑的怨氣。

梁祐忱抓住身邊的囚犯吼著問到底發生了什麼。

「他們要闖進來！幹翻他們！」

獄警舍裡燈火通明，穿著制服的人持槍以待。

鐵姐站在人群前面，站立的姿態挺直有如神佛，燈光投射在她臉上，留下深刻肅穆的陰影。梁祐忱見到她還在時不自覺地鬆了口氣，只見鐵姐低聲和身邊手下說些什麼後獨自朝獄警舍進發。

「毛毛！」梁祐忱扯開嗓子大喊，單薄嗓子被淹沒在爆炸般的吼叫中。

「毛毛！」

梁祐忱推擠著人群，拚命從空隙裡鑽過去，終於在前頭找到矮了所有人一大截的孩子。

她的聲音終於被聽見了，毛毛轉頭發現她，稚嫩的臉上有著與年齡不匹配的成熟冷靜。

「姊姊？」毛毛甚至皺了下眉頭，「沒事的，鐵姐會處理好。」

「妳有沒有怎樣？」

「鐵姐還活著呢，誰敢動我？」

說這什麼話？梁祐忱都親眼見到鐵姐入了虎口，這小孩這麼聰明，難道還以為鐵姐能永遠庇護她嗎？等等衝突要是升級，這些傢伙瘋起來，毛毛這麼小的個頭怎麼受得住一拳半腳？

「這裡太危險了，妳快跟我去避風頭！」

梁祐忱拉著毛毛想退，環顧四周才注意到旁邊的臉孔陌生且充滿敵意。

梁祐忱認得出來的人全是45幫或教團的勢力，心下一驚，踮腳去看，發現阿豹等34幫的骨幹正在另一頭控制群眾的暴動情緒，沒人注意她們。

只能靠她自己了，梁祐忱暗自咬牙，伸手去推別人肩膀試圖擠出去……一個高大的陰影籠罩下來，抓住她的手腕往後甩開。

來者肩寬腿長，左邊眉毛上紋著一行墨黑的英文——45 general。

「毛毛是我們的代表，她必須待在這。」將軍自上而下俯視她們，明明只用普通的音量說話，字字句句卻都能在吵雜中清楚傳達，「她在這才能提醒我們自由的代價。」

將軍眉眼間帶著狠戾的氣質，袖子下露出的手臂線條肌肉飽滿，恐怕一巴掌就能把她腦袋拍下來。

梁祐忱捏緊了孩子的手，大吼著卻幾乎聽不見自己的聲音，「她只是小孩子！」

「那不重要，她必須待在這裡，在最前面！」

「姊姊！」毛毛抓住她的衣角，也在大喊：「姊姊自己回去，別跟將軍爭！」

梁又忱不可置信地回頭看了毛毛一眼，毛毛眼神很果決，已有幾分鐵姐的領導風範。平日裡看她撒嬌習慣了，梁祐忱居然被這一眼看得有點茫然，隱約覺得自己才是礙事的那個。
但她不爭，還有誰會幫毛毛爭？這孩子一口一個「姊姊」，難道就不覺得她該擔起這個稱呼所代表的責任嗎？
她轉回去衝著將軍吼道：「她的安全才重要！」
在梁祐忱的身後，毛毛一雙眼睛藏在陰影中，慢慢變了味。
老實說，毛毛確實覺得梁祐忱礙事，這人肩不能扛、手不能提，就算衝在前線又能有什麼幫助？不過是累贅罷了。
她們的生活就是鬥爭，不斷和其他囚犯爭取資源，和獄警對抗，弱者被分食，天經地義。
可是為什麼在衝突中身為弱者的梁祐忱會擋在她前面呢？她不怕被打，不怕事後被45幫針對嗎……好奇怪。
將軍不打算再溝通，抓住梁祐忱的領子，輕鬆地將她提起來。就在梁祐忱即將被甩到地上時，一個人衝出來拉住將軍的手臂。
大鵬猶豫了，讓老大不高興的後果很慘……她吞了下口水，「將軍，我們有更重要的目標，小孩子晚點再說。」
「是啊，妳就這麼確定鐵姐不會回來？」毛毛的聲音驟然響起，其中冷酷的威脅並無絲毫被細緻聲線化解，「急什麼？反正妳有的是時間。」
將軍看向個頭只長到她腰間的小鬼頭，鬣狗似的眼睛微微眯起，像真正的將軍般盤算著利益與抉擇。她沒有猶豫太久便放開梁祐忱，被幫眾簇擁著回到前線。
大鵬推著她們火速離開現場，三個人幾乎是連爬帶跑地回到A舍。

梁祐忱心有餘悸問道：「她是什麼意思？為什麼她非得要毛毛？」

「妳以為我們是好聲好氣把獄警請出監獄的嗎？」大鵬額頭上仍冒著冷汗，「去他娘的當然不是，這裡以前就是個該死的地獄，那群狗娘養的野狗還想進來？老娘讓他去死！」

大鵬扛著一根削尖的木棍，反抗將軍讓她有點害怕，眼神中卻有著不死不休的癡狂。

「謝了，大鵬。」

大鵬看著毛毛，想了下稍微彎腰附耳道：「雖然我奶子上刺的數字是45，可我還是希望鐵姐回來。」

毛毛笑說知道了，而後大鵬便拎著簡陋的武器再度跑向B舍。

梁祐忱氣喘吁吁地撐在膝蓋上，抬頭看著毛毛，「到底是怎麼回事？」

典獄長辦公室窗邊可以清楚看到B舍的狀況，猴子們擠在窗邊吼叫，醜陋的本性一覽無遺。電路被他們這邊切斷了，獄舍裡到處點著火光，典獄長很確定只要放任囚犯繼續鬧下去，她們很快就會引起火災自取滅亡，一把火燒得乾乾淨淨，省事又方便。

「看看，是不是很眼熟？」她回眸看向談判桌另一端的鐵姐，「我很好奇，一群拿著木棍的原始人怎麼有膽子跟拿槍的人對著幹？妳灌了什麼迷湯讓她們這麼聽妳的話？」

「嫉妒嗎？」鐵姐勾起嘴角，「女孩們信任我，因為我不會為了發洩就對她們拳打腳踢，更不會侵犯她們，增加無謂的痛苦。」

鐵姐充滿自信，囚犯們相信她，而她知道程曉清不敢開槍。

一槍響起，挑起的將會是政府與黑幫的戰爭，政府絕對不會想在處理內戰的同時豎立別的敵人。她被關押在此，實際上卻握著更多主導權，程曉清會恨她也是理所當然。

「信任？跟一群罪犯談什麼信任？妳們應該先檢討自己背叛了社會的信任。」典獄長輕蔑地笑，「搞清楚，妳們是來服刑的，這裡是監獄，不是森林度假村。」

鐵姐凝視著典獄長，她們立場相差太大，一輩子不可能互相體諒，只有無盡的利益衝突。

不遠處的喊叫聲傳到A舍已變得模糊，毛毛領著梁祐忱走向屋外，在獄舍與石牆間狹小的空隙裡，有一根折斷的木條被插在土裡，只露出一個拳頭的長度。

毛毛在木樁旁坐下，揮手招呼梁祐忱跟著坐，以掌心輕撫木樁，「這是我媽媽。」

「她在這裡？」

毛毛點頭，又拍了拍乾燥的地面，「我媽媽不只在監獄裡生產，同時也是在監獄裡懷上我。她不是自願的，聽說那時這裡就跟其他重刑犯監獄一樣，由獄警嚴格控制，所有老囚犯都說，那是地獄。

「直到我被生下來，她們決定不再忍了。鐵姐組織所有囚犯團結在一起，這些人不只擅長犯罪，也是各種專家。像妳，能夠製作厲害的殺傷武器，她們有自己的方法殺人造反，只要她們能團結起來，就算是警察也無法鎮壓。」

毛毛語氣中帶著驕傲，她對這座監獄的感情非愛也非恨，雖然被囚困，這裡依然是她的家。

「更別說人才都在戰場，這裡人力一直不充足，沒人管得動她們。」毛毛笑道：「所以……後來就變成現在這樣了。」

被囚犯掌握的監獄和在監獄裡出生的毛毛，兩者之間緊密地糾纏，根系絞扭在一塊，誰也離不開誰。

原本的梁祐忱無法想像囚犯在監獄裡還會懷上孩子，也無法理解鐵姐爲什麼要把孩子留在監獄裡，更不會支持囚犯暴動造反。

鐵姐雖然專制，但她終究和她們是同類，而只有立場相同，她們才能建立最基礎的信任。

典獄長沉下臉，雙手撐在桌子上死死地瞪著鐵姐。她永遠不會忘記，當年就是這個人將同事的屍首掛在圍牆上，任其腐爛。

她們說他侵犯了一個囚犯，然而她知道這一切的開頭，都是因爲那個女囚試圖以肉體換取額外的特權。獄警確實不該對囚犯出手，然而獄警也是人，當然會犯錯，而這些渾蛋是最沒有資格審判獄警的人。

在暴動發生後，原本的典獄長丟了職銜，沒有人願意接他留下的爛攤子，除了她，她會把所有罪惡牢牢地鎖在這，這是她的職責！

「別扯陳年舊帳，來談吧。」鐵姐道：「畢竟妳時間不多了，切斷書信和補給這種爛招能用多久？四海盟聯繫不上我就會起疑，到時承受責任的人可不是我。」

「切斷補給？」程曉清扯了扯襯衫領口，將胸口噴張的熱氣散出來，「別血口噴人，是山洪堵住了路，就算是黑幫也該講道裡，這是天災，怪不到我頭上。」

鐵姐如同一台精打細算的電腦，飛快計算利益得失，最後她做出了結論，「妳要梁祐忱的命，我可以給妳。」

「梁祐忱？」典獄長笑著，「事到如今妳還以為一個囚犯就能打發我？」

她還要更多、更多……她會將以往警方失去的，一一奪回來。

「那場暴動造成獄方很大的損失，外面的黑幫也對政府施壓，讓他們沒辦法以武力突破，事成之後獄警恨都恨死我了。再說他們也不想獄警性侵囚犯的醜聞傳出去，將暴動的發生推給囚犯的劣根性，反正囚犯形象愈差愈好。」毛毛說：「所以就算我媽媽已經死了，他們也沒有要放我出去，倒不如說死了剛好，我就能代替她服刑，只要封鎖消息，誰也不會發現這裡有個小孩。」

從一開始這個世界便對她的誕生一無所知，她的存在只被圍牆內的人知道。

毛毛過了很久才發現梁祐忱在哭，帶著憐惜的哀傷在她眼眶裡打轉，然後無聲地流下，在月光反射下變成一顆流星。

有時哭不是種懦弱的表現，毛毛嗅得出其中差異，這是共情的眼淚，是梁祐忱有著一顆柔軟的心的證明。

她用指節擦去梁祐忱臉頰上的淚痕，「姊姊幹嘛難過？這是我剛出生時的事，我自己都忘光光啦。」

毛毛愈是表現得無所謂，梁祐忱便愈覺得心痛。

「但妳還在這裡。」梁祐忱伸出臂膀將她摟進懷裡，另一隻手掌輕輕地撫摸她的頭。

梁祐忱性子比較難熱，很少主動親近，毛毛愣了下，順勢倒在她懷裡。梁祐忱的身體根本沒幾兩肉，毛毛將額際抵在她的鎖骨上，享受著來自大人的關愛。

梁祐忱只覺得懷裡抱的是這世上最可憐、最教人心疼的小東西。若是可以，她恨不得把所有的好都捧到毛毛面前，讓她知道這世界上不只有殘忍的鬥爭，也有人性善良的溫暖。

「毛毛、毛毛。」梁祐忱摟緊了還小的身子，想透過肢體接觸傳達自己的眞心，「還是有很多人對妳好的，像鐵姐、阿豹……還有我。我也會像她們那樣，好好地疼愛妳，好嗎？」

毛毛突然掙扎著脫離她的臂膀，看她的眼神嚴肅得像個小大人，「妳不用像鐵姐一樣對我好，我已經有足夠的力量保護自己了。」

這話由一個小孩子說出來，實在難以讓人信服，可毛毛又是如此信誓旦旦，不像童言童語。

「我喜歡妳用自己的方法對我好，像是說故事給我聽、教我化學，還有妳每個月都會買巧克力給我。妳跟鐵姐不一樣，妳跟所有人都不一樣。」

梁祐忱看著孩子的臉，毛毛的右眼角下有兩顆痣，像用羊毛沾著墨點上去的，又淺又小，排成一行剛好落在顴骨上。阿豹都叫那哭哭痣，梁祐忱覺得可愛極了。

此時梁祐忱意識到，那一定是上天故意點在毛毛臉上的缺陷，因爲人不可能是完美的，唯有一點缺陷能使眼前的面容變得合理。

微弱月光照射下毛毛的眼睛澄澈清明，視線好似能穿透物質，滌淨人的靈魂。

同樣的月夜，月光卻照不進獄警舍裡，電燈的光線慘白，將醜惡照得一覽無遺，鐵姐站起身來，一步一步慢慢地靠近典獄長。

典獄長死死盯著鐵姐的動作，這房間裡早已架了攝影機，要是談判過程裡鐵姐有任何傷害她的舉動，她就可以立刻名正言順地反制。她盯著那隻手，等著鐵姐出手的剎那……

鐵姐在她臂展範圍邊緣停下了，接著輕鬆地靠坐在桌上。

「妳想做什麼？」

「別緊張，程獄長，我能拿妳怎樣？」鐵姐笑了笑，「我又不是將軍，只會最直接的解決方法。」

鐵姐緩緩伸手，在手指即將碰到她領口時被迅速地拍開了。

典獄長又惱又怒，「妳幹什麼？」

「既然是談判，就應該拿出尊重。」鐵姐眼神順著她敞開的領口往下，如同一條蛇在滑動，「我可是穿了最乾淨的衣服來，衣衫不整可不對。」

程曉清曾經研究過鐵姐的卷宗，雖然被關押的十幾年內陸陸續續增加不少罪名，然而在所有文件的最初那頁，第一項記載的罪名，僅僅是五年有期徒刑的「非正當性關係」，也就是俗稱的同性戀犯罪。

程曉清氣勢被壓過去了，她意識到談判的節奏被鐵姐帶著走，儘管對方的手法令人不齒，但她被牽制也是事實。

只要能達成目的，手段就只是手段罷了。她硬著頭皮，愣是沒把那顆扣子扣上，「該放尊重的人是妳。」

「好吧，那麼程獄長，我能給妳的東西不多。」鐵姐攤開雙手，「我可以任妳處置，可監獄裡是個複雜緊密的社會，我們之間容不下任何沙子。」

所謂的處置本該指什麼現在都不重要了，鐵姐故意將咬字放慢，霎時間多了點奇怪的意味。

程曉清猛然站起，重拍桌面，「我叫妳放尊重，囚犯。」

「程獄長，妳太激動了。」掌握節奏等同於一半的勝利，鐵姐眼底多了層深沉笑意，「放輕鬆，讓我們慢慢談。」

女孩們信任她，也是相信她能爭到其他人爭不來的，最大化的利益。

動亂的夜晚結束了。

鐵姐全身而退，宣布從今以後獄警每個禮拜都會進獄清點人數一次。作爲交換條件，警方會分出他們的補給，攜手共度難關，同時向她們保證這只是暫時的應對措施。

犧牲部分權利的代價換得相當珍貴的回報，所有因山洪堵路而「延誤」的信件全部送到囚犯手裡——包括梁祐忱的信。

梁祐忱受限不能向外寄信，但可以單方面接收外界的消息，數十封由姊姊寄來的信件堆積成一疊被送進她手中。

她就知道姊姊絕不會對她不聞不問！要不是鐵姐，這些信還不知道要被典獄長扣押多久。

毛毛正在餐廳裡幫忙拖地，她遠遠就喊了毛毛的名字，舉起手中的信紙，「毛毛快來，我收到信了！」

「看什麼呢？也讓我看看。」一隻手從上方奪走梁祐忱的信，手腕上刺了45兩個數字，「唷，這是誰啊？寫這麼多信給妳，妳男人？」

梁祐忱想起來這個人是誰了，動亂那天晚上這個人就站在將軍身後，叫作阿刺。她身後跟著四五個人，除了45幫的成員也有一些戴著教團標誌的傢伙，躲在後面陰險地笑著。

最近34幫跟45幫關係不太好，依附鐵姐的代價就是得承受這些莫名其妙的挑釁，何況上次她公然挑戰將軍可是有目共睹，45幫不可能給她好臉色。

梁祐忱有些惱怒，卻又拿她沒辦法，雙方體型和人數的差距有眼睛的人都看得出來，只能硬著頭皮好聲好氣地請對方還東西。

「啊妳不是要給小鬼頭看？那就拿來大伙一起分享啊。」阿刺咧嘴笑著，「不願意是不是？幹嘛呀，瞧不起姐妹們唄？」

梁祐忱明白這些人就是故意來挑事，她反而沉下氣來，「好，給妳看，我等妳們看完。」

「看什麼看。」這時毛毛硬是插進她們之間，反手將梁祐忱往後擋，「還來，幼稚。」

可惜毛毛個頭實在太小了，崽子護食的場面看起來有點可笑，眼前的幾人更是明目張膽地恥笑著。

「妳這個小兔崽子架子還挺大。」阿刺沉下臉來，終於露出了眞面目，「不乖？我們幾個姐姐教妳規矩。」

「毛毛——」

「我的規矩都是鐵姐教的，不用妳們操心。」毛毛抬頭直面阿刺，明明相差了一整顆頭的高度也不見任何懼色。

「鐵姐鐵姐，不過就是個老太婆，還想拿來嚇唬誰？」

阿刺伸手想捉毛毛的衣領，毛毛向後一縮，反手抓住對方手腕就扭，阿刺疼得大罵一聲。

毛毛抽腳往她膝蓋窩踹下去，阿刺立刻跪到地上，膝蓋撞擊地板發出巨大聲響。

毛毛趁隙抽走屬於梁祐忱的信，「規矩是鐵姐教的，體術是將軍教的，她一隻手就能幹翻妳們全部，猜猜我能做到什麼地步？」

情緒如爆炸般快速擴散，整個餐廳沸騰不已，原本事不關己的囚犯們見到有人在打架便開始歡呼助陣，許多幫派成員也注意到了這裡的動靜。

再堅持下去可就要演變成幫派相鬥了，阿刺心裡慌亂。她只不過是想試探一下34幫的態度而已，要是眞的跟34幫鬧翻，將軍一定會怪罪她們。

阿刺見同伴眞想上前跟毛毛動手，忍痛喝道：「滾開！」

毛毛鬆手讓阿刺離開，回頭見到梁祐忱才露出笑容，「姊姊，我們快走。」

毛毛握住梁祐忱的手掌往外跑，從人群間鑽出去，等她們回到A舍時才發覺彼此的手正十指交扣著，緊緊地牽著對方。

梁祐忱的手心微微出汗，仍將指尖收攏著不放，毛毛的手小而溫暖，蘊含著無窮的潛力。

「將軍還教過妳？」放鬆下來的梁祐忱問：「我還以爲妳們跟她們有仇。」

「沒仇，但照鐵姐的話來說，現在『利益不一致』。」毛毛笑道：「怎樣，是不是嚇了一跳呀？哼，有我毛毛在，姊姊什麼都不用擔心。」

「難怪妳這麼厲害。」梁祐忱捏了捏毛毛的臉，「謝謝妳呀。」

「姊姊這麼怕將軍？那晚怎麼就不怕跟將軍對嗆呀？」

梁祐忱覷了毛毛一眼，「小鬼頭。」

提起那天晚上的事，梁祐忱不由得想起毛毛傾訴時那令人憐惜的模樣，這小鬼怎麼能這麼多變又可愛呢？

一大一小在放風場上的木桌邊坐著，梁祐忱一改往日的文靜正經，就像在拆禮物的小孩子般興奮得不得了。

毛毛從未見過梁祐忱這麼單純歡喜，多看了幾眼後才接過信紙。

兩人字跡出奇相似，堪稱硬筆字的標準，署名是梁祐霖，信裡寫的都是瑣事，偶爾說此時事，字裡行間平淡寡靜，一字也沒提起梁祐忱的判決。毛毛讀得出其中的溫柔，不想讓身處監獄裡的梁祐忱感受到落差。

「看來大姊姊過得不錯。」

梁祐忱沒應聲，反覆閱讀著同一張信。

「怎麼了嗎？」

「沒事……」梁祐沉嘆氣，「我姊病了，當初我就是爲了治病才冒險賺這個救命錢，可她沒有提她的病，一個字都沒有，這不是好事。」

毛毛抬眸觀察梁祐忱，「姊姊牽掛著大姊姊。」

「當然了。」梁祐忱擠出微笑，「我們是家人，就跟妳會惦記鐵姐一樣。」

毛毛一直都知道梁祐忱的心思，不過見到這般迷惘懊惱的表情，才眞正地爲她心底盤算下了一道保障。

梁祐忱在外頭有無法替代的牽掛，這會讓她待在監獄裡的日子更加難熬且無法忍受。她對判決結果心有不甘，對體制滿懷憤怒，不屬於幫派系統，也不信任警察。

毛毛還能去哪找更好的人選呢？於是她握住梁祐忱的手，「姊姊，跟我來。」

她帶梁祐忱穿過重重鐵門，越過無數囚犯，最終來到被當成毛毛房間的小雜物室。雜物室裡還有一扇門，進去便是備用設備室，這裡離鐵姐的辦公室只有一牆之隔。

小心觀察外頭後毛毛把鐵門闔緊，拿出一支鐵湯匙，用扁扁的匙柄轉開螺絲，掀開本來固定在地板的發電機罩。

底下沒有發電機，只有青黑的石地磚，毛毛又從雜物間拿了兩支馬桶吸盤，用力地按在石板上，雙手一抽竟將石磚拔起。

石磚底下是一個黑黝黝的大洞，深入地底，彷彿妖怪的咽喉，蠱惑著人鑽進去。

梁祐忱早已驚得說不出話，毛毛則滿意地欣賞著她錯愕震驚的表情。

「姊姊。」毛毛將手掌向上朝她伸來，邀請她共舞一曲左右人生的搏命之舞，「我需要妳。」

4

梁祐忱佯裝拉腳踝上的襪子，在彎腰時將掌中的一坯石砂撒在地上，就這麼神不知鬼不覺地將地洞裡的土清到室外了。

她加入毛毛的逃獄計畫已有半年，兩個人輪流挖掘，再加上梁祐忱用清潔劑調出的腐蝕液幫助，地洞進展加速許多。依照她們的設想，再挖個一年半載，地洞應該能通到監獄後方。

根據部分囚犯的說法，那裏是一處懸崖，所以她們不需要向上挖掘。

一開始梁祐忱在挖掘地洞時心臟總是緊張得狂跳，生怕下一刻鐵姐就會出現將她逮個正著，現在她甚至能在褲子口袋裝滿可疑砂石的情況下悠閒散步。

梁祐忱慢慢將砂石卸乾淨，拍拍手掌回到A103。室友又窩在角落裡了，最近她的心理狀況似乎愈來愈糟，時不時發出咯咯笑聲。梁祐忱一邊覺得可憐，一邊背後發毛。

監獄生存守則第一條——明哲保身，不要多管閒事。她剛挖完地洞，等等還得去做鐵姐指派的勞務，極需休息一會，只能無視室友的詭異行徑栽在床上小歇片刻。

梁祐忱早已習慣了毫無隱私的生活，快速進入淺眠，意識矇矓時突然感覺有誰爬上她的床。她馬上驚醒，室友正將膝蓋撐在她身子兩側，從上俯視躺著的梁祐忱。

「妳做什麼？」

「沒事、沒事！」意外的是室友看起來很正常，輕聲安撫道：「別緊張，我又不是同性戀。來嘛，我好心讓妳嘗一口。」

她兩指間捏著一枚小小藥片，梁祐忱先是覺得莫名其妙，而後猛然驚覺那是什麼。

「不，不用了，謝謝。」她握著對方的手試圖推遠。

「來嘛，試試看，別怕被抓，反正妳已經在監獄裡了。」室友半哄半騙，「我是好心才給妳的欸，來。」

「妳知道這東西會弄壞腦子對吧？」梁祐忱戒慎恐懼，「妳最好也別再碰了。」

「傻子，誰不知道呀？」室友被她逗樂了，笑得身子一顫一顫，「行了，小博士，大家都知道妳的化學腦袋很寶貴，那又怎麼樣？反正妳出不去，再聰明也沒屁用。」

梁祐忱語塞，一時恍惚覺得對方說得也有道理。

「這東西可以幫妳離開這，妳知道嗎？半小時內妳就會忘記這裡是這世上最爛的地方……

不！妳會忘記所有煩惱，妳不是被陷害的嗎？真可憐，一定很無助吧？但是沒關係，妳遇到我了。」室友俯身看著她，詭異又滿足的笑容帶著誘惑，把一個小夾鏈袋塞進梁祐忱胸前的口袋裡，胸有成竹地認爲梁祐忱一定會屈服，「妳知道還想要的話該找誰。」

梁祐忱明白了，室友不只是毒蟲，也是從中獲利者，她需要新的下線供給利益來維持毒品的流入。

梁祐忱懂室友的把戲，她懂，但那包藥丸仍安穩地躺在她胸前發燙……她沒有一刻不想離開這個地方。

毛毛住的雜物間裡有輕微的潮濕味，床墊直接鋪在地板上，擺放雜物的鋼架同時塞滿各種尺寸的筆記本，記錄著毛毛十二年來學習的所有知識。

「姊姊沒碰對吧？」梁祐忱搖頭。毛毛緩緩地吐氣，「沒有就好，姊姊就當沒事發生，什麼都不要管就好了。」

毛毛左看右看，最後將毒品用巧克力包裝裹起來，塞進她藏零食的漂白水罐裡。藥丸的價值太高了，毛毛沒捨得丟，想著以後還能拿它換取更多價值。

梁祐忱意味深長地看了一眼，「妳有試過嗎？」

毛毛回眸看她，「姊姊難道想試？」

「不，我只是……想讓時間過得快一點。」梁祐忱坐在床墊上，將臉埋進雙手手掌中，意識到自己確實動搖過而有些懊惱，「我以爲我已經習慣了，但最近又變得很難忍受。」

可不是嗎？吃喝拉撒都和一百多人擠在同個建築裡，其他囚犯的一舉一動都會干擾她的生活。真正令她難受的是教團成員，明明恨之入骨卻只能任她們在身邊打轉。

反正她都已經在監獄裡，反正情況也不能再更糟了，她拿著毒品時，彷彿中了蠱般，腦子裡全是這樣的想法。

「聽起來姊姊只是想轉移注意力。」毛毛釋然微笑，「那也不一定得用毒品，我聽說大鵬入獄前其實沒那麼放蕩，姊姊要不要也試試看呀？」

「別亂說。」

「我才沒有亂說呢，姊姊，談戀愛不是會產生血清素嗎？那是自然的毒品呀。」梁祐忱笑了，毛毛緊接著追問：「姊姊怎麼都沒有講過戀愛的故事？」

「戀愛故事有什麼好說的。」

毛毛一雙眼睛閃亮亮，「我也想知道談戀愛是不是眞的那麼好玩。」

爲防隔牆有耳，梁祐忱放輕聲音，摸了摸毛毛的臉頰，「等妳出去就能知道了。」

「眞的嗎？」毛毛也放輕聲響，爲了聽清彼此的話語而自然地湊近，「外面眞的有像姊姊那麼好的人嗎？」

「嗯，有很多優秀的男孩子讓妳挑呢。」

「我又沒說我要男孩子。」

梁祐忱不以爲意，在這座監獄裡選項不多，同性戀也沒辦法再被逮捕一次，毛毛耳濡目染，會說出這種話並不讓她意外。

「妳想挑女孩子？」

「嗯啊，鐵姐說了，男人都是垃圾。女人也有垃圾，但像姊姊這種的不是，姊姊是最好的。」

「這也是鐵姐說的？」

「才不是呢，是我說的。」毛毛的手指扣在梁祐忱小臂上，輕輕柔柔像在抓撓著什麼。

意識到不妙的梁祐忱想拉開距離，找回理智，她卻怎麼也抽不開手。

「姊姊接吻過嗎？」絨毛般的聲調刮搔著梁祐忱的耳朵與喉頭，她忍不住吞了下口水，仍止不了逐漸蔓延的癢。

毛毛圓潤的眸子注視她，帶著知的慾望、孩子的懵懂，「我好想知道。」

這樣的行爲早已超出求知的範疇，梁祐忱知道，毛毛更知道。然而兩個人都沒有退縮的意思，踩在道德界線上游走就像在黑洞邊緣試探，她在碰觸事件視界的瞬間便注定墜落，良知受巨大的力量撕成碎片。

「知道什麼？」梁祐忱聲音稍微沉了下去。

毛毛慢慢湊上來，好似要附耳說話。梁祐忱下意識側耳去聽，毛毛一隻手卻撫上她的後頸，輕柔地勾著，讓她轉過來看著自己。

昏暗的燈光、狹小的空間，濕氣、床墊、毛毛眼下的痣，梁祐忱的感官無限放大，接收著所有訊息，心臟在驟跳——她確實忘卻了自己的身分及糟糕的處境。

她捏緊手掌，指甲刺進掌心，硬生生將思想拖回地獄裡。

「毛毛。」同樣是刻意低沉的嗓音，卻已經不帶迷離的意味。

不足幾毫秒的時間裡，面前的毛毛似乎抽換了另一副靈魂，方才的試探與渴望一掃而空，只剩自然的笑容，「嚇到了？」

毛毛的反應讓梁祐忱懷疑自己剛才產生了幻覺，剛才到底發生了什麼？毛毛在……不，怎麼可能？毛毛只是個小孩。

是她變奇怪了。梁祐忱暗自惱怒，這個鬼地方害人不淺，扭曲了她的感官和思想。

毛毛的手臂依舊環在脖子上，一雙眼睛坦蕩蕩地看著她，沒有半分要退開的意思。

「我差不多該去廚房幫忙了。」

毛毛突然收緊手臂，抱了抱她僵硬的身軀，軟軟的身子貼緊她，梁祐忱突然意識到以前從未注意過的正在發育的柔軟之處……

梁祐忱，妳眞的該死啊。她在心中狠狠地數落自己，又在想像裡給自己兩個巴掌。

毛毛放開她，微笑中好像什麼都沒變，「那妳快去，聽說今天有雞肉可以吃呢。」

梁祐忱含糊地應了，走出去的步伐急切得任誰都能察覺。

「鐵姐，查清楚了。」阿豹進門時正一邊以毛巾擦乾手上的血跡，「是野狗們帶進來的，交給將軍她們售賣，咱也有不少人栽進去。」

鐵姐冷笑，瞪著桌上藥丸，生意都做進她的地盤裡了，還有沒有把她這個做主的放在眼裡？程曉清那邊鬧完已經過了七個月，獄警又聯合45幫搞她，其中肯定有她的授意。

「把能信任的都叫來，然後撤查監獄，每個房間都要搜，沒收所有違禁品，反抗者嚴懲。」鐵姐閉起眼嘆氣，摸了摸辦公桌暗格裡的槍——老舊的款式了，可在囚犯們面前依舊是生死的主宰，「還有，只要我們的人有私藏毒品，一律丟進狗屋裡，我不需要會用毒的狗。」

鐵姐命令一下，阿豹等人便快速行動起來。

「出去！都出去！」兩個人氣勢洶洶地衝進A103，將寢室裡的人趕走，而後翻箱倒櫃地搜。

「這、這是怎麼了？」梁祐忱心下一驚，不由得懷疑地洞的事被發現了。

鐵姐的手下認出她是34幫的，語氣好了不少，「沒事，定期搜查……妳沒有在當廚師吧？」

「廚師」在這裡是製毒人的黑話，梁祐忱明白她們是要掃毒，鬆了口氣連忙否認。

但她的室友便沒那麼幸運了，她們在她的床柱中搜出不少毒品，鐵姐的人也不跟她囉嗦，不管是不是她的，先揍一頓教訓後把毒品拿了就走。

搜完A103房，緊接著又往下一間移動，整個A1舍裡此起彼落都是毒蟲掙扎的聲音。梁祐忱看她們有種要將監獄翻過來的氣勢，隱約開始不安起來。

毛毛從地洞鑽出來，伸展痠痛的手腳。最近她專注在越獄計畫中，愈挖愈勤奮，就盼著能早點逃出去，別把時間浪費在這破地方。

「毛毛？不在嗎？」阿豹的聲音從隔壁傳來，毛毛瞬間嚇得頭皮發麻，馬上抱起發電機罩往洞口放，石磚都沒來得及先蓋回去。

一開始她們在挖地洞時會輪流下去，另一個人就守在雜物室把風。不過由於鐵姐的辦公室就在隔壁，其他囚犯根本不會過來，而鐵姐、阿豹等人每天都忙得很，顧不上毛毛都在做些什麼，因此這幾個月根本沒有人靠近過。

她們也不能總是一起消失好一段時間，討論後便決定縮短每次下地洞的時間並分開行動，只要將門鎖好了，除了持有鑰匙的鐵姐外根本沒人能進來。

此時她卻聽見外頭有鑰匙撞擊的清脆聲響——阿豹有備而來。

她突然來做什麼？她知道了什麼？

「嗯？妳在這裡幹嘛？」走進房間的阿豹莫名其妙。

下一秒，毛毛就哭著跳到她身上，緊緊地抱著她。

她直起腰來撐住毛毛的重量，視野被限制在房間的上半部，「臭小鬼，誰又欺負妳了？妳怎麼不欺負回去啊？」

阿豹有點窘迫，這小孩子聰明得跟成精了一樣，五歲以後就沒跟她撒過嬌，突然這樣是又鬧哪齣？

「阿豹姊姊。」毛毛委屈巴巴地說：「我做惡夢了……」

老實說毛毛也不是很小了，在外面都是要上國中的年紀，早幾年用惡夢當藉口還糊弄得過去，現在卻有些牽強，何況她可是個早熟的孩子。

還叫上姊姊了？這小鬼從生化博士來了之後便只這麼叫對方，什麼時候還輪得著她？阿豹感覺有異，事出反常必有妖。

「睡覺不在床上睡，在這裡幹嘛？」阿豹皺起眉，「快下來，我還有事要做。」

「不要，要阿豹姊姊陪我。」毛毛硬著頭皮繼續演，胡鬧的同時努力遮住地上的石磚，「我要吃巧克力，姊姊買給我！」

「毛毛，妳老實說，妳是不是闖禍了？妳現在告訴我，我就想辦法幫妳解決，否則鐵姐可是說了要丟狗屋。」

鐵姐知道了？可若是鐵姐知道的話怎麼不自己解決，還派阿豹來讓知道的人多一個？

阿豹見她猶豫以爲她眞的跟毒品扯上關係了，厲聲道：「毛毛，這麼多年了，鐵姐的規矩妳還不懂嗎！」

「豹姐。」梁祐忱喘著氣出現，手裡握著一罐漂白水，「這件事跟毛毛沒關係。」

毛毛疑惑地瞪大眼睛觀察阿豹，只見阿豹沉著眼神，半信半疑地看著梁祐忱。

「對不起，豹姐。」梁祐忱低下頭，一副懊悔的模樣，「我聽到妳們在搜毒品，我也自知有錯……」

毛毛恍然大悟，鐵姐一定下令了要地毯式搜索，阿豹才會跑進來。

「小梁，妳知道自己在幹嘛嗎？」阿豹此時注意力全被身後的梁祐忱吸引了，無暇顧及毛毛這個方向。

「豹姐，請妳自己看吧。」

阿豹走過去看了眼梁祐忱手上的罐子，只見到一堆巧克力包裝，而此時毛毛已經從阿豹身上跳下，默默關上機械室的門。

梁祐忱見毛毛關好門，才從罐子裡倒出那包藥丸交到阿豹手裡，「豹姐，我要自首，這包藥是我藏的。」

梁祐忱被關進狗屋裡還不到一個日夜，鐵姐辦公室裡便被毛毛的抗議轟炸。

「那本來就不是她的！」她清脆的嗓子因激動而有點扭曲，「妳去查查看啊，她室友那也搜出了同一種藥，而且梁祐忱那種人才不敢在妳眼皮底下搞鬼，她只是不知道怎麼處理而已！」

毛毛在辦公室裡不停來回踱步，心急得要命卻無濟於事。都是她的錯，太專注在挖洞的事上，這陣子沒關注鐵姐的動向，才會害梁祐忱必須犧牲自己，梁祐忱那副身骨在狗屋裡根本撐不過一個禮拜。

傻姊姊、笨姊姊！

鐵姐雙手交錯撐在桌上看著毛毛。阿豹在一旁看了直皺眉頭，「要是小梁懂事就該直接報上來，鐵姐也不會爲難她。」

「所以她自首了嘛！」毛毛改變作戰策略，蹲在鐵姐腿邊，眨眨眼便紅了眼眶，輕聲細語：「鐵姐，妳不相信我嗎？」

「照阿豹的說法，藥藏在漂白水罐裡，被巧克力蓋著。」鐵姐看著毛毛的雙眼，「妳最喜歡的那種巧克力，不是嗎？」

毛毛看到了冰冷的怒意，後頸本能地發涼。

「是她把毒品藏在妳身邊，還是妳幫她藏毒品？」

鐵姐是她乾媽，也是她心中眞正的媽，她雖然敬她，可鐵姐不是一般人，她也不是。若是她犯了規矩，鐵姐絕不會因爲私情放過。

到時在狗屋裡的就是她自己了。毛毛吞了下口水，心生怯意。

梁祐忱被丟進狗屋裡已經過了四天。

儘管她已經在這棺材裡熬過一回，再來一次仍不能讓她稍微習慣一丁點。剛入獄時是秋天，氣候涼爽，而現在是夏末，白天熱氣蒸騰讓狗屋裡更難受。

好不容易入夜了，梁祐忱喘了口氣，睡也睡不下去，只能看著黑暗發呆。

鐵門打開時她還以爲自己做了夢，鐵姐居高臨下看著她，遞過來一碗水。

梁祐忱接過來，呆滯地看了好久，「最後一餐？」

「無期徒刑，可沒那麼容易逃跑。」

梁祐忱慢慢將碗湊到唇邊，一點點抿下，清水入喉，澆灌了乾涸的身體，腦袋逐漸清明。

「妳跟我家毛毛很好。」鐵姐特意說了是自家的，好似怕梁祐忱腦袋還不清醒。

她跟毛毛常待在一起也不是一天兩天的事了，鐵姐是覺得她們好過頭了？她察覺了什麼，還是看出了什麼？

那些她自己都無法宣之於口的事，鐵姐又怎麼能看穿？

「鐵姐，我是被陷害的。」梁祐忱依舊覺得嗓子乾啞，「我不是會害小孩子的人。」

可以是指毒品事件，也可以是指她和毛毛的關係，梁祐忱回答得含糊籠統，卻也標準得挑不出錯。

「這兩件事情沒有關係。」鐵姐蹲下來，「這座監獄裡誰沒殺過人？對毛毛來說，妳是福、是禍，都沒有影響。」

鐵姐眼中冰冰冷冷，將情緒連同鋒利的殺意與計謀藏在深不可測的潭水之下，蟄伏如同水怪。

「妳是讀書人，掀不起多大的浪，而毛毛遲早要長大。」鐵姐伸手捧著梁祐忱的臉讓她看著自己，「妳只要記住一件事，只要妳真心為毛毛好，34幫就是妳的家人，不然……」

鐵姐輕輕撫摸她的頭髮，帶起她頭皮一陣顫慄。

「知道了嗎？」

鐵姐離去後夜晚淒寒漫長，從小窗裡看到微微泛白的天色時，厚重鐵門被拉開發出急躁的吱呀聲。

「姊姊！」溫暖的小身子撲在懷裡，梁祐忱打起精神，毛毛焦急的神情落入她眼中，她抬了抬嘴角，聲音細弱，「上次我明明就被關得更久……」

「那怎麼能一樣？」毛毛見她還能思考、說笑，不由得鬆了口氣。

梁祐忱伸出手臂勾上毛毛的後頸，毛毛也很配合地軟進她懷裡。毛毛的氣味還處於一種要大不小的轉變期，帶著點孩子的奶味，更多的卻是一種臻於成熟的香甜，一種不容梁祐忱忽視的吸引力。

她很快便放開毛毛，靠著牆自己站起來，就算毛毛來扶她也只是搭著對方的肩頭，以最小面積的接觸行動。

入秋後，梁祐忱便算待滿了兩個年頭，兩年內進了兩次狗屋算不上稀奇，不過以她的體力而言，能熬過去也不是件容易的事。她花了好幾天時間才慢慢補回消耗的力氣，還沒恢復完全又急著下地洞開挖。

黑暗的地底下想挖洞便必須趴著，用雙肘支撐重量，再用小臂的力氣刮鑿，一點一點如蚯蚓般緩慢地前進。想回去時還得倒退著爬出去，體力消耗劇烈，梁祐忱爬出來時常累得只能坐在地上喘氣，雙臂和後頸都痠痛得無法運作。

「我叫妳回來妳都不聽。」毛毛插腰皺眉。梁祐忱受了苦，她根本不想讓姊姊下去挖，是梁祐忱堅持，她才答應讓對方下去，條件是不能工作太久。

「我估算快挖到頭了，得多努力點。」

毛毛能理解這種近在眼前迫切的心情，她蹲下來想給梁祐忱擦擦頭上的汗，梁祐忱卻反手輕輕地推抵著她肩頭。

「我身上都是土，很髒。」

「又沒關係，等等換我下去，姊姊幫我把風。」毛毛還想湊到梁祐忱身上撒嬌，又再一次被擋下來。

「行了，臭小鬼。」梁又忱在笑，壓抑而克己地笑，「我換衣服，妳在外面等。」

她們各有一件挖地洞時穿的衣服，出來後再換回原本乾淨的囚衣，用濕毛巾擦手、清乾淨指甲縫，這樣塵土就不會沾在身上令人起疑。

梁祐忱以前說脫就脫，都是女孩子也沒管那麼多，頂多背對著毛毛而已。

毛毛佯裝不滿，賭氣下地洞去了。她筋骨柔軟，在地洞裡挖掘效率比梁祐忱快很多，漆黑中手電筒的光讓她臉上產生陰沉的影子。

她明白鐵姐最終還是因爲自己的緣故而放了梁祐忱一馬，然而她想不明白鐵姐有什麼理由這麼做。

最重要的是，她確定梁祐忱的心態發生了某些變化，從來不會拒絕她的姊姊表面上依舊跟她很親近，可每當她仔細看時，總能望到梁祐忱眼底的猶豫與疏離。

鐵姐一定做了什麼，但她又沒辦法跟鐵姐對著幹……毛毛專注地想著，手臂發力，一下鑿開一大片石塊。

她不會放任梁祐忱疏遠自己，她需要共犯，需要兩人信任彼此，合作無間。

那她該怎麼辦呢？毛毛純眞乾淨的雙眼低垂，看著沾滿髒汙的雙手，靜靜地思索著。

5

哭喊聲刺進梁祐忱耳中，每一聲都讓她心底發慌，擰著她的心臟。

「好了，別哭了。」阿豹將毛巾塞進毛毛嘴裡，讓她咬穩，「來，把她抓好。」

梁祐忱連忙嗯了一聲，儘管心疼仍用盡全身的力氣架住毛毛的手臂。

毛毛咬著毛巾後也叫不出來了，可憐地任她懷裡啜泣。

阿豹握著毛毛手掌，輕輕地捏以確認骨骼位置，左手的食指以詭異的角度扭折，指關節青紫腫脹令人怵目驚心。突然間阿豹猛地一扳，梁祐忱聽到骨骼摩擦的刺耳聲響，懷裡的毛毛綳緊了身子，儘管努力克制仍忍不住掙扎，嗚咽聲從嘴角洩漏，虛弱又痛苦。

「好了、好了。」阿豹拿來冰塊按在傷處，輕聲安撫，「沒事，這點小傷馬上就好了。」

毛毛慢慢停止掙扎，一動不動地軟在她懷裡，梁祐忱輕撫她的頭頂，感覺這世上不會有任何生物比懷裡的小傢伙更讓人心疼可憐。

「姊、姊姊……」毛毛又往她身上靠，將哭紅的臉埋在她肩頭，近似呻吟的哭腔委屈地說：「別走……」

「我在這，毛毛，我在這。」梁祐忱收緊了雙臂，低下頭，一滴淚水默默落在毛毛頭上，滲入髮間。

她收斂好情緒後再次抬頭，正好對上一道冰冷的視線，鐵姐不知道什麼時候出現，她面無表情地盯著梁祐忱好一段時間。梁祐忱摟著毛毛無言回望，手掌一次次順著柔軟髮絲安撫。

鐵姐終於移開視線，看向她懷裡的孩子，金屬一般冰冷的表情終於鬆動軟化，垂著眼眸隱約透漏出心疼，「怎麼回事？」

毛毛像是沒聽見般喘著氣，良久後才慢慢抬起頭，紅腫著眼眶訴說她的委屈與反抗。

「鐵姐，我看到了。」阿豹倏然站起來，憤恨不平地捏著拳頭，「是手腕上刺了45的那個瘋婆子，她折了毛毛的手指！那婊子最近戒斷反應太誇張，整天都在神遊，早就不是第一次失控了！」

「妳親眼見到阿刺對毛毛下手？妳怎麼沒有教訓她？」

「我、我看到她跑走，毛毛已經痛到倒在地上了。」阿豹低下頭，有些愧疚自己沒能及時制伏阿刺。

「反正她跑不掉。」鐵姐長吐一口氣，命令道：「阿豹跟小梁，妳們再找幾個人去跟將軍要人。」

梁祐忱不喜歡參和進幫派紛爭中，可如今更重要的是能保證毛毛的安全，「將軍會就這麼輕易給人嗎？」

「會的，她們也得照規矩做事。」阿豹向梁祐忱招手，「走吧小梁，得殺她們一個措手不及才行。」

鐵姐點頭，「我會顧著毛毛。」

兩人走後，鐵姐拿了一支筷子和紗布，蹲在毛毛面前為她固定傷處，紗布纏上手指的力道溫柔有力，在得以忍耐的疼痛邊緣牢牢固定骨頭。

「妳可眞有本事。」鐵姐平淡地敘述事實，眼神落在受傷的手指上。

帶著水氣的可憐眼神變了，從楚楚可憐的小動物變成如同設下陷阱的獵人，精明沉穩。僅僅是瞬息間細微的變化，便比千言萬語更能證實鐵姐的猜想。

「掃毒後出現戒斷反應的人愈來愈多，趁這個機會殺雞儆猴再好不過。」將紗布尾端塞進縫隙中固定，鐵姐抬眸看向毛毛，「而妳那個好姊姊只會記得妳需要她安慰，再也不會推開妳了，是不是？」

被揭穿後毛毛只是露出得意的笑容。

鐵姐搖頭，「自己折的？」

「我做得不錯吧？」毛毛高興得幾乎要搖起尾巴了，亮晶晶的眼睛正在求誇讚。

「何止不錯，妳根本就成精了。」鐵姐皺起眉，仔細端詳包紮處，「傷到骨頭，容易落下病根，這麼做值得嗎？」

「不能再更划算了好嗎！」毛毛噘起嘴，「我知道妳不滿意，但我就是喜歡嘛。」

「妳錯了，這不是我滿不滿意的事。她跟我們不一樣，要是在外面她就是滿口世界和平的白癡，絕不會多看我們一眼，更不會注意到妳。」鐵姐彷彿下定決心要擊碎她的信心，一字一句殘忍地刺進她心中，猛烈有力，「妳還以為妳是特別的，對她來說妳只是她在監獄的娛樂而已。」

毛毛將手抽走，「我知道自己的分量，不用操心。」

「毛毛，在這裡犯罪也許算不上什麼，在外面……同性戀會被抓起來。」鐵姐嘆了口氣，「我遲早會送妳出去，可梁祐忱沒辦法，妳得明白，監獄裡的事只能留在監獄裡。」

「送我出去、送我出去，從我有記憶開始妳就這麼說了。」毛毛將眼神瞥到一旁，「梁祐忱不一樣，因為她是一般人，而我們都是跟社會脫節的動物。我就是喜歡她跟這裡格格不入的樣子，在監獄裡發生的事不會永遠留在監獄裡，我也是！」

「妳才幾歲？那傢伙又幾歲了？她只是別無選擇而已，監獄裡的大家看到妳們這樣也不會好受——」

「監獄裡的大家都是罪犯，是殺過人、放過火的傢伙，她們怎麼有資格指責我？」

「毛毛！」

「我命不好，偏偏出生在這裡被野狗欺負，可我不會一直忍受。我長大了鐵姐，我的人生自己決定，要住在哪裡、做什麼工作，或是晚餐吃什麼都要自己決定，就從我想喜歡誰開始！」一口氣說了這麼多話讓毛毛腦袋暈眩，她抬頭直視鐵姐，眼前這個亦師亦母的女人難得對她流露怒意，總是被重重心思覆蓋的雙眼瞪著她。

「既然翅膀硬了，就要自己承擔後果。」鐵姐站起身大步走出去，再也沒看她一眼。

阿刺被痛揍了一頓，然而毛毛也不再跟鐵姐同桌吃飯，不知發生什麼事的阿豹想湊過去毛毛那一桌，被鐵姐當眾喝斥。

一天兩天過去，瞧出端倪的45幫開始時不時騷擾毛毛，鐵姐依舊不管。

一個禮拜後，毛毛收到傳話。她跟著獄警走，第一次跨過監獄和獄警舍的柵門。

典獄長辦公室裡的沙發是皮製的，比她坐過的任何椅子都要鬆軟，她坐在上面，全身肌肉緊繃得隨時能逃跑。

「這是我們第一次見吧？」典獄長對她笑了笑，倒了杯茶遞到她面前以示友好，「別緊張，我不會對一個孩子怎麼樣。」

「如果說把孩子關在石牆裡，讓她跟一群罪犯待在一起不算什麼的話，那可眞是一點也沒錯。」毛毛沒碰杯子，板著臉看向典獄長。

典獄長露出哀傷的神情，搖了搖頭，「都是我不好，要是我有辦法除掉鐵姐的話，早就把妳接出來了。如果沒有鐵姐從中作梗，我說不定能收養妳，讓妳在外面長大。」

「我已經不是小孩子了。」

「妳說得對，妳都這麼大了，以後一定能長成漂亮的女人。」典獄長勾起嘴角，虛僞得讓毛毛無言，「不過還不算晚，妳還年輕是不是？現在出去還來得及。可惜啊，可惜……如果換個好說話的囚犯來當家，妳也不至於到現在還困在這裡。要不是那個女人持槍自重……」

話已至此，典獄長的意思夠明顯了——只要毛毛幫她把鐵姐的槍拿走，失去武器的34幫在爭鬥中可能會敵不過45幫。而按照規矩，幫派之間的奪權與獄方無關，典獄長也不會受到34幫獄外關係幫派的制約。

這一招很聰明，毛毛推測沒有槍的34幫勝率還有六成，若是出奇不意突襲，勝率會掉到三成，如果她們選擇在獄警入獄檢查時動手，34幫活下來的機會必定爲零。

但假設她眞的背叛，這一切都會與她無關。

「姐，我說我不是小孩子了。」毛毛揚起嘴角，送出友善的訊號，「有些話不用那麼委婉，我承受得住。」

典獄長緩緩勾起玩味的笑意，「看來是我錯估妳了。」

典獄長拿出一份文件，十幾年的歲月使紙張泛黃破損，上頭紀錄的囚犯性余，眼睛的形狀跟鏡中的毛毛一模一樣。就算那人身上穿著囚服，她的嘴角依舊帶著若有似無的笑意，彷彿在嘲笑掌控鏡頭的野狗。

一張照片，道盡淡淡的孤傲不屈。

這就是她媽，一股奇異的感覺縈繞毛毛心頭。作爲暴動的引線，她聽過無數關於自己母親的傳聞，在阿豹口中她是被壓榨的可憐女人、是專制的受害者，在獄警甚至45幫那，她卻是勾引獄警咎由自取的婊子。

立場不同，看到的人事物自然天差地遠，毛毛眼中的「母親」，也在看到照片的此刻終於定型。

毛毛凝視這張照片，細讀那眉眼中的不屑，有股灼痛感將那張臉龐刻進心裡。

「該是時候擺脫過去了，妳會擁有新的身分，我可以派車送妳下山，在最近的城市裡替妳準備住所。」典獄長的聲音宛若毒蛇吐信，「妳什麼都不用擔心。」

按照典獄長的交換條件，到時她就能以新的身分清清白白地零風險出獄。若是繼續逃獄計畫，被發現的話鐵姐和獄方都會嚴格懲罰她，再說了監獄位於山區，就算眞的靠著地洞逃出去，如何在野外求生、找到路進入城鎮都是問題。

兩個方案相較之下，誰優誰劣一目了然……

「毛毛？」她的思緒被中斷，睜開眼時梁祐忱正倚在門邊看她，手裡拿著新的繃帶和膏藥，「在想什麼？」

毛毛坐起身，「在想姊姊什麼時候才要來幫我換藥。」

「悶壞了就直接來找我啊。」梁祐忱在她身邊盤腿坐下，動手解開她手指上的繃帶，「要是找不到我，就叫阿豹幫妳換。」

「才不要呢，就要姊姊。」

梁祐忱拆開舊包紮的動作小心溫柔，和阿豹直接粗暴的行事風格差太多了。毛毛受傷的指節依舊是青黑色，傷指比其他手指腫了兩倍大，怵目驚心。

毛毛順勢靠在梁祐忱肩上，柔弱地嚶了幾聲。她一邊讓梁祐忱塗抹藥膏，一邊不安分地在對方身上嗚咽亂蹭。

梁祐忱嘴角噙著笑，一點也不排斥。

毛毛自傷手指的這步棋走得很好，梁祐忱疼惜她都來不及了，更別提疏離。

可惜了，這樣的溫柔不過是短暫的，毛毛知道地洞計畫若是沒有她，梁祐忱這孱弱的體質無法走到山下。沒有辦法，有些東西就像乳牙，在成長的過程中不可或缺，但遲早都得割捨。

這也沒辦法，毛毛在心裡又一次地想著。

梁祐忱將繃帶纏好，揉了揉毛毛的腦袋，「好了、好了。」

「還是好痛喔……」毛毛抬高了受傷的左手，稍微張開雙臂示意。

梁祐忱笑了一聲，把毛毛摟在懷裡安撫，孩子身子小小軟軟的，像在抱小貓一樣。她在毛毛額頭上親了一口，自然而然，就和她小時候被姊姊親一樣，純然傳達疼愛。

毛毛突然掙扎，於是梁祐忱將人放開，卻見到那雙圓圓大大的眼睛裡裝著異樣的波滔。她瞬間被拉回毛毛問她有沒有接吻過的那天，彷彿兩人從不曾自那曖昧的氛圍中走出來。

她先被那樣的眼神迷了思緒，而後才猛然驚覺不妙——來不及了。

這次毛毛不再甘於順從引誘，而是主動仰起頭。

「毛毛！」梁祐忱壓低聲音驚呼。

毛毛迅速欺近，不給她建立防禦的空隙，梁祐忱的聲音便被又甜又小的唇吞掉。

她像按捺不住的獵人，目標還在陷阱旁徘徊便迫不及待扣下板機，畢竟她能耗費於等待的時間不多了。

梁祐忱的唇瓣柔軟乾燥，卻不至於起皮刮人。極近的距離下兩對眼睛誰都沒閉起來，梁祐忱眼瞳裡一下炸開許多情緒，整個人被震撼得動彈不得。

梁祐忱雙手撐在身後，毛毛的膝蓋跪在床墊上，抵在梁祐忱雙腿間支撐自己的重量，右手扶著對方的肩膀，所有若有似無碰到的部位都感覺到了對方緊繃的肌肉，正慌亂得不知如何是好。

接下來該怎麼辦呢？雙唇貼在一起，毛毛這才發覺自己衝動了，沒有評估好這次出擊要達到哪種地步、該用多少火力才不會達成反效果，也不確定還想進一步該怎麼做。

梁祐忱身子搖搖晃晃，一副要退不退的樣子，似乎正與良知拉扯。

對毛毛來說，那怕只有千分之一的意願都是一種默許，是讓她長驅直入的破綻。她微微動了下唇，就在這時後背被兩條纖細的手臂圈起來，穩穩地托住她。

梁祐忱腦中一片空白，所有感官、思想都只剩下懷裡的這個孩子。

不，才不是，她是世上最純粹而乾淨的事物，彷彿一汪泉水，模糊的倒影分不出究竟是她自己，還是感情變了質的孩子。梁祐忱親吻那片沁涼，歛眸時看不清罪惡的面目，只專注凝視那張稚嫩的臉龐。

梁祐忱呼吸的氣息無限放大，顫抖的熱度傳給毛毛，將她腦裡排兵布陣的念頭都蒸散。她不想考慮太多，只想不斷地推進、推進，在這塊淨土中攻城掠地。

毛毛笨拙地將身子前傾，彷彿想將自己按進梁祐忱懷裡，結果反而把下唇嗑上梁祐忱的牙齒，刺痛感讓她退開，發出一聲輕呼。

梁祐忱此刻絕對是瘋了，眼神是毛毛從未見過的炙熱，見她下唇紅腫竟然又緩緩地貼近，輕吻毛毛腫痛的下唇，濕熱柔軟的舌隨之跟上舔舐，像一劑強力止痛藥將疼痛全數蓋過。

整個宇宙都被縮小了，全部的美好與真理凝聚成一個奇點，就在梁祐忱懷裡，在兩人相接的唇上。

當梁祐忱退開的剎那，奇點爆炸，瞬間從宇宙太初之始穿越百億年的時間回到現在，彷彿有無數桶水彩炸開，黑白監獄裡凌亂地塗上繽紛顏色，毛毛的世界再也不一樣了。

梁祐忱眼神中的熱度已經退去大半，她滾了滾喉嚨，張開嘴卻沒發出聲音。

毛毛只是勾了勾嘴角，努力想恢復正經的表情，嘴角卻又忍不住抽了下。

「毛毛，那個……」梁祐忱支支吾吾，最後憋出生硬的聲音，「抱歉。」

「姊姊的意思是親了我之後不想負責？」

「不是！但是……」

毛毛噗哧一笑，梁祐忱鐵青的臉色這才好轉一點。她再度向前倒，身子軟在梁祐忱懷裡，身高差讓她幾乎能完全被梁祐忱抱滿懷，耳朵貼著梁祐忱肩窩，感受對方緊張的軀體。

「姊姊，沒關係的。」

有些事情不被人接受，不代表那是錯的——就像她，一個從罪惡中誕生的生命。

梁祐忱猶猶豫豫，最終那雙手臂沒有鬆開，仍在她腰後圈緊了，此時的擁抱跟情慾已經沒有太大關聯，單純是互相依偎著取暖而已。

分明是溫馨的時刻，毛毛一雙眼睛卻睜得雪亮，無數計算在其中閃過，「姊姊，我得告訴妳一件事……」

毛毛徐徐道來以背叛鐵姐作爲代價，換取完全清白、全新的人生。

「妳覺得呢？姊姊。」

毛毛聽起來是那麼無助、徬徨，梁祐忱的雙手又忍不住摟緊了一點，典獄長所提出的條件很誘人，任何人都沒辦法拒絕。

「妳不該把這件事告訴我。」

「我知道，可是我眞的不知道該怎麼辦了……」

梁祐忱陷入了道德的兩難中，一來這件事多一個人知道對毛毛而言就是多一分風險，二來這件事情上兩人利益有衝突，梁祐忱鼓勵她背叛是違心之論，慫恿她留下又過於自私。

「我當然希望妳能自由，但也希望妳保留現在的樣子。毛毛，善良不該是人的弱點，是這個地方太極端了，才會只剩仇恨。她正試圖把妳拖下水，不過我也不能否認，自由是妳該享有的權利。這裡的人本來就是罪犯，就算再受一些苦，也比不上妳能出去重要。」她重複滾著喉嚨，緩緩吐出眞心話，「這世上沒有絕對的事，都是衡量利弊後的決定，我想這件事妳應該很清楚了。」

如果爲了逃離監獄而拋棄人性，最終成爲冰冷麻木的軀殼，那樣的人生跟困在監獄裡又有多大的區別？

「我沒辦法給妳答案，這件事妳必須自己做決定。」梁祐忱低頭親吻毛毛的頭頂，「不過無論妳做哪種決定，我都會支持妳。」

毛毛是個有想法的孩子，不需要她手把手地教導該怎麼做。

在毛毛的世界裡，很少有人會說推心置腹的話，她們爲了生存齜牙咧嘴，爲了不受欺負而渾身尖刺，敞開心扉是很脆弱、愚蠢的表現。

她窩在梁祐忱懷裡，感受心臟的跳動，發覺梁祐忱的身子可靠又令人安心，這人柔軟卻堅實，矛盾的樣貌深深迷惑了這個只見過惡的孩子。

毛毛在這一刻做出了決定。

毛毛在辦公室門外駐足，手伸進衣服下確定懷裡的東西好好地待著後直接推開門，在將近兩個禮拜的時間裡，這是她第一次主動來辦公室。

「鐵姐。」

阿豹和幾個34幫的心腹抬頭看向她，接著打量老大的態度。

如她所料，鐵姐根本就沒有看她一眼，不過當她拜託阿豹等人先出去時，鐵姐倒也沒有阻止。

她走到辦公桌前，挺直了背，咬字用力地呼喚：「乾媽。」

鐵姐嫌她叫媽太顯老了，所以她從來只叫「鐵姐」，跟其他人一樣。

鐵姐抬眸瞥了毛毛一眼，「知道錯了？」

「不，是乾媽錯了。」毛毛說：「乾媽很了解我，但還是低估我了，如果妳有好好正視我，就該做好提防。」

鐵姐皺眉，靜默幾秒後伸手去摸辦公桌下的暗格——沒有，槍不見了。

準確來說是被毛毛偷走的，暗格做得隱密，只有兩三個人知道該怎麼開啓，那一刻鐵姐心中驚駭發涼，腦中閃過無數自己慘死在45幫手下的畫面。

毛毛從寬鬆的衣服下拿出那把槍，穩妥地放到桌上。

「妳在幹什麼？」鐵姐臉色鐵青。

「我要讓乾媽知道，典獄長答應讓我清白出獄，不過我沒有讓她得逞。」毛毛抬頭，「我有過這麼好的機會，我也是會那麼做的人，但是我沒有，而這都是爲了妳，乾媽。」

鐵姐很清楚毛毛所言非虛，因爲她就是這麼教孩子的——所謂的道德與法律，只不過是當權者的陰謀，要想在這個殘酷的世界存活，就必須看破這層幻象。

若是對象換成其他人，她說不定還會鼓勵孩子背叛、犧牲他人，畢竟清白出獄可是絕無僅有的機會。

可是……背叛自己？鐵姐心中凍成一塊冰，又因爲孩子的坦白而融化，涼颼颼的並不好受。

她沒有選擇背叛？毛毛變了，這是爲什麼？鐵姐倏然想起那個文弱的讀書人。

梁祐忱睡到一半被驚醒，感覺被窩裡鑽進了溫溫軟軟的小動物，再一細想馬上便明白這小動物的身分。

毛毛抬高受傷的左手，小心喬好角度後直接窩在梁祐忱懷裡。臨近冬天的夜晚寒意加劇，毛毛進了被窩後用身體加溫，讓她迷糊間被熨得舒舒服服，順手將人摟著。

「怎麼了？」她咕噥著問，眼睛還是閉起來的。

黑暗中毛毛睜大眼睛看著梁祐忱的臉，她剛從鐵姐的辦公室出來，一顆心仍在撲通狂跳著。向鐵姐攤牌，是賭博，賭鐵姐從此會更信任她，還是惱羞成怒地懲罰她……幸好她還是懂鐵姐的。

梁祐忱的睡臉平穩毫無防備，放任她肆意接近，模糊的輪廓一筆一畫刻進毛毛腦海裡，直到連嘴角那顆不起眼的小痣也清晰分明。她仰頭親吻那顆痣，唇瓣輕巧點了點嘴角。

梁祐忱毫無察覺，甚至收攏雙臂，無意識間抱緊了毛毛。

比起在典獄長的控制下走出監獄，靠自己的力量消失在警方的視野中，才能眞正地自由。

她是毛毛，是監獄裡長大的孩子，以無數的罪惡與知識爲養分成長。她的未來會是在外面的社會，想做什麼就做什麼，想看海時便在夜色裡疾馳，直到曙光灑落於海面波光粼粼，她的腳會踩在梁祐忱留下的腳印裡，在廣闊沙灘上沒有目標地漫步。

她會眞正地消失在典獄長的控制中，像一陣風似的活著。她的以後不由任何人決定，她會劈荊斬棘，直到期望的終點，自由無垠，一定會的，一定——

大手扼著毛毛的咽喉，強迫她仰起下顎，卡在喉頭的藥片順著重力與吞嚥反射進入她的食道，強橫的過程刮傷了喉嚨，有如火燒。她的兩隻胳膊分別由不同人抓住、固定，即使她掙扎到弄疼了自己也無濟於事。

毛毛眼中泛起生理性的淚花，看著強迫她吞下藥片的女人，眼神裡沒有憤怒，也沒有委屈，只是冷靜地打量著她的表情，尋找讓自己脫身的突破口。

將軍最討厭毛毛這點，這小鬼太不像小孩了，甚至有點不像個人。

將軍拿起塑膠袋，把剩下的一小把藥片全倒進毛毛嘴裡，再用相同的方法逼她吞下去。看到眼淚從毛毛的眼角滑落也無動於衷，撬開她的嘴確認口腔裡沒有藥片後才讓手下放開她。

失去支撐的毛毛跪倒在地，馬上將手指伸進嘴裡想刺激嘔吐。

將軍見狀對毛毛上臂一踹，那瞬間痛得毛毛整隻手都不聽使喚。

「再搞小動作，就折斷妳的手。」她拖了一張椅子，坐在毛毛面前翹著腳看她蜷縮在地上喘息。

毛毛忍耐著，等到疼痛稍微能忍受後慢慢地抬頭看將軍。

那對強壯的手臂曾教她如何揮拳，那般冷酷的眼神曾經屬於一位嚴師的求好心切。

毛毛忍不住覺得荒謬地笑了，咧開嘴笑得喘不過氣，「咳嗯，咳！爲什麼？老師，折磨學生有什麼樂趣？」

這小鬼有多久沒叫她老師了？毛毛正試圖勾起她的同情，可這對野獸而言並不會起效果。將軍垂眸看著她可憐的學生——是的，她是野獸，爲了保護領地不擇手段的野獸。

「妳清楚規矩，45幫丟了一個人，34幫必須也丟一個。」將軍緩慢地說：「這個人不是鐵姐，就只能找其他人代替。」

「妳在記仇我沒有配合妳們背叛鐵姐？眞是小心眼。」

將軍沒有贊同，也沒有否認，只是靜靜地看著毛毛，靜靜地等待藥效發作。

6

毛毛感覺自己一輩子都不用睡覺，有無限的精力源源不絕注入肌肉內，她可以連續奔跑一天一夜都不用停下來，思維也異常跳躍，彷彿在宇宙間以光速穿梭。

她從未想過毒品帶來的感受會那麼強烈，超脫於她出生至今所感受過的一切。好像她以前從未眞正活過，一直被封印在平凡的軀殼內，直到這一刻才體驗到自由的感覺。

她找到梁祐忱時對方正在廚房幫忙煮飯，看著那張柔和的臉，忍不住噗哧一笑。

「毛毛，怎麼了？」梁祐忱有點莫名其妙，很快便發覺不對勁。

「姊姊、姊姊。」毛毛握住梁祐忱的手，笑得傻氣又詭異，「我們一起走吧，一起跑出去，跑到沒有人找得到的地方！好不好？好不好？」

「妳的手好燙。」梁祐忱放下處理到一半的食材，探了探毛毛的額頭，掌心碰觸到一片滾燙，「怎麼會發燒，吃藥了嗎？」

「發燒？有嗎？」毛毛眼珠一轉，想起了什麼沉下臉色，頃刻間又變得嚴肅，「對，我來找妳是有別的事。」

她頓了頓才又重新開口：「我試了，姊姊，感覺很棒，我還能再來一點，完全沒有問題，妳要不要也試試看？」

梁祐忱臉色大變，喊了阿豹將人押回雜物室裡。

「幹啥呢？」

「她吸毒了。」

「怎麼有毒給她？」

「我老師、我老師可是大將軍！」毛毛仰起頭嗷了一聲。

「該死，那婊子想害死毛毛！」阿豹啧了一聲，「給她催吐，然後灌水，愈多愈好！」

梁祐忱趕緊盛水來。興奮狀態的毛毛沒有維持太久，半小時後她就燒得意識模糊。

她能摸到毛毛的脈搏有如衝刺般不知疲倦地瘋狂跳動，要把毛毛剩餘的生命力一次燃燒殆盡。

她抱著毛毛的頭，時刻爲她擦汗、觀察她的狀況，感受中樞神經激起無法控制的顫抖與高溫。除此之外她什麼也做不了，這種興奮劑沒有有效治療藥物，只能採取支持性治療——其實就算有藥可醫，也與監獄裡的她們無關。

梁祐忱的心也沒了依託，她不了解毒品，不曉得現在的情況到底正不正常，但從阿豹的表情來看，毛毛中毒的狀況非常嚴峻。

毛毛可能會死。

梁祐忱想起那些吸入毒氣的人倒在地上抽搐的模樣，徬徨、驚慌、無能爲力，她陷入過去成爲受害家屬的一員。一直以來被梁祐忱刻意忽略無視的深淵猛然將她吞沒，等她回過神時早已淚流滿面，眼睛哭得腫痛。

她和阿豹就這麼守在毛毛身邊，看著她的症狀時而緩和時而猛烈，期間鐵姐也出現過，知道自己無能爲力後又走了。

好幾個小時過去，天色黑了，毛毛的症狀才慢慢減緩。

「別擔心，應該不會有事了。」阿豹拍拍梁祐忱的背，「接下來我們輪流看著她吧，妳先去休息一下。」

毛毛意識稍微清醒了，伸手拉住梁祐忱，手指不住發抖，「姊姊別走，陪我，在這裡……」

毛毛以前的示軟都是有目的性的撒嬌，哪會這般脆弱地哀求？

梁祐忱將毛毛的手拿開，彎腰在耳邊安撫，「別擔心，姊姊會幫妳處理好，所有事、所有人都會處理好。妳要乖乖的，等姊姊回來照顧妳，好嗎？」

就在說這句話的時間內毛毛又昏睡過去，梁祐忱離開了，她走進鐵姐的辦公室，直接在空椅子上坐下。

鐵姐挑了挑眉，問完毛毛的狀況後兩人再度陷入沉默。

「是不是只要將軍在，毛毛就會一直陷入危險？」

鐵姐以指節反覆摩娑下巴，平靜道：「將軍死了，還會有下一個將軍出現，妳看不清眞正的威脅。」

「我看不清。」梁祐忱喃喃重複，「但我也想出一份力。」

由於地位不同，將軍住的是單人間，寬敞的床下收藏著她個人享受用的東西，像是收音機、一把吉他和一罐酒。

她喜歡喝酒，只要醉了精神就能離開監獄，到夢裡尋找自由，因此她總是在一天結束後回到房間，倒一杯酒快速地灌進嘴裡。

今天的酒喝起來特別強烈，有如一團火球滾滾燒過她的喉嚨與食道，下一秒她便發覺不對勁，燒灼感沒有因爲酒精入肚而消退，反而痛得難以忍受。她張口想叫人，卻發現嗓子似乎被燒壞了，只能發出粗啞吃痛的叫聲。

怎麼回事，她喝到假酒了嗎？怎麼會？

不遠處梁祐忱靠著柱子躲在陰暗處，看著將軍的房門，聽到裡頭傳來不尋常的掙扎聲響，她便知道毒藥成功進了將軍肚子裡。

另一雙更爲陰暗的眼睛在她背後注視著一切，梁祐忱握著破損的電池，眼眸無神地望著遠方。

「她不會馬上死，大概要三天才會斷氣。」梁祐忱以平板的聲音對鐵姐說，「到時候場面很難看，我會幫忙。」

梁祐忱知道就算現在馬上送將軍下山治療，被腐蝕的食道、咽喉與呼吸道也已經造成不可逆的傷害。在下山的路程中，毒藥便會穿透消化器官，在腹腔中橫行、恣意破壞組織，催吐會造成二次傷害，而灌水會讓強鹼發熱，造成內部灼傷。

從吞下酒的那刻起，將軍便注定以極為痛苦且緩慢的進程死去。

梁祐忱並未覺得有任何不安。當她看著將軍發出痛苦哀鳴，蜷著身子跪在地上時，甚至感覺不到一點愧疚感——她當然不需要有任何感覺，這一切都是將軍罪有應得。

如同她看著新時代事件的滿版報導時，滿腦子只想著這一切都與自己無關。

是她本來就這麼冰冷，還是監獄讓自己變奇怪了？她想為毛毛出一口氣，想杜絕後患，可是以殺止殺眞的是對的嗎？一個善良的人眞的會對人下毒？

她……是壞人嗎？

梁祐忱把隔離用的塑膠袋與電池一併去掉，算算時間該換阿豹去休息了，她仔細清理身體，換了套囚服後到毛毛的雜物間換班。

「來得止好，她吵著要妳陪呢。」阿豹開門放她進來，自己睏得趕緊走了。

毛毛是清醒的，只不過全身都沒了力氣，躺在床上虛弱地看向她，「姊姊去哪了？」

「洗了個澡。」梁祐忱摸了摸毛毛的頭，看她還想說什麼卻沒力氣大聲說話的樣子，彎腰湊得更近一點。

毛毛扣住她的後頸，用盡全力仰頭吻上來。

梁祐忱點了點柔軟冰涼的嘴唇，冷靜地將毛毛的手拿開，幫她蓋上被子。

毛毛髮絲凌亂，抬眸看著梁祐忱，眼神中只剩虛弱與恐懼。她握住梁祐忱的手，鑽進十指間緊扣，用肢體語言求她不要走、再靠近一點。

梁祐忱俯下身趴在床邊，額頭抵著毛毛的額頭，手指順過髮際一次次安撫著剛死裡逃生的靈魂。耳邊只剩毛毛的呼吸聲，一吸一吐不停向她保證她的生命尚未止息。

冰冷麻木的感覺慢慢被融化了，梁祐忱再度活過來，她跟這世上所有正常人一樣，有血、有肉、有著道德與感情。將軍和新時代事件全被她拋在腦後，再也不重要，此刻她眼中、耳中都只有毛毛。

毛毛的手掌從指尖開始攀爬，顫抖地沿著手臂爬上她肩膀、鎖骨、頸子以及嘴唇，冰涼掌心滑過她的肌膚。梁祐忱放任她摸索與求知，直到那隻手試圖前往被衣服覆蓋的領地，她才憑著所剩無幾的良知輕扣住對方手腕。

毛毛用氣聲問：「如果我死了的話，妳不會後悔嗎？」

梁祐忱答不上話。

「我們都是動物。」毛毛哽咽的聲音愈來愈明顯，「我們都被關在籠子裡，沒有人知道我，沒有人在乎我！規矩和法、法律，到底關我什麼事？我什麼都沒做錯，我沒有錯！我只想做想做的事，心滿意足大、大鬧一場後再死。好討厭，眞的好討厭……」

梁祐忱再也聽不下去，她翻身跨到毛毛身上，彎腰捧著毛毛濕潤的臉頰，緩慢地用嘴唇碾碎這些仇恨。毛毛在努力換氣，她卻不管不顧地加深了力道，舌頭舔進嘴裡時嘗到西藥的苦味，她舔舐這份苦楚與濕軟的舌頭，仔細而溫柔，想讓一切不堪被吻覆蓋。

她不是梁祐忱，不是那個成績優異的年輕助教，不是活在正常社會的普通人，她只是籠子裡的動物而已。

動物，只要順從本能就好。

她的唇沿著逐漸分明的下顎線吻至耳垂，又小又軟的耳垂還不夠讓她銜著，那柔軟光滑的身子如同一片白沙灘，任何輕柔的、如微風亦如浪沫的碰觸，都會在上面留下印跡。

巨浪侵入沙灘，潮汐律動，孩子堆起的小沙丘脆弱稚嫩，微風輕柔拂過，帶出小動物討饒時的鳴叫。

毛毛克制地壓抑聲音，一雙眼睛在暗中閃爍著欣快的渴望，情緒隨之起伏不已。

這就對了，梁祐忱垂眸看著，毛毛這麼聰明、這麼自信，她的眼裡就該有光亮。

海風與浪潮交替，反覆揉碎沙堆，再重組。

毛毛在過程中碎成一粒粒的細沙，在空中飄揚飛舞。一陣風將她吹上去，飛往廣闊無垠的天，停歇時她緩緩飄落，還未來得及落地，又一陣風將她推到更高、更遠的地方。

開始時還有些猶豫，後來風浪失去良知，肆意拍打沙岸。驚滔駭浪抵達高峰時匯聚成海嘯，鋪天蓋地席捲一切，掩蓋了現實，沖走所有不甘與憤怒，將天地洗得破敗而乾淨。

是乾淨的，無論多麼破碎不堪，就算世界毀滅了，被黑洞絞碎吞噬，她也是乾淨的、正常的，人。

整整二十四小時後獄警才放將軍下山治療，將軍上銬時囚衣早就被咳出來的血浸成褐色。正如梁祐忱所言，三天後傳來了將軍的死訊。

將軍死後沒有任何人來追究責任，僅以誤食結案，畢竟籠子裡的動物是死是活，不會有人關心。

一次的急性中毒不足以造成依賴性，毛毛撐過難關後便回到正常生活中，一次也沒問過將軍的下落，彷彿壓根沒有發現她的消失。

隨著天氣轉冷，梁祐忱和毛毛又開始常常靠在一起取暖，連晚上也乾脆在毛毛的雜物室暖同一床被子。

冬天時岩石與土壤也會被嚴峻的低溫凍住，儘管如此梁祐忱還是得當只蟲鑽進地底，艱難地蠶食泥土，膝蓋上總是凍得青紫。

挖鑿地洞時，被黑暗吞沒的梁祐忱首次見到一絲光亮。她愣住了，不敢大聲呼喊，只能快速倒退回洞口，興奮地告訴毛毛好消息。

洞口連接到懸崖的斷面，往外探便能看到對面的懸崖，下頭有條河流將其一刀兩斷，對面的崖上長滿灌木與樹林。按照相對位置來看，她們這一側的上方便是監獄的圍牆，也是獄警能巡視到的地方。

梁祐忱估計從洞口往下到河邊大約有四層樓高，於是和毛毛商量，打算弄一些舊床單來做成繩索。

兩個禮拜後她們如願垂降到河邊，此時河水還是結凍的，兩側能落腳的岩石上也堆著雪，寸步難行。如果想避開巡查視線悄悄地逃跑，只能沿著她們這一側的懸崖向下游走，在找到城鎮前還得想辦法在冰天雪地中活下來。

雖然好不容易到了外頭，可如今確實不是越獄的好時機。

這是毛毛人生中第一次離開監獄，她的第一步踩在巨大的溪石上，抬頭望向白濛濛的天空，張嘴接住飄落的細雪花，一股清甜隨即在舌尖擴散。

這就是圍牆外的味道。

梁祐忱在她身後小心地扶著她，臉上也有著壓抑不住的笑，小聲在她耳畔問：「怎麼樣？」

她猛然跳到梁祐忱身上，對著唇和臉頰一頓親，奈何她們必須保持安靜不鬧出動靜，梁祐忱也只能由著她。她們只待了幾分鐘便趕緊回去，她的四肢都快凍僵了，差點沒力氣爬，一顆稚嫩的心卻跳得比雷聲還響。

兩人回到監獄中，封好地磚和發電機罩，靜靜等待。

「姊姊，我們出去後先去弄個假身分吧。」晚上毛毛躺在梁祐忱的臂彎問翻來覆去，「聽說現在內戰死了很多人，找個身分頂替很簡單，還有人專門做這生意呢。」

梁祐忱其實也睡不著，滿腦子想著姊姊的事。她笑道：「這次又是聽誰說的，嗯？」

「弄好身分後我們就去首府，大姊姊也在那裡，對不對？然後我們可以先安頓下來，存夠了錢就離開。」

梁祐忱忍不住微笑，這陣子梁祐霖的信少了，一定是忙起來就忘了妹妹的存在，等她出去了一定要好好念姊姊一頓。

毛毛仍滔滔不絕地說，而梁祐忱只是聽著，一邊聽一邊想像毛毛所譜出的未來。

春末時監獄裡的暖氣早就停擺了好一段時間，夜晚及清晨時仍冷得能凍死人，爲了提高生存機率，她們耐著性子蟄伏。毛毛存了大把大把的巧克力棒以備越獄時補充體力，梁祐忱也偷偷搜刮了各個角落的棉織物，做成結實的繩索備用。

氣候稍微溫和的季節，通信也會比較順暢，而阿豹也終於帶來寄給她的信。

梁祐忱將信揣在口袋裡快步回到寢室，信件一如既往地被拆開檢查過了，她坐在床上，趕緊抽出信紙準備看看姊姊這些日子來又發生了哪些事。

那是一篇影印出來的訃文，亡者的名字叫梁祐霖。

梁祐忱笑出聲，拿起信封看看到底是哪個老糊塗填錯了收件人，把這個跟她姊姊同名同姓的人的訃文寄到她這。

寄信地址是首府大學附設醫院，寄信人則是她沒見過幾次面的表姊，信封裡還有另一張紙——

致　梁祐忱：

我很抱歉必須告訴妳這樣沉重的消息，祐霖昨天因心臟衰竭離世，後事會由我打點好，無須擔心……

表姊寫了很多關於遺產繼承的事，梁祐忱只看了開頭便看不下去，她將信紙折回去，塞進枕頭下。

離世，誰死了？梁……祐霖？她的姊姊？

梁祐忱整顆腦袋像被人摘去了般，沒有一點思考能力。高中之後和姊姊相依爲命的過往、她攙扶腿腳萎縮的姊姊、兩個人一起前進的努力與掙扎……回憶一幕幕出現，然後消失，最後只剩一片空白。

良久後她的腦袋慢慢開始重新運轉，逐漸興起的情緒有些熾熱。

姊姊還是死了，那她做的這一切還有什麼意義？

鋌而走險販賣違禁品給教團，甚至因此在這座監獄裡遭受的無數苦難和委屈……到底都算什麼？死掉的那九十三個人和她所背負的罪刑又算什麼？

梁祐忱猛然站起，將那些正在釀造或是剛泡進罐子裡的酒全抱出來，摔個粉碎，塑膠罐裝的就拆開，把濃烈發酵氣味的液體撒在地上，直到最後一滴酒液都不剩了才停歇。

不夠，這還遠遠不夠。梁祐忱走出寢室，動靜引來A1舍裡許多注目的眼光。

「小梁，妳去哪呀？」在派信的阿豹還沒走遠。

見狀，梁祐忱朝阿豹走去，奪走她手裡那疊信，一張張撕碎。

「喂，小梁！」阿豹嚇了一跳，趕緊把信搶回來。

為什麼她會被關在這裡？為什麼她連見姊姊最後一面這種事都做不到？

「小梁，妳在幹嘛？」

在死了這麼多人之後、在她殺了人之後，為什麼她還活著承受這些磨難與痛苦？為什麼她付出了這麼多，姊姊還是得死？

梁祐忱跑了起來，不知道要去哪，但想一直一直跑下去，直到筋疲力盡，倒地不起的那刻，她便真正自由了。

對，死了就自由了，就能跟姊姊一起，結束這個爛透的人生……有誰抱住她的腰，絆住她，害她踉蹌地摔回地獄。

「姊姊！」是毛毛，纖細的手臂將她禁錮在懷裡，喘著氣問：「姊姊、姊姊！怎麼了？」

梁祐忱看著那純粹的眼神，憤怒的情緒便慢慢被安撫。

毛毛啊毛毛，這麼好的孩子怎麼就被她糟蹋了呢？她再度笑出聲來，詭異的樣子讓看熱鬧的囚犯們都是一愣。

苦澀慢慢滲入梁祐忱的笑聲之中，當她開始喘不過氣時，自喉嚨湧出的只剩哽咽。她用手臂遮住臉，明知道在這裡哭出來會淪爲其他囚犯攻擊自己的把柄，可又實在克制不住自己。

「怎麼了？」毛毛捧起她的臉，想從微表情中找到一點蛛絲馬跡。

「其實我一直都知道。」梁祐忱慢慢地止住了眼淚，張開雙臂將毛毛抱入懷中，在對方耳邊細語，語氣冷漠，卻又眞實，「我知道那些跟我買三氯化磷的是教團，也知道他們慣用的手段就是恐怖攻擊，但我還是賣給他們。毛毛，妳聽懂了嗎？」

她並非被陷害，也不存在任何冤屈，她只是和這裡眾多罪犯一樣，做了錯的決定，又被抓到而已。

她曾經以爲只要騙過自己，至少在接下來的日子裡不會那麼難熬，然而她錯了，當所有犧牲全數破滅後，她才發現隱藏在底下的殘忍從未消失。她被迫面對自己所犯的錯，沒有任何藉口。

「姊姊，別說了……」

「將軍不是因爲喝到假酒才死，我對她下了毒，她也是我殺的。」梁祐忱放開毛毛，注視著這個聰明可愛的孩子，曾經溫柔的愛意也消失無蹤，只剩冷漠與空虛，冰冷的黑洞好似要把毛毛吸扯進去，「還有妳。」

梁祐忱終於流露出不一樣的眼神，動搖著淌出些許疼惜。

要是她剛入獄時直接餓死在狗屋裡，後面就不會發生跟毛毛的事……她當然知道這不對！可是她又有什麼辦法？她活在這裡，像等死的小白鼠，日日夜夜。

只有看著毛毛時她才能得到一丁點正常感，勉強記得自己的名字是梁祐忱，而不是A103的四號或是生化博士。

她想活下去，只是想作為梁祐忱繼續活下去。

她配嗎？

梁祐忱所有的力量一下消失，疲憊地闔上眼。

鐵姐下令將梁祐忱丟進狗屋裡關一天作為搞破壞的處罰，後來毛毛在幫忙收拾殘局時發現了枕頭下的訃文。

梁祐忱隔天從狗屋裡出來時看起來又像什麼事都沒有，做該做的事、吃該吃的飯，無論是面對毛毛的關心，還是囚犯的嘲笑，都沒有什麼反應。

梁祐忱成了一具屍體，她沒死，都也相去不遠。

春天到來，在花開的季節河水也迅速融化，奔騰著流向自由的遠方，毛毛獨自探查了兩次，而梁祐忱已經很久沒接近雜物室。

7

「姊姊。」

梁祐忱睜眼同時吸了口氣，一雙亮晶晶的眼睛正趴在床沿看著她，小手扣著她的手腕。

「姊姊，該走了。」

梁祐忱默默爬起身，跟著毛毛進雜物室。

明亮的月光從小窗中照進來，機械室內的地磚間露出漆黑地洞，簡陋的裝備在洞口旁堆疊，毛毛將它們一一背上身，準備永遠地離開這個家。

「妳比較輕，先下去探探路吧。」梁祐忱拿著一捆繩索，淡然道：「我殿後。」

毛毛動作一頓，緩緩轉頭看梁祐忱。

「姊姊真的要把我當成笨蛋？」毛毛的咬字特別清楚，那是她在威脅某人時才會有的說話方式，「我們做了這麼久的共犯，妳必須跟我一起下去。」

梁祐忱閉上眼低頭。

毛毛惱火道：「梁祐忱！」

「我要留下來。」

「留下來做什麼？等死嗎？」

也許吧，梁祐忱沒有說出口。

「姊姊，我需要妳。」毛毛態度一軟，「我從來沒待過外面，沒有妳的話一定活不下去。」

「我要留下。」梁祐忱張開眼看向毛毛，那孩子的臉隱沒在黑暗中，有點模糊，看不清是什麼情緒。

片刻後毛毛輕嘆，伸手環抱梁祐忱，像在告別。

梁祐忱的手臂動了動，最終還是沒有回抱。

不需要，毛毛不需要她。讓她死在這裡吧，不要再跟她扯上關係了……

兩人分開時，梁祐忱的身上多了一條繩子，兩隻手臂被綁得嚴嚴實實，毛毛倏然拉著她的領口往下帶，讓她的臉龐湊近眼前，「妳沒有選擇。」

如狐狸般狡滑，也如鱷魚般殘忍，毛毛齜著牙又咬又舔地吻了梁祐忱一口，警告她不准反悔。梁祐忱不可置信地愣了下，臉上終於出現除了漠然以外的情緒。

然後她湊上前，以溫柔回吻，先是輕輕地點啄，舌尖侵入小野獸的唇瓣之間，熱切得不像梁祐忱。

一股熱血衝上頭顱，暈頭轉向，毛毛忘了她原本的目的，被柔軟的滋味占據心房。

雙唇分離時，毛毛才睜開眼睛便被梁祐忱漠然的眼神嚇了一跳。

梁祐忱在極爲親密的距離下緩緩道：「妳這麼聰明，眞的不知道一個大人對小孩出手代表著什麼嗎？」

「人總是會被相似的存在吸引，妳看看自己跟我，哪有半點相似的地方？」梁祐忱的吻彷佛毒藥，腐蝕她才被滿足的心房，「監獄裡眞的很無聊，謝謝妳陪我消遣，但是已經夠了……我膩了。」

梁祐忱就是梁祐忱，一出手便試圖重傷對方，就算對方是毛毛也不留一絲情分。

毛毛張開嘴，愕然尚未顯露出來，便又被她收斂壓抑。

「妳留在這裡會增加我被暴露的機會，我才不在乎妳怎麼想，妳必須跟我走。」停頓後毛毛又補充，「如果必要的話，我只能用最粗暴的手段。」

「我的意思是滅口！」

「好。」梁祐忱馬上蹲下，膝蓋著地跪在她面前，視線與她的胸口平齊，「來吧。」

「當然，總比哪天被野狗咬死好。」梁祐忱抬高脖子，彷彿在催促她快點下手。

「妳就這麼想留下來？留在這個該死的地方？」

梁祐忱以沉默回答。

毛毛快瘋了，抓著額際的髮絲想把理智固定住。

眼前這個女人已經不是她所選中的姊姊了，她也不再是那個不擇手段的毛毛——她的爪子和利齒成了裝飾，一碰到梁祐忱就會縮回去。

「我對妳來說到底是什麼？啊？妳怎麼能丟下我，妳說過會一起出去的，梁祐忱！」

是什麼呢？毛毛就像毒品，是她不該碰卻又沉迷其中的興奮劑，要不是有毛毛在的話她早就崩潰了。但是也僅只於此而已，她們之間從未確立過任何關係，只是很自然地受慾望驅使而親近。

毛毛對她而言到底是怎樣的存在，梁祐忱也不清楚了。

不過她知道對毛毛來說什麼才是好的，首先就要把自己從毛毛身邊剃除，她是罪犯，當毛毛拚盡全力邁向正常社會時，她絕不能跟過去拖累她的步伐。

毛毛才是真正清白的一張紙，無論她想要書寫怎樣的人生，都是她本該擁有的權利。

將毛毛推開，逼她自己面對陌生的世界——梁祐忱知道這很殘酷，也知道她必定會受傷，然而就長遠的未來而言，自己做得沒錯，毛毛的能力足夠在社會上爭取一席之地。

毛毛能獲得應得的人生，她也是。當毛毛長大成人，在家中和愛人、寵物、朋友或是家人共進晚餐時，也許會理解她現在做的決定，又或著會恨她一輩子，那都沒有關係。

「我說過了，謝謝妳陪我消遣這些時間。」

說第一次時毛毛不相信，說第二次時她開始動搖——梁祐忱那麼溫柔的人，怎麼有辦法用謊言傷害她兩次？難道鐵姐真的說對了，她只是安慰劑？無數個日夜的相伴就只是大人無聊時的娛樂嗎？

爲什麼會變成這樣？從小到大除了離開以外，她想做的事總是能達成，她聰明、博學、不擇手段，有自信能抵達世上任何地方。可她現在站在人生的岔路口，只覺得未來一片漆黑。

她沒辦法抵達跟梁祐忱一起在海邊散步的未來。

「這是背叛，妳背叛我。」

毛毛從口袋裡摸出一塊鋒利的碎玻璃，反手握著就像小刀。她蹲下身，將銳利的邊緣抵在梁祐忱咽喉處，掌心傳來柔軟的反饋感，只要稍加用力就能切開氣管。

梁祐忱睜著眼看毛毛，將自己在這世上的最後一眼停留在她的臉龐上。

冰冷玻璃片一點點劃過喉嚨，卻沒有刺穿血肉，象徵性地永遠抹除了梁祐忱在毛毛心中的地位。

毛毛抽開手，咬牙切齒，「我會恨妳。」

那也不錯，至少有人惦記。梁祐忱垂下眼眸，眼角餘光裡似乎有什麼正快速地逼近，下一刻太陽穴傳來劇痛，她眼前一黑，徹底地失去了意識。

當梁祐忱甦醒時，鐵姐正徒手搬起石地磚蓋回去，看著眼前景象，慢慢回想起發生了什麼事，「妳一直都知道。」

鐵姐這才發現她醒了，幫派老大直起腰，以俯視的角度上下打量她。

「我答應過會送她出去。」鐵姐在角落裡翻出備用發電機，「來幫把手。」

梁祐忱腦袋暈眩，順從地爬起身，跟鐵姐一起將發電機搬到鬆動的石磚上，最後再用防塵罩鎖住。

「妳沒走。」鐵姐喘都不喘，看著已經出汗的梁祐忱，「爲什麼？」

「我要去哪？」梁祐忱很自然地答上了。

她還能去哪？梁祐忱突然鼻酸，眼淚安靜地流下來。

天差地別的兩個人在這狹窄的小房間裡相顧無語，她們不假思索地親手將籠門關起、上鎖，目送同一個孩子離去。

最終鐵姐以手掌結實地拍拍梁祐忱的背，「歡迎來到監獄，新來的，34幫歡迎妳。」

冰冷的溪水凍僵了毛毛的膝蓋，她仍麻木地拔起腿往下游踏出腳步，一遍又一遍。水流聲、蟲鳴、風吹與她自己的喘氣激烈敲打耳膜，催促她快走、快走，要在黎明前逃離獄警的視野。

不知道過去了多久，她在濕滑的溪石上跌倒，還未感到痛便馬上爬起來繼續走，手上濕濕黏黏的觸感不知道是血還是青苔，紛亂的思緒輪流湧入腦袋，將她絞成碎肉。

她看不到前面的路，不知名野獸的嚎叫聲撞擊耳膜，彷彿就匍匐在身邊伺機攻擊。

她該去哪？會不會往上游走才是對的？

典獄長會不會提早發現她不見了？她還有多少時間？

姊姊怎麼能背叛她？

她要去哪？

姊姊怎麼敢背叛她？

她能去哪？

姊姊怎麼可以……毛毛發現自己哭了，哽咽被水流沖刷聲吞沒，淚水消失在翻滾的水花中。

她停下腳步，峽谷兩側在她面前匯合，陡峭石壁向上延伸數十公尺，下方岩石張開大口，將溪水吞入地底——是死路。

已經來不及了，很快就會天亮，這時候再往回走只會增加她被發現的風險，何況不只一個人說過，峽谷上游的盡頭是座瀑布。

毛毛站在原地茫然張望，塞滿各種訊息的腦袋正試圖搜索出任何一條可行的出路。

水位浸到她的腿根，她朝著溶洞入口踏出幾步。昏暗的視野中隱約能見到鐘乳石的尖端露出頭來，在月光照射下恍若森森利齒。

看著地底的黑暗，毛毛不由得心灰意冷，乾脆就讓她被這個世界吞食，總好過一生都被困在籠子裡……不行！她好不容易才逃出來，怎麼能停在這裡。

她正要退後，腳下卻踩了個空，身子隨著激流滑落。她不曾學過游泳，本能地揮動四肢，口鼻在水面下吸了好幾口水。

她在掙扎中抓住凸起的鐘乳石而沒有被刺穿身體，最後一絲月光遺落在外，空曠的洞穴裡迴盪著她的哭號。

爲什麼而哭她也搞不清楚，也許是溺水的感覺太難受了，害她的心臟好像被踐踏、扭絞般的疼痛，也許是因爲沒有回頭路能走，她的人生從現在開始注定孤獨而不被理解。

黑暗以沉默關注這個闖入地底的生命，一絲若有似無的風終於喚醒她的求生意志，催促她繼續前進。

沿著溪流的方向繼續往下游走，溶洞有時空曠，有時狹窄得得硬擠才勉強能通過。

爲了掌握時間，她開始數秒。她每數到三千就會停下來，在地底的淺灘上躺著喘氣，吃掉一條珍貴的巧克力以維持生命。

六萬秒，大概是這個數字，毛毛的意識已經開始迷糊。

她瞇著眼茫然地看向寬闊的天空，腦袋還在數秒。

當太陽照在她泡爛的肌膚上時就像被火燒，除了痛以外還是痛，從內到外、從身體到心靈，像是半夜抽筋的痛被放大數千倍後蔓延至全身，每一寸筋骨都在慘叫。

這是獨屬於她的生長痛，而作爲回報，她自由了。

自由了。

毫無血色的唇角動了動，剛要笑時又被弭平。

眞的嗎？若是典獄長還在找她呢？若是這一身囚衣引人懷疑呢？若是有人抓到她，她又要怎麼證明自己的身分？

有個毒梟囚犯曾爲了走私頻繁駐紮在野外，而那些在山林中求生的歲月透過紙筆與言語傳承，賦予毛毛生命。她靠著知識在山野中度過將近十天，終於抵達一座小鎮。

剛開始當然很辛苦，她偷摸拐騙，一面隱藏身分一面慢慢站穩腳步，搭上載豬的卡車輾轉來到首府。

站在霓虹燈下，繽紛炫目的光線迷了她雙目。

她弄了張假身分，不分日夜地出入在各種場合，囚犯們傳授給她的知識成爲她行走社會的利器，無關黑白。

首府的夜晚看不見星空，也聽不見戰場上的槍響。

城市寬闊，街道複雜，西裝革履的人進出明亮的酒店，高談闊論規避法律的方法。陰暗小巷裡瀰漫著下水道的氣味，無家可歸的人縮在陰影中躲避警察驅趕。

外頭世界不像鐵姐所說的那般，只有骯髒暴力，也不像梁祐忱口中說的，充滿無限的精彩與體驗。

擁有權勢的人爲所欲爲，平頭百姓在他們腳邊掙扎，人們看似有著無限的機會，實際上他們沒有選擇。人們依舊會笑、會哭，但她能嗅到他們身上絕望的氣息。

潮濕、黏膩，是她再熟悉不過的味道。

原來外面的世界，與監獄裡沒有差別。

那晚之後，「毛毛」突發急病，在雜物室裡隔離好幾天，梁祐忱也被關進去照顧她。鐵姐強烈要求獄警讓毛毛下山就醫，想當然地遭到拒絕。

四天後，到了獄警進監獄巡點人數的日子，他們才發現鐵姐的辦公室後多了一塊木刻的墓碑。

典獄長的怒吼從A舍遠遠的就能聽得到，梁祐忱三番兩次被叫去獄警舍，一進門就開始哭，哭訴典獄長為什麼不讓毛毛下山就醫。

她的指甲因為審訊少了兩片，右手的指骨也不靈活了，典獄長依舊什麼都沒審出來。

鐵姐沒有違背她的諾言，34幫從此完全接納梁祐忱作為她們的一員。她卻不參與幫派間的鬥爭，只負責釀酒，綽號從生化博士變成五糧，每天做著被指派的勞務，在這方寸之地百無聊賴地找事做。

時間如刃，一刀一刀凌遲梁祐忱的肉體與精神。偶爾她會想起動亂的月夜，突然以為心臟還能鼓動熱血，偶爾也會在閒置下來的雜物室裡後悔得近乎抓狂。

更多的時候她會想像毛毛現在在外面做什麼，有沒有好好吃飯、有沒有好好生活？

啪——

打火機點燃香菸頂端，玉白手指鬆開的剎那火焰消散，燃燒的菸草在昏暗室內中成為灼燙光點。

段念慈吐了口長氣，指頭夾著香菸，掌根托腮，仔細地打量著吧檯另一邊的青年，像在辨案似的，用銳利的眼神搜索她的破綻。

尼古丁、焦油與廢氣隨著呼吸進入青年的肺中，她沒有表現出一丁點厭惡，依舊以溫和的淺笑面對。她迎上段念慈的目光，以略微沉下去的聲線逗弄耳際，「怎麼了？」

段念慈食指輕點著自己臉頰，緩緩道：「妳到底是誰？」

「小余。」她的笑意又增了幾分，狐狸般微微瞇起眼，「姐姐上個月不是還叫得很順口嗎？」

上個月，她就是在這裡引誘到段念慈。

這是個會員制的俱樂部會所，專門提供歡愉、快感與年輕的肉體給尊貴的客人。

她拋棄了許多事物才得以進入這裡工作，像隻狗般彎曲高䠷挺拔的肩，以令人動情的卑微伏於客人腿上。

該示弱時嗚咽求饒，該主動時會強勢奪取主導權，她擅長討人歡心，段念慈不必花任何心思調教——在對方想教訓人時，她甚至會故意使壞好給她一個理由。

一切的一切，都是那麼恰到好處。

她不在乎自己的姿態有多麼可悲，反正只要能達成目的，手段就只是手段。

「在床上叫叫還行，如今已經不合適了。」

她故作驚訝地挑起眉，「姐姐難道想和我在一起？」

段念慈吸了一口菸，「這樣的話，能把妳占爲己有嗎？」

她將身子傾過去，以嘴唇叼起菸頭，段念慈將香菸遞來，她柔軟的唇瓣在對方指尖停留、親吻，緩緩退開。

好臭。她叼著菸，對段念慈笑了笑。

第一次是因爲四海盟又伸出了貪得無厭的爪子，嫌政府死得還不夠快似的，掐緊彈藥鏈試圖榨乾政府的錢。

段念慈不過是嘆了口氣，她便猜到段念慈的煩惱並徐徐道來：「他們不過是黑幫，姐姐憑什麼要被牽制？」

段念慈被這句毫無見識的話逗笑了。

她依舊溫和地揚著嘴角，「聽說四海盟的三把手去年被抓了，如果把他放出來，姐姐在煩惱的事不就迎刃而解了嗎？」

段念慈當下竟然不懂她爲何這麼說，在離開後隔了好久才慢慢意會過來……能行嗎？但他們也沒有別的方法。

思考了一天後，她主動去見段有平，在段家勢力斡旋下眞的將人放出來。

功績派的白癡還嚷嚷他們是放虎歸山，卻沒料到這隻老虎一回山寨裡便把四海盟攪得天翻地覆——四海盟內部不相信政府會毫無理由放人，而三把手回歸社會，急需站穩腳步。

國內最大的幫派一夕間產生裂縫，他們也得以喘口氣。

段念慈愉悅地找了爲她獻策的人慶祝，對方卻挑在這時露出了她的小爪子。

「現在可不是政府能鬆懈的時候。」小余說：「姐姐知道教團最近在鄉下抓童兵嗎？」

段念慈當然知道，這已經不是一兩天的事了，小余卻突然不懂得看臉色，逕自滔滔不絕。

那天她不悅地提早離開會所，回到家後腦裡想的卻全是小余跟她說的話，不只是因爲對方的計策才剛實現。那雙眼尾微微上挑的眼睛盯著她，隱約帶著壓迫，令她無法忽視其中訊息。

她確實是軍閥派的一分子，可她不過是仰仗父親餘蔭的紈綺罷了，偶爾充當門面出席活動就是她最重要的工作。要不是四海盟的事實在是火燒眉毛，她根本不會去找哥哥攤上這些事。

但若是小余對了，這會是直接攸關她自身性命的大危機。

於是段念慈又去找了一次段有平，果然擋下了教團對首府衛星城市的突襲，時間、地點都和小余說的分毫不差。

「妳怎麼知道？」段有平看她的眼神變了。他本來是個慈眉善目的好兄長，此刻段念慈卻在他眼中見到警惕。

妳怎麼知道？段念慈也想這麼問眼前的人。

段念慈問：「妳想要什麼？」小余說：「當隻金絲雀？」

「您又想要什麼？」

段念慈瞬間沉下臉，「妳知道非正當性關係的罪刑——」

「落在五到十年之間，我知道，我還知道，在這個會所工作的人，有兩成因為這個罪名入獄。但和他們發生關係的客人依舊經常來消費，法律對你們而言不過是紙上寫的字而已。」

段念慈微微瞇起眼眸。

「這就是我想要的。」她將香菸遞回段念慈唇邊，「我想成為和您一樣的人。」

段念慈雙眸微斂，緩緩接過菸頭吸了一口，彷彿那是一紙契約，吞吐彼此的利益與謀略。

於是她緩緩前傾，在段念慈耳邊呢喃：「我是余左思，左右的左，思念的思。」

那是毛毛離開後的第五年，梁祐忱收到自姊姊離世後第一封從外界寄來的信。

收件人塡著鐵姐的名字，一大張信紙裡只以打字機寫了一行字——to Na-4，除了信紙以外還有一張剪報，報導了最新戰況，教團丟了一座城市。

她翻回信封，見上頭蓋著首府地區的郵戳，忍不住咧嘴笑了，「姐怎麼知道這封信是給我的？」

「眞的是給妳的？」鐵姐皺著眉，會想起梁祐忱全是因爲手下有個人說Na是一種化學元素，才叫她來試試。下一秒鐵姐馬上想起什麼，微微瞪大眼睛，「是她嗎？」

「如果是給我的，那就一定是她。」梁祐忱將信紙攤開，「鈉是週期表第一族的第三個元素，同時也是A族元素之一，而我睡在第四號床位——A103-4，這就是給我的。」

「妳說那些亂七八糟的我聽不懂。」鐵姐迫切地搶過梁祐忱手中的信再細細看了一次。

「她在首府。」梁祐忱壓低了聲音，「她在外面，姐，她眞的在外面。」

也許她會寄這封信給自己，代表著她已經原諒了。

辦公室的鎢絲燈泡總是昏暗，好像多費幾塊的電費都不願意似的，照在人身上投下大片模糊的陰影。

「鐵若均是什麼意思？」

鐵姐抬起頭看她，挑起細長銳利的眉毛，「妳竟敢叫我的名字？」

毛毛仰著頭，嬉皮笑臉一點也不怕，「告訴我嘛，妳又不給我起名。」

「等妳長大，愛叫什麼就叫什麼。」鐵姐停頓後仍開口解釋，「均，是公平。」

好像公平，事實上則否，若這個世上真的有公平，她親愛的乾媽便不會困於囹圄。

陰影逐漸放大、向外延伸，鐵姐隨之流倘成黑夜的一部分。

「林梓溪是什麼意思？」

阿豹停下腳步低頭看她，表情古怪，「臭小鬼，妳爲啥知道我的名字？」

「妳以爲這是祕密喔？」毛毛額頭隨即挨了一記栗暴，她抱著頭跳開，大聲嚷嚷著阿豹欺負她。

鬧了一番後阿豹終於收手，眼神迴避看向遠方，「沒什麼特別的，只是順口啦。」

阿豹垂著眼眸，露出毛毛從未見過的神情。

溪水激盪、沖刷岩石，無論經歷多少坎坷，最終都將流向大海，有些人卻流入監獄中，腐臭、生綠，一生一世滯留於此。

「姊姊。」她在對方懷中呢喃，「梁祐忱是什麼意思？」

梁祐忱雙臂稍稍收緊，鼻子埋進她的髮絲間，聲音裡帶著些微睡意，「怎麼問這個？」

「人家想知道嘛，妳的名字是誰取的？」

「我媽。」梁祐忱輕聲說：「她說，我要永遠對人生有熱忱。」

一個名字，不能只有念起來好聽，唯有滿懷著祝福與祈願取下的名字才能算眞正的好名字。

「梁祐忱。」她張開嘴，以緩慢的咬字說出這三個字，彷彿在咀嚼、品嘗文字間的涵義，多麼美好的名字。

指尖滑過泛黃的紙張，活版印刷的字體有些許歪斜，讓這三個字擠在一起。

警政總局的卷宗室妥善保存了過往所有案件的資料，她捧著封面寫上「新時代百貨事件」的厚厚一疊文件夾，目光停留在角落。

梁祐忱畢竟不是主謀，只是供應鏈的其中一環而已，她的名字小小的，只占了一頁的敘述，卻困盡她的一生。

有個人走進來，影子被慘白日光燈投照到她腳邊。

那是個高眺壯碩的男人，代表軍階的五角星配於肩頭，余左思闔上檔案，以嚴肅表情行了個軍禮。

段有平滿意地點頭，「妳就是我妹妹藏起來的小軍師？」

如今她不過二十初，以她所展現的能力而言，確實太小了。

「不敢當，不過是出了幾個點子。」她溫和地微笑，忠厚正直的面具戴上時毫無瑕疵。

段有平眼神閃爍，「老實說吧，政府軍快倒了，妳圖的是什麼？」

圖什麼？教團殘暴、政府腐敗，在兩個陣營間誰能滿足她，不言而喻。

她比向身後好幾疊與她一樣高的檔案，那些都是與教團有關的卷宗，站在政府的立場敘述著他們的罪刑與思想。

「如您所見，這就是爲什麼。」

梁祐忱開始學習原諒自己。

說是原諒，但她只能做到不去思考而已。除了忍受，她想不出更好的辦法贖罪。

她能感受到身體的衰老，歲月將記憶削得殘破不堪，曾經令她心動的臉龐凝淬成兩個小黑點。她一直記得那半似央求、半似勾引的聲音，也還記得孩子閃著光芒的眼神，以及悖德的沙灘漫步。

梁祐忱不再數過了幾年，對於「無期」兩個字而言，年份毫無意義，它代表的是永遠、恆久，至死方休的折磨——她只希望這過程能快一點。

無人知曉、無人在乎，梁祐忱在遠離文明社會的深山中，和其他囚犯一起逐漸腐朽爲枯葉。

外頭的世界沒了她們依舊運行如常，內戰局勢被逆轉，軍政府重新掌握大局。然而就連教團被擊潰的消息傳進監獄裡，也激不起她太多情緒。

余左思加入了軍隊編制。

隨著戰況逐漸逆轉，這個名字也逐漸廣爲人知。

她點燃了整個國家，靠著功績一點一點往上爬，超過段念慈，與段有平齊肩，成爲掌握權勢的人之一。敢查她過去的人無聲消失，動她主意的人被悄然抹殺。

她開始眞心實意地笑，再也不戴面具、不看人臉色，想做什麼就做什麼，沒有人敢向她索討責任或代價。

這就是自由。她自由了，終於。

當她收復最後一座由教團控制的城市後，在政府的安排下搭著裝甲車接受凱旋遊行。她看著揮舞旗幟歡呼的民眾，眼神仔細地掃過每一張面孔，審視他們臉上的喜悅或憂心。

眞的嗎？該慶功的場合，她的心情卻逐漸冷卻，不合時宜地質問自己。

新時代百貨事件的卷宗一直被她帶在身邊，有人說她的父母在那場攻擊中遇害了，她才會對教團趕盡殺絕。

只有她知道，一切的根源與歸宿，都藏在其中一頁的三個字上。

「五糧姐，野狗說他們的頭想見妳。」傳話人是個年輕的女孩，恭順地垂著頭。

梁祐忱如今也算是個管事的了，典獄長要找她不是稀罕事。她答了馬上去，卻從容整理完頭髮後才出房門。

傳話的女孩還等在門外，主動伸手來扶她。她一邊撐著女孩的肩膀，另隻手拄楞杖，勉強移動萎縮的腿往獄警舍走。

她會調染劑給上了年紀的囚犯染黑白髮，自己卻鮮少使用，黑髮被歲月洗淡了顏色，卻依舊如她剛進來時一般整齊。

「妳就是梁祐忱？」在獄警舍等她的男人有張陌生的臉孔，他上下打量梁祐忱，這個囚犯看起來還沒到程曉清那年紀，不過四五十歲左右，卻連走都走不穩了。

他不知道的是，梁祐忱本來不是這樣的，刻在基因裡的疾病很久以前奪走她的姊姊，也間接奪走她曾有過的機會──現在，要來奪走她的命了。

「妳腿腳不好？」他轉頭對一旁獄警吆喝，「我剛才在倉庫有看到輪椅，你去推一張過來。」

原來倉庫裡一直都有輪椅，程曉清只是不想讓她好過而已。

梁祐忱道了謝，這個男人穿著正式挺拔，氣勢外放，和獄警們懶散陰沉的樣子截然不同，他的目光帶著憐憫的意味，對梁祐忱而言有些陌生。

他對囚犯太有禮貌了，絕不是活在這套體系下的人。

「冒昧請問，您就是新上任的典獄長嗎？」梁祐忱早就聽到風聲，程曉清因為要被換掉氣得半死。

「不，妳太抬舉我了，我只是祕書而已。」男人對著梁祐忱微笑，「等等我會帶妳去見典獄長。」

深山中的空氣原來是那麼純淨，余左思現在才發現這點，深深地吸了口不含雜質的空氣，抬頭看著眼前的建築。

繞了一大圈，她又回到這裡。

她第一次從外面看監獄，建築本體由上世紀的堡壘改建，牆體是漆黑巨大的岩石，如鑄鐵般佇立。再往外以鐵絲網圈出一塊區域，獄警們看見她的到來，連忙上前打開鐵網的門，立正行禮。

余左思緩緩勾起嘴角，扭出有些恐怖的笑，又因那端正的臉孔硬生生地化解了幾分，有些詭異，又有些吸引人。

獄警們一愣，後頸發涼。

她脫下軍服外套，反手甩到車上，大步走回監獄中。

困住囚犯們的卷宗如今任她翻閱，紙張文件散落一地，她隨手拿、隨手扔，直到翻到其中一份泛黃的文件才停下。

那是一名囚犯的檔案，照片裡的她還保持在二十幾歲的樣貌，消瘦孱弱，雙眼無神，漠然地看著鏡頭——她的名字，是梁祐忱。

祕書一直在等她發令，余左思拎著梁祐忱的文件，緩緩咧開嘴角，「把這個囚犯帶來見我。」

坐在典獄長辦公椅上，皮製的王座陳舊柔軟，穩重地托著監獄的新主人，窗外群山帶著冷冷的青色，黑石牆上方露出一抹銀白。

典獄長辦公室的門開了，輪椅吱呀聲碾碎她最後的平靜。

自由？她永遠都沒辦法自由。

她是余左思——在胸口左邊的心臟裡，盛滿了瘋狂的思念。
思念著家，思念曾逃離的一切，思念著與她呼應的名字，一刻也不曾忘記。

番外
暴動之後

梁祐忱摩娑著手中槍柄的木紋，反覆打開轉輪，再闔上。

三十五年前的舊槍靠鐵姐一直以來勤加保養，至今保存狀態良好，現在鐵姐沒了，不知道這槍還能再用多久。

其實沒有人能取代鐵姐，就像這世上不會有第二個余左思，梁祐忱很清楚，那不過是爲了激勵孩子才說的話。

阿豹忙著管裡失去典獄長的監獄，一面打壓45幫與教團，一面維持內部的基本秩序。就像這三十五年來，鐵姐還是監獄內的老大時一樣。

梁祐忱對管理囚犯沒有興趣，正好阿豹樂在其中，兩人各管各的，共存共榮。

將暴動的消息發出去之後，她一整天便待在自己牢房裡，靜靜看著窗外，像在思考什麼，更像純粹地發呆。

「無期徒刑」代表的是永遠、恆久，至死方休的折磨，而她早就在這場漫長的苦修中被耗成空殼，放空或思考都是一樣的。

叩叩——

節制的敲門聲，一聽便知道來者是誰。

「請進。」

柳柳和小隼一前一後，各自警戒地看了眼她手上的槍。

梁祐忱彎了彎嘴角，將槍放到手邊矮櫃上，「嚇到妳們了。」

小隼看了看柳柳側臉，在等她給出反應，而柳柳直直地看向梁祐忱，「學姐找我們是爲了接下來的計畫？」

梁祐忱一手捏著自己的指節，輕輕揉動，「學妹，妳的任務已經完成了，不要貪心。」

何必呢？困獸在監獄裡彼此撕咬，贏來的不過是骯髒且不足爲道的權力而已，外頭世界甚至對此一無所知。對於毫無意義的事，又何必執著？

比起對上余左思時，柳柳現在對她的模樣少了畏懼，畢竟她的震懾力還是比不上余左思，那個孩子擺起姿態確實令人發寒。

「身爲囚犯，我有權知道領導者的行動。」柳柳說：「我相信學姐不會變成暴君。」

「我不會。」梁祐忱平淡地敘述事實，「我沒興趣，我眼裡只有自己的利益，相信妳清楚這點。」

「如同余左思所言，暴動的事必須有人擔下責任，軍政府不會放任囚犯一再挑釁他們的威嚴，想讓政府鬆口，就得獻上祭品。」

而她們已經掌握余左思，是時候做出讓步以換取更多利益了。

小隼再次緊繃起來，「五糧姊，別忘了我們也有武器。」

「我知道。」梁祐忱勾了下唇角，「我做出來的東西，我知道它的厲害，這是討論，不用擔心。」

「學姐，請妳明說。」

梁祐忱將手放上槍柄，「我希望妳們兩個當我們的羔羊。」

暴動至今已經過了一個禮拜，34幫與45幫達成合作共識，消息得以更直接地往外傳遞後，直接聯合在外頭的手足幫派，在權力制衡下暫且壓制了鎮壓行動。

談判還在繼續。

余左思透過鐵柵欄看著窗外的夜色——小時候這裡看得到不受光害影響的星空，浩瀚銀河撒在夜幕上，在這方寸之地彷彿也能窺得世界的全貌。

如今大燈的光將星點蓋過，是她改變了這裡。

余左思閉上眼，靠在牆上緩慢地呼吸，許久後牢門打開，輪椅緩緩地被它的主人推進來。

「睡了？」

余左思聽見梁祐忱的聲音近在床邊，這才睜開眼，向對方笑了笑。

梁祐忱彎了下唇角，「柳柳跟小隼死了。」

「是嗎？」余左思重心本來向著梁祐忱，似乎要擺出討好的姿態，卻在梁祐忱說了這些無關緊要的話之後稍微收回來，半晌後又問：「怎麼死的？」

「妳在暴動中處決了她們。」

余左思挑起眉，霎時間便懂了梁祐忱的用意。

既然死了，就沒有人會再追查她們的下落，無論暴動的結局如何，都不會有人關注她們。

余左思狐狸似的眼眸微微瞇起來，「外頭也會有風浪嗎？」

「會的。」梁祐忱打開醫藥箱，拿出包紮用具，「風浪沒有止息過。」

余左思脫下上衣，她的身軀很勻實，白襯衫下遮掩了無數凹凸不平的醜陋傷疤。

梁祐忱表情平靜，慢慢地更換她肩上的繃帶、消毒。

很久以前，梁祐忱也這樣幫她包紮。

那時梁祐忱喚她毛毛，整天怕她被其他囚犯欺負，處處維護，她可以大膽地示弱，縮在梁祐忱懷裡撒嬌，盡情勾引大人的憐愛。

如今她側臉看著梁祐忱，專注得好像外面正發生的腥風血雨與自己毫無關係，「好疼啊，姊姊。」

她握住對方布滿傷痕的手，將其拉至心口，不帶慾望，而是純粹按著自己的心跳——也許還有那些骯髒、齷齪、令人鄙視的心思。

「這裡，好疼啊。」她軟下語調，叱吒風雲的日子沒有讓她淡忘如何以弱者的角度操控人心。她的恐怖、專制、威嚴在這瞬間蕩然無存，留下來的只有軟弱的毛毛。

軟弱，卻備受梁祐忱寵愛的毛毛。

「對不起。」梁祐忱停下動作，按著手指覆上她後頸，像是要將她永遠留在掌心般扣著，歉疚之意卻半分不假。

「姊姊捨得把我關在這？」余左思紅了眼眶，「當初我可是拚了命才逃出去，妳明明就說過會讓我自由，現在又要說話不算話了嗎？」

「我讓妳自由，不是讓妳成爲野狗。」

余左思見苦肉計無用便不裝了，嘴角勾起一抹諷刺的笑，「不當野狗難道要當溫馴的家犬？要是妳當初肯跟我一起走，搞不好……我眞的會乖乖聽妳的話。」

梁祐忱突然湊過來吻上她的唇，溫綿而冰涼，緩慢摩娑，舌齒間的滋味很乾淨、很純粹，像從未被人發掘的山泉。

「妳會的。」雙唇分離時梁祐忱看她的眼神終於透出一點眞實的溫柔，「姊姊會幫妳處理好所有事，所以妳聽話，好嗎？」

對余左思而言，「梁祐忱」到底是什麼呢？是陪伴童年成長的姊姊，是逃獄時的共犯，是她曾依靠、仰仗的大人，是在她邁向自由時，狠心將她推出去自生自滅的叛徒。

也是她落在深淵底部，時時惦記，又不得見的人生碎片。

得不到的遺憾滋養了執著，帶她從街頭走入戰局，從戰場走進首府，兜兜轉轉，最終甘願墜落，回到曾囚困自己的地方。

余左思常常在想，自己變成如今這副模樣，梁祐忱得占一半原因。

一場無期徒刑，同時囚困了兩個人。

怪獸沒有想過，自己有一天能再踏出石牆。

經過一連串的談判與協商，雙方各有讓步，而在一系列調整中的其中一項，就是將刑期較低的囚犯移監。分散暴動的囚犯，是她們讓給政府的籌碼，這些移監的囚犯將重新回到政府手中。

有些人畏懼改變，有些人則迫不及待離開這塊血腥之地。

怪獸一點也不訝異會在名單上見到自己。她不用擔心移監後會被新監獄的獄警刁難，畢竟45幫在其他監獄裡也具有分量，她擔心的是更私人的事。

「妳的案子，不久後會再重審。」將軍依舊低著頭，審理名單上的其他囚犯，「用別的圖把妳臉上醜死的數字蓋掉，不要再讓我聽到妳在幫裡混。」

怪獸昂首看著將軍，疑惑在腦中打轉——爲什麼要把她送走？又是怎麼做到的？千言萬語，連最想知道的事也沒能問出來……這一走會是永別嗎？

將軍向來說一不二，很快就將她趕去收拾，自始至終連眼神也沒有多分一點過來。

當怪獸站在列隊中，等待進入行政區上銬時回頭了。獄舍色調疏遠而蒼白，將軍和阿豹等囚犯的頭頭分散開來，那個正逐步邁入衰老，卻仍挺著脊背的身影在姐妹的簇擁下站立。

怪獸清楚地看到了，將軍正注視著自己。

也許她還沒能明白，那雙眼中承載的糾結、複雜與隱晦，也許她就是不諳世事，單純得隨時會被吐道吃乾抹淨——但那又怎樣呢？她是怪獸，身上流著將軍的血，永遠不會變。

於是她轉過身，堅定地跨出步伐。34幫負責管理秩序的囚犯大聲斥責，她無動於衷，45幫成員自覺分散開，讓她順利走到將軍面前。

怪獸站直時比將軍高上一個頭，臉上掛著淺淺的笑容，再也看不到任何畏懼，「我會回來，不然妳一個人在這太可憐了，我心裡過不去。」

「死兔崽子，不要命了？」將軍淡然回應。

「我是那種要命的人嗎？」笑容勾出一抹慵懶從容，在34幫氣急敗壞的喝斥中，怪獸開始往回走，舉起手臂，給囚犯們留下背影，「走啦。」

手銬的重量很沉、很沉，怪獸垂著雙手，被獄警推攘著上了囚車。

遠山如此龐大而悠遠，覆蓋著銀白色，未曾改變，小小的車窗裡，容納著黝黑的監獄。

眞的，好小啊。

當余左思走出來時，吳齊坤立刻起身，「上將。」

余左思身穿囚服，整個人消瘦了些，氣色倒還算好，全身乾乾淨淨，見到他時翹了下嘴角，從容沉穩。

其實余左思的狀態和以往差不了多少，可吳齊坤直覺她變了——變了哪？他有些遲疑地看著曾經的長官，一時間也說不出來。

掀起暴動的囚犯們就在她身後，與軍方的警衛各站一邊，遠遠地監視彼此。

余左思坐下時往後仰靠著椅背，強勢氣場依舊，沒有半分人質該有的樣子。她拿起電話，聲音透過話筒傳到壓克力對面的他這邊，「這次斡旋，辛苦你了。」

吳齊坤喉結滾了滾，「您沒有受到傷害吧？」

「嗯。」

「那就好。」吳齊坤吐了口氣，「這是我該做的，您很快就能出來。」

「急什麼？」余左思的回答超出他意料之外，好像她被一群罪犯脅持也沒什麼大不了似的，「首府最近如何？」

「您……」吳齊坤用力吞口水，「大概是警方押送囚犯時沒處理好，當初陳倩雯經手的事被段派知道了，我現在壓著沒讓他們鬧出來，但……」

他深深嘆氣，倏然起身鞠躬，頭壓得極低死死看著腳尖，血液往腦子裡流，連帶著思想都跟著漲熱起來。

陳倩雯替他摸了多少錢到口袋裡，他再清楚不過，就算段派那些老頭也散發著貪腐的酸臭，可只要有證據，這便是一把捅向他的利刃。他不像余左思能有不敗戰績護身，就連功績派裡也處處都是想取他而代之的賤人，只要段派一出手，就算有十個願意爲他頂罪的替身，也不夠擺平這件事。

「您將功績派交給我，我卻讓您失望了。」他說：「我會盡力拖延，直到您平安脫身。功績派與這國家是您的事業，一定會好好還給您。」

「呵。」余左思笑了出來，分明一直被關在深山中，卻好似早就知道段派掌握證據的事，不出多時便接著道：「你該知道我爲什麼選你接手首府。」

吳齊坤愣了愣，低頭回答，「是因爲我忠誠。」

「忠誠啊，不錯。」余左思說：「你也夠聰明，知道怎麼管好首府的人。」

吳齊坤開始聽見自己的心跳，余左思實在是太強大、太耀眼，總是站在無人能及的高處，如同神一般輕鬆拿捏著眾生。就連此時此刻，他仍相信余左思會被囚犯困住，不過是因爲她覺得這很有趣罷了。

於是當神垂眸注視他時，竟也有自己不是凡人的錯覺。

「我被罪犯抓住，對軍方來說也算是汙點。」余左思翹起腳，平靜說道：「如果能把我一口氣壓下去，段有平會很樂意。」

「我怎麼能讓您——」

「我沒興趣再跟首府的人耗，你繼續管著。」她下了個直接而威嚴、不容拒絕的命令，「一點汙漬，能拿我怎樣？不用急著撈我出去，反正這些人殺不了我。」

長官要保他。吳齊坤心臟砰砰跳著，其實他能被余左思選中的原因很簡單——他聽話又貪婪，只要他有所求，余左思就能控制他，進而確保自己的退路在足以信任的人手裡。

吳齊坤心裡清楚得很，於是他沒有再裝模作樣地推託。

余左思回過頭，吳齊坤順著她的視線看到一名坐在輪椅上的女人，對著他們彎了彎嘴角。

「這些罪犯，您希望我怎麼對付？」

「先把陳倩雯的事處理好，至於這些人……」余左思依舊望著那個女人，勾起嘴角，「盡你最大的能力攻破這裡，條件允許，要勸誘或攻堅都行，只要能讓她們屈服就好。」

吳齊坤垂首回應：「知道了。」

余左思走路的姿勢平穩輕巧，連續而不斷地跨出步伐，直到梁祐忱面前。余左思低下頭看著她，眼裡漾著微微的光，「談完了。軍方答應妳們的補給，明天就會送上來。」

「很好。」梁祐忱報以微笑。

「看到沒？這就是爲什麼我們不能殺她，一群白癡。」阿豹轉頭對教團的囚犯們咆哮：「把她押回去。」

在34幫幫眾的包圍中，梁祐忱推著輪椅與余左思一起緩緩返回獄舍。

「談判拖不了一輩子，姊姊打算怎麼收尾？」余左思微微瞇起眼笑著，句尾上揚而輕快。

「妳在刺探情報？」

「怎麼能這麼說呢？我當然時刻爲姊姊著想。」

余左思已經不是毛毛了，她可以裝得很像、很像，但梁祐忱不會忘記，她也是典獄長。

梁祐忱只是微笑著，溫和如昔，「那妳乖乖聽姊姊的話就好。」

余左思沒答應，也沒否認，右手搭上輪椅把手，以相同步調推著她前進。

「那兩個小朋友開始在外頭興風作浪了。」余左思彎下腰，放輕了聲音，「再這樣下去，我的政敵可不介意順水推舟把我留在這做囚犯。」

「或許，我也是這麼想的。」

「好狠的心呀。」余左思笑出聲來，「但妳早就做到了。」

是的，早在毛毛主動向梁祐忱索求的那刻開始，巨大的命運齒輪便開始轉動，將她們都輾壓成尖銳的碎片，再撒進深淵之底，深陷不出。

回到牢房口，余左思主動走進去，在門旁以單膝著地，仰望梁祐忱。

「把野狗養在家裡，姊姊可要小心喔。」她笑起來微微露齒，堪稱可愛，「只要有機可趁，野狗就會反咬呢，我可捨不得姊姊受傷。」

相鬥、相制衡，餘生都得警慎地將余左思控制在掌心之間——梁祐忱怕什麼？反正她早已將半輩子都耗在這，生或死對她來說沒那麼重要。

重要的是，她能好好約束余左思，不讓她愈陷愈深。

梁祐忱輕淺一笑，伸手輕撫余左思臉龐，「我也捨不得妳再受傷。」

她眞心愛著這個生於監獄的孩子，願意將世上一切美好全部捧到余左思面前，以柔軟與溫暖呵護。她明白余左思亦是深深地仰慕自己，只是她的愛，常人承受不起。

梁祐忱將牢門關上，回頭時撞上教團不屑的眼神。她不以爲然，逕自推著輪椅離去——無論教團還是幫派，跟余左思的手段比起來都不值一提。

「看她的眼神。」遠處修女正站在將軍身後，兩人一同看著梁祐忱離去，「那女人根本就是個騙子，再這樣下去我們都得死。她有槍又怎麼樣？不過是個殘廢而已，我們一起把34幫搞下去，妳知道的，我們教團只要余左思的命，到時候監獄還不是妳說了算？」

將軍盯著余左思的牢房，久久後回頭時，對修女露出和善的笑容。

互相鬥爭、算計，或是爲自己爭出生存空間，或是妄圖填滿永無止境的不安全感。

也許只要認眞活著的人，終究逃不出時代的必然性。

暴動之後，世界仍然運轉，沿著星星的軌跡推進，邁向下一個輪迴。

番外
她們未能到達之處

陳柔是在一個男人的屍體上撿到那枚徽章的。

銀色徽章中間是一枚星星，鳥類翅膀往兩側延伸。徽章卡得很緊，她蹲在屍體旁弄了好久才解下來，陽光照在金屬上，反射著耀眼的光。

很久以後她才從別人口中得知，這是政府軍頒發給在戰場上狙擊超過六十人的士兵，稱爲鷹隼的榮譽徽章。

那時她十一歲，只讀過教團經書的小腦袋尚未能理解這一小枚徽章所隱含的意思，只覺得它閃亮亮的，好看極了。後來就算她明白了，仍將它帶在身上，小心收著，從教團到革新會，跟著來的還有護著她度過無數寒冬的外套。

她所能掌握的東西是那麼少、那麼珍貴，以至於她根本捨不得丟棄。諷刺的是，它們卻都是她在戰場上偷來的，跟她的人生一樣，骯髒且不光彩。

遠山的青悠然而冷淡，無論山下的世界有多混亂不堪，都影響不了它一丁點

一高一矮兩個身影緩步走在小鎮裡，壓低的帽沿遮住其中一個人的上半張臉，另一個則被圍巾蒙住下半張臉。兩人走入小巷中，進了一扇木門。

閒置許久的房屋飄盪著灰塵與霉味，桌上的馬克杯底黏著乾涸的咖啡。革新會的聚點散落在各處，其中大多數都屬於閒置狀態，畢竟他們隨時暴露在被逮捕的風險下，四處飄零，無法落地。

宿舍裡還有沒收拾的衣物、床被，齊故淵從衣櫃裡拿出上鎖的鐵盒，鎖的鑰匙早就不見了，只好去翻了把斧頭出來，將鎖砸爛。

那枚鷹隼徽章與一些現金躺在盒子裡，金屬表面蒙塵而陳舊，不再反射光芒。

陳柔失笑，「妳繞這一趟就是爲了拿這個？」

「不然呢？」齊故淵將現金放進口袋，徽章則塞進陳柔手裡，「妳以爲吃飯不用花錢啊？」

陳柔和以前教團裡的同伴們往往有屬於自己幸運儀式，有些人習慣祈禱、有些人習慣在出發前洗臉，好像只要做了，就還會有下個進行儀式的機會。

這枚徽章是她的護身符，她會把它拿在手裡反覆摩娑，行動前拿起來親一口，以至於所有人都知道她多寶貝它，甚至衍生出「小隼」的綽號——齊故淵當然會想幫她拿回這枚徽章了。

灰撲撲的鷹隼徽章躺在她掌心中，沉重的過往替它增添了不少分量，她握緊拳頭，讓尖銳的邊角刺進肉裡。

所謂的戰場，是個充滿矛盾的地方，殺人、暴力與鮮血，這些明明骯髒的罪也能成爲榮

譬，懸掛於胸口示人。

她自己也是矛盾的吧？背叛教團的同時信奉神，追尋自由的同時甘願被束縛。陳柔一邊笑著，一邊嘆氣，無可奈何。

「謝謝妳。」她將齊故淵輕攬入懷，鬆鬆散散，手臂垂著放開了手掌，徽章噹啷一聲掉在地上。

「幹什麼？」齊故淵努力想回頭。

「我不需要了。」她放開齊故淵，連看都沒有看掉在地上的徽章一眼，接著牽起齊故淵的手，咧嘴一笑，「快走，別惹護送人生氣。」

不顧對方的抗議，陳柔拉著齊故淵的手便開始跑起來。她很熟悉小鎮地形，在無人的巷弄間穿梭，刻意壓抑的笑聲融化了些許的冷，細碎而模糊。

數天後，她們和革新會派的護送人一起抵達沿海漁村，相較於靠近首府的地方，這裡的氣氛輕鬆而有活力。不過她們沒能在村裡逗留，沿著碎石路前往附近廢棄的小港。

小艇已經候著了，方仲閔正指揮同伴將少量物資搬上船。

陳柔走去跟昔日伙伴道別。無論在教團、在革新會，還是在監獄裡，對她而言只要不是想害她的人，一律是她的伙伴。

她看見船上的物資裡包含了少量槍械和彈藥，提起時方仲閔抿了抿唇角，露出無奈的微笑，「離開領海才危險呢，希望妳們都能好好的，到公海後有我們的船接應，大概一個禮拜就能到。」

陳倩雯告訴她的情報，她全數上交給革新會，並換取了人身安全的保障與出國避風頭的機會。軍政府內部又是一陣腥風血雨，功績派趁著余左思被囚犯脅持，將罪責全推給曾經的領導人。

沒有人說得準，這個曾叱吒風雲的女人這次到底還能不能全身而退。

危機即爲轉機，所有人都盯緊了首府，想趁機分一杯羹。在眾人觀望猶豫之際，陳柔堅持盡速離開，她這次立了大功，靠革新會的資源弄一個身分、安排出國，不是什麼難事。

她又和方仲閔說了幾句話，回頭時見到不遠處，齊故淵面對楊嘉勇同樣在低聲交談什麼。

確實，她們欠楊嘉勇太多。陳柔眼神一暗，又被方仲閔喚回。

「陳隊，所以……能不能告訴我，妳們到底是怎麼逃出來的？」

陳柔轉回身子，對著曾經的伙伴笑了笑，「抱歉。」

楊嘉勇變了。他低著頭看齊故淵，昔日無所畏懼的光彩不再，她還能看出來他臉上殘存的、那晚在峽谷裡受傷的痕跡。

當初她不該要求他幫忙，可她也無法否認，如果沒有楊嘉勇，她今天不一定能站在這裡呼吸外頭的空氣。

楊嘉勇深呼吸，「妳、妳變了。」

「很難不變。」齊故淵掀動嘴唇，語調不再有攻擊性，卻也沒了生動的感覺，安定而冷靜。

「不管怎麼說，妳們都還活著，我很高興。」

「我也很高興你還活著。」齊故淵說這話時再真摯不過，「不過你來送行太危險了，早點走吧。」

齊故淵開始關心別人安危，大概離天下紅雨也不遠了。

楊嘉勇不知自己爲何咧了咧嘴，長吐口氣，「我見到了余左思。」

齊故淵沉默，余左思的本事她再清楚不過，對於楊嘉勇因自己而遭遇的一切，她能猜出一二。沒有人該承受那樣的恐怖，就算她真的只是爲了替革新會套情報也一樣。

「對不起。」曾經對齊故淵而言難以啓齒的三個字順利而真誠地說了出口。

楊嘉勇用力咬了咬下唇，閉上眼，「我也是，抱歉。」

把人拖下水，以及沒把人救出來，哪個比較值得道歉，齊故淵分得出來。

「她不會被擊垮。」齊故淵話鋒一轉，「你也清楚吧？沒那麼簡單，而且就算沒了她，軍政府裡多的是人，路還很遠呢。」

路途遙遙無期，也許他們這輩子甚至見不到盡頭。

然而還是得走，必須有人去走，才可能抵達那個他們都想見的未來。這一刻，齊故淵覺得自己好像回到了五年前，她剛加入革新會、剛認識陳柔的時候。

一切都變了，也有些事從未變過。

她忽然回頭，陳柔與方仲閔談笑的身影便落入眼底。

「會再回來嗎？」楊嘉勇問。

齊故淵停滯片刻後答：「不確定，但我保證在國外也不會閒著。」

以往待在國內，是爲了能更及時投入行動，如今想法不同了，她清楚就算不在這塊土地上，也有方法能幫上楊嘉勇。何況要是余左思真的擺脫囚犯重返首府，她和陳柔一定會被清算。

「好。」楊嘉勇揚起一點笑意，「在外面好好幹，不回來就算了，畢竟不是每個國家都有非正當性關係的罪名。」

上船前陳柔和每個人擁別，輪到楊嘉勇時陳柔拍了拍他的背，「謝謝，注意安全。」

「妳們也是。」

小艇引擎聲與風聲攪在一起，喧亂覆耳。

齊故淵看著岸上的人影愈來愈小，最終再也看不到了，漁村融入青山的背景色中，藍天與山線平靜而寬闊。

黏膩海風將陳柔的頭髮吹成一窩亂草，她們靜靜地看著家鄉遠離，盈滿胸腔的情緒過於複雜，無法用幾個詞解釋。

齊故淵眼皮有些沉重，也許是因終於能安心了，這些日子以來第一次感受到濃濃睡意的襲擊。她闔上眼皮，將頭靠在陳柔肩上，刻意嗅聞對方的氣味，讓那份安穩托著自己。

會好的吧，一切的一切，最終都會變好的。

接近公海時視線裡出現一艘漁船，懸掛著約定好的旗幟，待她們帶著物資登船時，迎接兩人的卻是名西裝革履的男人。

離開監獄後陳柔總是隨身帶著武器，反應也比以往更乾脆果斷。她迅速舉槍，同時間那男人也掏槍對準齊故淵，雙方僵持。

男人用一隻手掀起西裝外套，露出黑色防彈衣，接著緩緩垂下槍口，似乎完全不擔心陳柔會開槍，「很高興見到妳們，我是她的私人秘書，王世明。」

余左思？齊故淵有一瞬間窒息，爲什麼她明明就還在監獄裡，卻能派人堵到她們的船？憑什麼就算逃離了石牆，余左思還是會在她以爲自己即將成功時殺出來？

她不會放過她們的。齊故淵心一橫，正要往陳柔那遞眼色時，王世明卻緩緩彎曲膝蓋，將武器放到甲板上，甚至踢給齊故淵。

「我受派來傳話。兩位無須憂慮，如今殺妳們沒有好處，長官不會這麼做。」

陳柔仍穩穩端槍，盯著對方的舉動。

齊故淵撿起對方的武器，儘管不太熟練仍緊緊握著，「她出來了？」

「目前協商的條件中，包含讓她與指定對象會面並替她辦事。」王世明身子隨船身晃動，那股從容氣質毫無疑問是向頂頭上司學來的，「談判遙遙無期，長官沒辦法等到一切塵埃落定，因此有件事需要交給妳們。」

余左思對她們提出請求？齊故淵無法相信她到底聽到了什麼。

然而王世明只是拿出那個小巧的骨灰罐，齊故淵瞬間便理解了。

是鐵姐。齊故淵眼神軟化些許，那人一切都來得太突然、太混亂，她只顧著掙扎求生，無暇注意鐵姐的死。

從老囚犯口中認識的鐵姐，是帶領囚犯反抗迫害的英雄，也是靠著各種手段維持監獄秩序的領導者。可惜她所見到的鐵姐，已經是個遲暮老人，這個老人會因病痛呻吟，因徬徨而落淚，也會因留存於心底的舊人而對她好，不求回報。

面對這樣一個令人尊敬的對象，她和陳柔都不可能拒絕，也絕不會因爲這是余左思的請求而糟蹋遺骨。

「她希望怎麼做？」

王世明以雙手遞來骨灰罐，待她穩穩接住後才放手，「請還她自由。」

最終兩邊誰也沒受傷，王世明跳上載她們來的小艇，往陸地方向掉頭。

她們從船艙裡撈出被綁住的船長，好好安撫後漁船平穩地按預定路線航行，彷彿令人心驚膽戰的插曲從未發生。

蔚藍的海一望無際，齊故淵卻看不見哪裡才是自由。骨灰罐被她抱在懷裡，她想起余左思——也許那個爬到萬人之上的毛毛，從來沒能自由。

「就在這吧。」陳柔忽然開口：「監獄裡還能見到山，卻見不到海，海是最寬闊的。」

「希望吧。」齊故淵動了動雙唇，眼神投往地平線的另一端。

陳柔開始低喃告別禱文，專注地看著齊故淵動作——以注視送別，是信教者對亡者的祝福，無論多麼艱難，多麼不忍直視，都不能移開視線。

那雙溫柔的眼會持續關照著一切，生、離、死、別，壓迫與奮起，所有的所有，都會因關注而有意義。

海風呼嘯著揚起細碎的灰，重新回歸世界。

「希望我們都能自由。」

後記
你會舉起手嗎？

四周瀰漫著血腥味，囚犯與獄警搏鬥，齊故淵正跟余左思對峙，死亡一觸即發。你站在人群中間，很不起眼、很安全。

此時陳柔舉起了拳，你知道她們需要更多人打掩護、挺身而出，好讓余左思打消拚命的念頭。可你也知道，一但表態就再也脫不了身，若有天余左思重新掌權，你一定會被清算。

那麼，你會舉起手嗎？

確實有很多囚犯舉手，但不是全部，她們有自己的選擇——有人逃亡、有人隱藏、有人見風使舵，有人貪戀權勢，人們只是在尋求一個活下去的方法。

無論選擇爲何，大家只是想活下去而已。

來說說角色們吧。

我最喜歡齊故淵的一點，就是她想活下去，卻無懼死亡的勇氣。有理想、有目標的人往往是最耀眼的，就算她有著數不清的缺點。

這傢伙雖然分得清是非善惡，也有自私、腦袋糊塗的時候，爲了達到目的會說謊或犧牲別人，甚至爲自己找藉口。她不正直、不溫柔、不好相處，不是個人見人愛的角色，卻是最適合這個故事的主角——跟齊故淵一起進入監獄，見識全新的世界，去衝撞它、反抗她。

極端環境與不屈的靈魂，互相抗衡在黑暗中摩擦出刺眼的火星，也許會點燃、也許會熄滅，而無論結果如何，星火乍現的此刻總能提醒人們，這世上不是只有黑夜。

陳柔則完全相反，她的思考以人爲本，爲了達到群體的利益最大化，不惜犧牲自己或違背道德觀。她柔軟而有韌性，用雙眼見識一切不堪，並帶著它們活下去。

她們在彼此身上學習，彌補自己的缺點。少了柳柳的陳柔遲早會崩潰，而少了小隼的齊故淵，一定會衝到粉身碎骨吧？

在我心中，她們的關係維持著互相拉扯的平衡，缺一不可，而在未來，她們也將互相扶持著走下去。

作爲小隼與柳柳的對照組，終生都在贖罪的梁祐忱，以及迷戀權力與掌控欲的余左思，也曾只是斯文單純的小梁，與嚮往自由的毛毛。

兩人和柳柳、小隼最大的不同在於，她們的互相拉扯將彼此留在監獄中，但她們對此毫無怨言。梁祐忱渴望原諒自己的方法，更需要活下去的理由，而余左思終於能放下對權力的執著，也許對她們而言，這就是最好的結局。

怪獸、猛男、萌萌、鐵姐、阿豹、將軍……這些囚犯們有卑鄙、有輕薄、有散漫、有暴力，她們全數背負著或大或小的罪，說她們骯髒粗鄙，其實也不過分。

然而就是這樣的一群人，承載了對抗的勇氣，愚笨而偉大，樸實又璀璨，她們的此時此刻值得被看見。

願她們、我們，都能得到自由。

她們的故事能被看見，需要感謝非常多人。

謝謝余左思來到我夢中，夢裡的她就像故事裡那樣，突然變臉殺人，嚇得我醒來後瑟瑟發抖，並在一年後寫下這個故事。

親愛的余左思，我已經把妳寫出來了，下次來我夢裡時溫柔一點好嗎？

謝謝竊藍，謝謝妳幾乎盲目地鼓勵我，讓我有勇氣再次提筆，妳促成了沙漠狐，促成了這個故事的誕生。

謝謝我的家人能忍受我把自己關在房間裡寫稿，整天看不見人影，尤其是寫下〈無期徒刑〉期間，對毫無生產力的我也予以包容。

謝謝文友、讀者們給予鼓勵，謝謝本書的貴人薩根及二一，記得看到你們的留言時我非常感動，反覆看了好幾次，甚至成爲那陣子的精神食糧。

謝謝編輯，謝謝評審、POPO的賞識，讓這個故事能被更多人看見。

要謝的人太多了，那就謝謝神奇海螺吧！

最後，感謝閱讀至此的你，因爲你的關注，讓她們的故事有了意義。

靜待和你在下個故事相遇。

黑白沙漠狐

國家圖書館出版品預行編目資料

她的囚徒／黑白沙漠狐著. -- 初版. -- 臺北市：
POPO原創出版, 城邦原創股份有限公司出版：英屬蓋曼群島商家庭傳媒股份有限公司城邦分公司發行, 2024.05
面；公分. --
ISBN 978-626-7455-10-4（平裝）

863.57　　113005860

她的囚徒

作　　者／黑白沙漠狐
責任編輯／林辰柔　行銷業務／林政杰　版　權／李婷雯

內容運營組長／李曉芳
副總經理／陳靜芬
總　經　理／黃淑貞
發　行　人／何飛鵬
法律顧問／元禾法律事務所　王子文律師
出　　版／POPO原創出版
城邦原創股份有限公司
台北市南港區昆陽街16號4樓
電話：(02) 2509-5506　傳眞：(02) 2500-1933
email：service@popo.tw
發　　行／英屬蓋曼群島商家庭傳媒股份有限公司城邦分公司
聯絡地址：台北市南港區昆陽街16號8樓
書虫客服服務專線：(02) 25007718・(02) 25007719
24小時傳眞服務：(02) 25001990・(02) 25001991
服務時間：週一至週五09:30-12:00・13:30-17:00
郵撥帳號：19863813　戶名：書虫股份有限公司
讀者服務信箱 email：service@readingclub.com.tw
城邦讀書花園網址：www.cite.com.tw
香港發行所／城邦（香港）出版集團有限公司
地址：香港九龍九龍城土瓜灣道86號順聯工業大廈6樓A室
email：hkcite@biznetvigator.com
電話：(852) 25086231　傳眞：(852) 25789337
馬新發行所／城邦（馬新）出版集團 Cité(M)Sdn. Bhd.
41, Jalan Radin Anum, Bandar Baru Sri Petaling,
57000 Kuala Lumpur, Malaysia.
電話：(603) 90563833　傳眞：(603) 90576622
email：services@cite.my

封面設計／也津
電腦排版／游淑萍
印　　刷／漾格科技有限公司
經　銷　商／聯合發行股份有限公司
電話：(02)2917-8022　傳眞：(02)2911-0053

■ 2024 年5月初版
Printed in Taiwan

定價／340元

ISBN　978-626-7455-10-4